MAZE RUNNER
LA CURA MORTAL

Título original: *The Death Cure*
Traducción y adaptación: Silvina Poch
Dirección de proyecto editorial: Cristina Alemany
Edición: Soledad Alliaud - María Inés Linares
Dirección de proyecto gráfico: Trini Vergara
Dirección de arte: Paula Fernández
Armado y adaptación de diseño: Conceptual estudio
Ilustración de cubierta: Marcelo Orsi Blanco (Depeapá Contenidos)

Argentina: San Martín 969 10° (C1004AAS) Buenos Aires
Tel./Fax: (54-11) 5352-9444 y rotativas
e-mail: editorial@vreditoras.com

México: Av. Tamaulipas 145, Colonia Hipódromo Condesa
CP 06170 - Del. Cuauhtémoc, México D. F.
Tel./Fax: (5255) 5220-6620/6621 • Tel.: (5255) 5211-5415/5714
01800-543-4995
e-mail: editoras@vergarariba.com.mx

ISBN: 978-987-612-423-2

Impreso en Argentina por Latingráfica • Printed in Argentina

Septiembre de 2014

Dashner, James
   Maze Runner, la cura mortal. - 1a ed. 2a reimp.
- Ciudad Autónoma de Buenos Aires :V&R, 2014.
   360 p. ; 20x14 cm.

   ISBN 978-987-612-423-2

   1. Narrativa Estadounidense. I. Título
   CDD 813

MAZE RUNNER
LA CURA MORTAL

JAMES DASHNER

V&R
EDITORAS

1

Fue el olor lo que comenzó a enloquecer a Thomas.

Ni el estar solo durante varias semanas. Ni el blanco de las paredes, el techo y el piso. No fue la falta de ventanas o el hecho de que nunca apagaran las luces. Nada de eso. Le habían quitado el reloj; le daban la misma comida tres veces por día: un trozo de jamón, puré de papas, zanahorias crudas, una rebanada de pan y agua; no le hablaban ni permitían que nadie ingresara en la habitación. No había libros ni películas ni juegos.

El aislamiento era total. Ya habían pasado más de tres semanas, aunque había comenzado a dudar de su registro del tiempo, que era puramente instintivo. Trataba de calcular cuándo se hacía de noche y asegurarse así de dormir una cantidad normal de horas. Las comidas ayudaban, a pesar de que no parecían llegar en forma regular. Como si quisieran desorientarlo deliberadamente.

Solo. En una habitación de paredes acolchadas, desprovista de color con excepción de un pequeño retrete de acero inoxidable escondido en el rincón y un viejo escritorio de madera, de ninguna utilidad para él. Solo, en medio de un silencio insoportable, con tiempo ilimitado para pensar en la enfermedad arraigada en su interior: la Llamarada, ese virus mudo y sigiloso que se llevaba lentamente todo lo que había de humano en una persona.

Nada de eso lo volvía loco.

Pero él apestaba y, por algún motivo, eso convertía sus nervios en púas filosas que atravesaban la solidez de su cordura. No le dejaban darse una ducha, no le proporcionaron una muda de ropa desde su llegada ni algo con lo cual higienizarse. Un simple trapo habría bastado. Podría haberlo mojado en el agua que le daban de beber y al menos limpiarse el rostro. Pero no tenía nada más que la ropa sucia que llevaba cuando lo encerraron. Ni siquiera una cama: dormía acurrucado contra el rincón de la habitación, con los brazos cruzados, intentando atrapar un poco de calor, temblando de vez en cuando.

No entendía por qué el hedor de su propio cuerpo era lo que más lo asustaba. Tal vez porque era la señal de que había perdido el juicio. Pero, por alguna extraña razón, el deterioro de su higiene presionaba su cerebro provocándole pensamientos horrendos. Como si se estuviera pudriendo, como si sus entrañas estuvieran descomponiéndose al igual que el exterior.

Por irracional que pareciera, esa era su gran preocupación. Tenía comida en abundancia y agua suficiente para saciar la sed; lograba descansar bien y hacer ejercicio en la pequeña habitación. Con frecuencia, corría en el lugar durante horas. La lógica le decía que estar sucio no tenía por qué afectar la resistencia del corazón o el funcionamiento de los pulmones. Sin embargo, su mente había comenzado a creer que su persistente mal olor representaba la irrupción de la muerte, que estaba a punto de devorarlo entero.

A su vez, esos pensamientos tenebrosos lo habían llevado a cuestionarse si, después de todo, Teresa no habría mentido la última vez que hablaron, cuando dijo que era muy tarde para él y enfatizó que había sucumbido rápidamente a la Llamarada y se había vuelto loco y violento. Que él *ya* había perdido la razón antes de llegar a ese espantoso lugar. Hasta Brenda le había advertido que las cosas se iban a poner complicadas para él. Quizás las dos habían estado en lo cierto.

Y por debajo de esas maquinaciones yacía la preocupación por sus amigos. ¿Qué les había sucedido? ¿Dónde se encontraban? ¿Qué estaba haciendo la Llamarada con sus mentes? Después de las torturas a las que habían sido sometidos, ¿acaso era ese el final?

La furia se deslizó en su interior, como una rata temblorosa que busca un sitio cálido, unas migajas. Y con el transcurso de los días fue brotando con tal intensidad que Thomas se encontró a veces sacudiéndose en forma descontrolada hasta lograr contenerla y esconderla dentro de sí. No quería que la rabia desapareciera por completo: solo deseaba guardarla y dejarla crecer. Esperar el momento y el lugar apropiados para liberarla. CRUEL le había hecho eso. Les había arrebatado la vida a él y a sus amigos y los estaba usando para cumplir los propósitos que consideraba necesarios. Sin importar las consecuencias.

Y por eso, tendría que pagar. Thomas se lo juraba a sí mismo mil veces por día.

Su mente reflexionaba de esa manera mientras se hallaba sentado con la espalda apoyada en la pared, frente a la puerta —y al horrible escritorio de madera ubicado delante de ella— en lo que suponía debía ser la mañana del día número veintidós como cautivo. Siempre repetía esa rutina —después de desayunar y de hacer ejercicio— esperando contra todo pronóstico que la puerta se abriera de verdad, por completo, y no solo esa pequeña ranura en la parte inferior, por donde le pasaban la comida.

Ya había intentado abrirla infinidad de veces. Y los cajones del escritorio estaban vacíos, no tenían más que olor a cedro y a moho. Los revisaba cada mañana por si algo hubiera aparecido mágicamente mientras él dormía. Esas cosas solían ocurrir a menudo cuando tratabas con CRUEL.

De modo que permanecía ahí, sentado. Esperando. Silencio y paredes blancas. El olor de su propio cuerpo. Pensaba en sus amigos: Minho, Newt, Sartén y los pocos Habitantes que habían sobrevivido. Brenda y Jorge, que se habían esfumado después del rescate en el gigantesco Berg. Harriet y Sonia, las otras chicas del Grupo B, Aris. Acerca de Brenda y de la advertencia que le había hecho después de que él había despertado por primera vez en esa habitación. ¿Cómo había podido hablarle dentro de su mente? ¿Estaba de su lado o no?

Pero más que nada, pensaba en Teresa. No podía quitársela de la cabeza, a pesar de que con el correr de las horas la odiaba cada vez más. Las últimas palabras que ella le había dicho fueron *CRUEL es bueno* y, tuviera o no razón, para Thomas ella había pasado a representar todas las cosas terribles que habían sucedido. Al recordarla, la ira se desataba en su interior.

Quizás toda esa furia era el último resabio de cordura que le quedaba. Comer. Dormir. Hacer gimnasia. Tener ansias de venganza. Eso fue lo que hizo durante los siguientes tres días. En soledad.

El día número veintiséis, la puerta se abrió.

2

Thomas se había imaginado ese momento en incontables ocasiones. Qué haría, qué diría. Correría hacia adelante, derribaría al que entrase e intentaría huir, escapar. Pero esos pensamientos no eran más que una distracción. Sabía que CRUEL nunca permitiría que sucediera algo así. No, tendría que planear cada detalle antes de actuar.

Cuando el hecho *realmente* ocurrió –la puerta se abrió de golpe dejando pasar una ráfaga ligera–, Thomas se asombró de su propia reacción: permaneció inmóvil. Algo le dijo que una barrera invisible había surgido entre el escritorio y él, como aquella vez en la residencia después del Laberinto. Aún no había llegado el momento de entrar en acción.

Sintió apenas un dejo de sorpresa al ver ingresar a la Rata: el hombre que les había informado a los Habitantes acerca de la última prueba que habían tenido que realizar en el Desierto. La misma nariz larga, los mismos ojos de comadreja; ese pelo grasiento, peinado por encima de una zona calva que ocupaba la mitad de la cabeza. El mismo ridículo traje blanco. No obstante, lucía más pálido que la última vez. Con el brazo sostenía una abultada carpeta llena de papeles arrugados y desordenados y arrastraba una silla de respaldo recto.

–Buenos días, Thomas –dijo con un rígido movimiento de cabeza. Sin esperar respuesta, cerró la puerta, colocó la silla detrás del escritorio y tomó asiento. Abrió la carpeta y comenzó a pasar las hojas. Al encontrar lo que estaba buscando, se detuvo y apoyó las manos encima. Después esbozó una mueca patética y clavó los ojos en él.

Cuando Thomas finalmente habló, su voz brotó como un graznido pues llevaba semanas sin decir una palabra.

—Serían buenos días si me dejaran salir de aquí.

El hombre ni siquiera parpadeó.

—Sí, lo sé. No te preocupes. Hoy recibirás varias noticias positivas. Te lo aseguro.

Thomas lo pensó y se sintió avergonzado por dejarse ilusionar, aunque más no fuera por un segundo. A esa altura, ya debería haber aprendido.

—¿*Noticias positivas*? ¿Acaso no nos eligieron porque creyeron que éramos inteligentes?

Antes de responder, la Rata permaneció unos segundos en silencio.

—Inteligentes, sí. Entre otras razones más importantes —hizo una pausa y, antes de continuar, estudió la expresión de Thomas—. ¿Piensas que estamos *disfrutando* todo esto? ¿Que nos agrada verlos sufrir? Esto responde a un propósito y pronto lo comprenderás —la intensidad de su voz había ido en aumento hasta pronunciar la última palabra casi en un grito y con el rostro enrojecido.

—Guau —dijo Thomas, envalentonándose cada vez más—. Viejo, más vale que se calme. Me parece que está a un paso del infarto —exclamó. Le hizo bien dejar que semejantes palabras fluyeran de su interior.

El hombre se levantó de la silla y se inclinó sobre el escritorio. Las venas del cuello sobresalían como cuerdas tensas. Volvió a sentarse pausadamente y respiró hondo varias veces.

—Uno pensaría que casi cuatro semanas dentro de esta caja blanca te habrían enseñado un poco de humildad, pero pareces más arrogante que nunca.

—¿Así que me dirá que no estoy loco? ¿Que no tengo la Llamarada ni nunca la tuve? —preguntó Thomas sin poder contenerse. La furia comenzó a despertarse dentro de él y sintió que iba a explotar. Pero se esforzó por aparentar tranquilidad en su voz—. Eso es lo que me mantuvo cuerdo durante todo este tiempo: en el fondo sé que le mintieron a Teresa y que esta no es más que otra de sus pruebas. ¿Qué tengo que hacer ahora? ¿Me enviarán a la luna? ¿Me harán nadar en el mar en ropa interior? —concluyó con una sonrisa para dar más dramatismo.

Mientras Thomas protestaba, la Rata lo miraba fijamente con rostro inexpresivo.

—¿Ya terminaste?

—No. Todavía no —repuso. Había estado esperando la oportunidad de hablar durante días, pero cuando finalmente llegó, su mente estaba en blanco. Había olvidado todos los discursos que había repetido en su cabeza—. Quiero… que me cuente todo. Ahora.

—Ay, Thomas —dijo la Rata suavemente, como si estuviera dándole noticias tristes a un niño—. No te mentimos. Es cierto que tienes la Llamarada.

Thomas se quedó desconcertado y un escalofrío atravesó el ardor de su ira. *¿Acaso la Rata seguía mintiendo?*, se preguntó. Sin embargo, se encogió de hombros como si esa información ya no le resultara sorprendente.

—Bueno, al menos todavía no empecé a volverme loco —afirmó. En un momento determinado, después del tiempo transcurrido en el Desierto, en compañía de Brenda y rodeado de Cranks, había aceptado que, a la larga, se contagiaría el virus. Pero se dijo a sí mismo que ahora estaba bien. Todavía no había perdido la razón. Y eso era lo único que importaba.

La Rata suspiró.

—No es eso. No entendiste lo que vine a decirte.

—¿Por qué habría de creer una sola de las palabras que salen de su boca? ¿Cómo puede esperar semejante cosa?

Thomas descubrió que estaba de pie a pesar de que no recordaba haberse movido. Su pecho se agitaba y respiraba con dificultad. Tenía que controlarse. La mirada de la Rata era fría; sus ojos, dos agujeros negros. Más allá del hecho de que ese hombre lo estuviera engañando o no, sabía que tenía que escucharlo si quería salir alguna vez de esa habitación blanca. Hizo un esfuerzo para aflojar la respiración y esperó.

Después de varios segundos, su visitante prosiguió.

—Yo sé que te mentimos. Muchas veces. Te hemos hecho cosas horrendas a ti y a tus amigos. Pero todo forma parte de un plan, con el cual no solo estuviste de acuerdo sino que también colaboraste para organizarlo.

No cabe duda de que hemos tenido que llevar las cosas un poco más lejos de lo que pensamos en un principio. Sin embargo, todo se ha mantenido fiel al espíritu de aquello que los Creadores imaginaron, de lo que tú imaginaste en su lugar, después de que se hizo la... purga.

Thomas sacudió la cabeza despacio: sabía que había estado involucrado de alguna manera con esa gente, pero la sola idea de exponer a alguien a todo lo que él había sufrido le resultaba incomprensible.

–No me respondió. ¿Cómo puede pretender que le crea algo de lo que está diciendo? –repitió. Por supuesto que él recordaba más de lo que dejaba entrever. A pesar de que la ventana que lo unía a su pasado estaba empañada y no revelaba más que atisbos de su memoria, sabía que había trabajado para CRUEL. Y que Teresa también lo había hecho y que ambos habían ayudado a crear el Laberinto. Había recuperado otros breves fragmentos de sus recuerdos.

–Porque no nos sirve de nada mantenerte en la oscuridad –respondió la Rata–. Ya no.

Thomas sintió un cansancio repentino, como si le hubieran drenado toda su fuerza dejándolo sin nada. Con un profundo suspiro, se desplomó en el suelo y meneó la cabeza.

–Ni siquiera sé qué significa eso –afirmó. ¿Qué sentido tenía mantener una conversación cuando no podía confiar en ninguna de sus palabras?

La Rata continuó hablando, pero su tono cambió: se volvió menos frío y distante, más pedagógico.

–Es obvio que sabes perfectamente que existe una horrible enfermedad que se está devorando la mente de los seres humanos de todo el mundo. Todo lo que hemos hecho hasta ahora fue programado con una sola intención: analizar los paradigmas de sus cerebros y, a partir de ellos, armar un plano. El objetivo es utilizar ese plano para desarrollar una cura para la Llamarada. Las vidas perdidas, el dolor y el sufrimiento... tú sabías lo que estaba en juego cuando todo esto empezó. Todos lo sabíamos.

La intención era asegurar la supervivencia de la raza humana. Y estamos muy cerca. Muy, muy cerca.

En muchas oportunidades, Thomas había recuperado algunos recuerdos. La Transformación, los sueños que había tenido desde entonces, destellos fugaces aquí y allá, como rayos huidizos dentro de su mente. Y en ese instante, mientras escuchaba al hombre de traje blanco, tuvo la sensación de que se hallaba al borde de un precipicio y que todas las respuestas estaban a punto de brotar de las profundidades para que él las contemplara en su totalidad. El impulso de aferrar esas respuestas era demasiado fuerte como para resistirlo.

Igualmente, sentía cierto recelo. Sabía que había participado de todo eso y que había ayudado a diseñar el Laberinto. Después de la muerte de los Creadores originales, se había hecho cargo y había permitido que el programa siguiera en funcionamiento reclutando gente nueva.

—Recuerdo lo suficiente como para sentirme avergonzado —admitió—. Pero padecer todos estos sufrimientos es muy distinto que planearlos. Creo que no está bien.

La Rata se rascó la nariz y se movió en el asiento. Algo que Thomas había dicho lo había afectado.

—Ya veremos si sigues pensando así al finalizar el día, Thomas. Claro que lo veremos. Pero déjame hacerte una pregunta, ¿me estás diciendo que no vale la pena perder unas pocas vidas para salvar infinitas más? —el hombre volvió a hablar apasionadamente, inclinándose hacia adelante—. Sé que es un antiguo proverbio, pero ¿no crees que el fin puede justificar los medios cuando ya no hay otra alternativa?

Thomas se quedó observándolo. No le agradaba la respuesta.

La Rata esbozó una sonrisa, que parecía más bien una mueca de desprecio.

—Ten en cuenta, Thomas, que alguna vez pensaste que era así —agregó, y comenzó a recoger los papeles como si fuera a marcharse, pero no se movió—. Vine a comunicarte que todo está listo y que nuestra información está casi completa. Nos encontramos frente a algo grandioso. Una vez que tengamos el plano, puedes ir con tus amigos a quejarte todo lo que desees acerca de lo *injustos* que fuimos.

Thomas tenía ganas de herir a la Rata con palabras duras, pero se contuvo.

—¿Y cómo es que las torturas conducen a ese plano que mencionó? Enviar a un grupo de adolescentes en contra de su voluntad a lugares terribles y ver cómo mueren algunos de ellos, ¿de qué forma puede eso tener algo que ver con hallar la cura para una enfermedad?

—Tiene muchísimo que ver —dijo el hombre con un profundo suspiro—. Jovencito, pronto recordarás todo y me temo que tendrás mucho que lamentar. Mientras tanto, hay algo que debes saber y que quizás te haga recapacitar.

—¿Qué es? —preguntó. No tenía la menor idea de lo que diría.

El visitante se puso de pie, estiró las arrugas de los pantalones y se acomodó el saco. Luego, juntó las manos en la espalda.

—El virus de la Llamarada se ha diseminado por todo tu cuerpo; sin embargo, no puede afectarte ahora ni nunca. Formas parte de un grupo de personas extremadamente raro. Eres *inmune* a la Llamarada.

Thomas tragó saliva y enmudeció.

—Afuera, en las calles, a los que son como tú los llaman *Munis* —continuó la Rata—. Y los detestan profundamente.

3

Thomas se quedó sin palabras. A pesar de todas las mentiras que le habían contado, sabía que lo que acababa de escuchar era cierto. Analizándolo a la luz de sus experiencias recientes, resultaba muy razonable. Él y, probablemente, los demás Habitantes de los Grupos A y B eran inmunes a la Llamarada. Por ese motivo habían sido elegidos para las Pruebas. Todo lo que les habían hecho —cada truco, cada engaño, cada uno de los monstruos que les habían arrojado en el camino— formaba parte de un experimento elaborado. Y, de alguna forma, eso llevaría a CRUEL hacia la cura.

Todo encajaba. Y más aún: esa revelación agitó sus recuerdos. La encontró familiar.

—Veo que me crees —dijo finalmente la Rata, rompiendo el largo silencio—. Cuando descubrimos que existían otros como tú —con el virus arraigado en su interior pero sin mostrar síntomas— buscamos a los mejores y a los más brillantes. Así fue como nació CRUEL. Claro que hay varios en tu grupo de prueba que no son inmunes y fueron elegidos para tareas de control. Thomas, cuando realizas un experimento, necesitas un grupo de control que mantenga la información dentro del contexto.

Cuando escuchó la última parte, a Thomas se le cayó el alma a los pies.

—¿Quiénes no son…? —no logró terminar la pregunta. Tenía demasiado miedo de la respuesta.

—¿Quiénes no son inmunes? —exclamó la Rata arqueando las cejas—. Ah, me parece que ellos lo descubrirán antes que tú, ¿no crees? Pero primero lo más importante. Hueles como un cadáver que lleva una semana en descomposición. Tienes que ir a las duchas y ponerte ropa limpia —agregó, luego tomó la carpeta y se dirigió hacia la puerta. Cuando estaba a punto de salir, la mente de Thomas se aclaró.

—¡Un momento! —gritó.

El visitante se dio vuelta hacia él.

—¿Sí?

—Cuando estábamos en el Desierto, ¿por qué nos dijo que habría una cura al arribar al refugio, si no era cierto?

La Rata alzó los hombros.

—No creo en absoluto que les haya mentido. Al completar las Pruebas con la llegada al refugio, nos ayudaron a reunir más información. Y gracias a eso conseguiremos una cura. Tarde o temprano, para todos.

—¿Y por qué me está diciendo todo esto? ¿Por qué ahora? ¿Por qué me mantuvieron encerrado acá durante cuatro semanas? —preguntó Thomas mientras señalaba la habitación, el techo, las paredes acolchadas y el patético retrete del rincón. Sus escasos recuerdos no eran lo suficientemente firmes como para entender las cosas extrañas que le habían hecho—. ¿Por qué le dijeron a Teresa que yo me había vuelto loco y violento, y por qué me retuvieron todo este tiempo? ¿Con qué finalidad?

—Las Variables —contestó la Rata—. Todo lo que te hemos hecho fue calculado cuidadosamente por nuestros psicólogos y médicos para estimular respuestas en la zona de muerte, donde la Llamarada ataca y causa graves daños. Para estudiar los patrones de diferentes emociones, reacciones y pensamientos, y observar cómo trabajan dentro de los confines del virus que se encuentra en tu interior. Hemos tratado de entender por qué no existe en ti un efecto debilitante. Tiene que ver con los paradigmas de la zona letal, Thomas. Estudiar tus respuestas cognitivas y fisiológicas para construir un mapa que conducirá a una potencial cura. El objetivo es la cura.

—¿Qué es la zona letal? —preguntó Thomas intentando en vano recordar—. Si me responde eso, iré con usted.

—Es extraño, Thomas —respondió el hombre—. Me sorprende que al ser pinchado por el Penitente no hayas recordado al menos eso. La zona letal es tu cerebro, donde el virus se instala y te domina. Cuanto más infectada esté esa zona, tanto más paranoica y violenta será la conducta del infectado. CRUEL está utilizando tu cerebro, y los de algunos pocos más, para ayudarnos a solucionar el problema. No sé si lo recuerdas, pero en el mismo nombre de nuestra organización hay una declaración de propósitos: Catástrofe y Ruina Universal: Experimento Letal —concluyó la Rata con expresión satisfecha. Casi feliz—. Ahora vamos, que tienes que higienizarte. Y para que lo tengas presente, nos están vigilando. Si intentas algo, tendrás que atenerte a las consecuencias.

Thomas permaneció sentado tratando de procesar lo que acababa de oír. Una vez más, todo sonaba verdadero, tenía sentido. Encajaba bien con los recuerdos que habían regresado en las últimas semanas. Sin embargo, la desconfianza que le despertaban la Rata y CRUEL seguía sembrando dudas.

Finalmente, se puso de pie y dejó que su mente elaborara las nuevas revelaciones, imaginando que ellas se clasificarían automáticamente en ordenadas carpetas para un análisis posterior. Sin proferir una palabra, caminó por la habitación, atravesó la puerta detrás de la Rata y abandonó la celda de paredes blancas.

El edificio donde se encontraba era común y corriente. Un pasillo largo, pisos de baldosas, paredes color beige con cuadros de escenas naturales: olas rompiendo contra la playa, un colibrí aleteando alrededor de una flor roja, un bosque envuelto por la lluvia y la neblina. Los tubos fluorescentes zumbaban sobre su cabeza. La Rata lo condujo a través de varios recodos hasta detenerse delante de una puerta. La abrió y le hizo la seña de que entrara. Era un baño enorme con hileras de duchas y armarios. Uno de los lockers estaba abierto y tenía ropa limpia, un par de zapatos y hasta un reloj.

—Tienes unos treinta minutos —dijo la Rata—. Cuando hayas terminado, quédate sentado; yo vendré a buscarte. Después te reunirás con tus amigos.

Por alguna razón, al escuchar la palabra *amigos*, Teresa surgió en la mente de Thomas. Trató de llamarla otra vez con sus pensamientos, pero seguía sin responder. A pesar de su creciente desprecio por ella, el vacío que había dejado al irse seguía flotando en su interior como una burbuja irrompible. Ella representaba un eslabón con su pasado y, sin ninguna duda, había sido alguna vez su mejor amiga. Era una de las pocas cosas de las que estaba seguro y le resultaba muy difícil olvidarse de eso para siempre.

La Rata agitó la cabeza.

—Nos vemos —dijo. Después cerró la puerta tras de sí, dejándolo nuevamente solo.

Thomas no tenía otro plan que el de encontrar a sus amigos. Ahora se encontraba más cerca de lograrlo. Y aunque no sabía lo que le esperaba, estaba fuera de esa habitación. Finalmente. Por el momento, una ducha caliente, la oportunidad de refregarse hasta quedar limpio: nada le había sonado tan agradable. Dejó que sus preocupaciones se esfumaran por un rato, se quitó la ropa sucia y se entregó de lleno a convertirse nuevamente en un ser humano.

4

Camiseta y jeans. Calzado deportivo: igual al que había usado en el Laberinto. Calcetines suaves y limpios. Después de enjabonarse y enjuagarse de pies a cabeza al menos cinco veces, se sintió como nuevo. No pudo evitar pensar que de ahí en más las cosas mejorarían y tomaría el control de su vida. Si tan solo el espejo no le hubiera recordado su tatuaje: el que le habían hecho antes del Desierto. Era un símbolo permanente de lo que había sufrido y deseó poder olvidarse de todo.

Permaneció de pie y con los brazos cruzados, apoyado en la pared que estaba junto a la puerta del baño, esperando. Se preguntó si la Rata regresaría o si se trataba de una nueva prueba y debía salir a recorrer el sitio. Apenas se le había cruzado esa idea por la cabeza cuando oyó pasos y divisó a la blanca comadreja dando vuelta la esquina del corredor.

—Bueno, bueno. Luces estupendo —comentó la Rata. Los bordes de la boca estiraron las mejillas y esbozaron una sonrisa incómoda.

En la mente de Thomas, brotaron cientos de respuestas sarcásticas, pero sabía que tenía que actuar correctamente. Lo único importante era juntar toda la información posible y encontrar a sus amigos.

—Realmente me siento bien. De modo que… gracias —repuso con una sonrisa despreocupada—. ¿Cuándo podré ver a los otros Habitantes?

—Ahora mismo —respondió la Rata, nuevamente concentrado en sus actividades. Apuntó con la cabeza hacia el lugar de donde había venido y le hizo una señal a Thomas para que lo siguiera—. Para la Fase Tres de las Pruebas, cada uno pasó por diferentes tests. Habíamos esperado tener terminados los paradigmas de la zona letal en el final de la segunda fase pero, para seguir adelante, tuvimos que improvisar. No obstante, como ya dije, estamos muy cerca. Ahora todos ustedes serán socios en esta tarea y nos ayudarán a afinar y examinar el trabajo de forma más profunda hasta aclarar este misterio.

Thomas entornó los ojos. Sospechó que su Fase Tres había sido la habitación blanca, ¿pero qué les habría pasado a los demás? Por mucho que había odiado su prueba, podía imaginarse cuánto peor podría haber sido si CRUEL se lo hubiera propuesto. Casi deseó no enterarse nunca de lo que habían ideado para sus amigos.

Por fin, la Rata se detuvo delante de una puerta y la abrió sin vacilar.

Al ingresar en un pequeño auditorio, Thomas sintió un gran alivio. Ubicados en unas doce filas de asientos, estaban sus amigos, sanos y salvos. Los Habitantes y las chicas del Grupo B. Minho, Sartén, Newt, Aris, Sonia, Harriet. Todos parecían contentos, hablaban y se reían, aunque quizás estaban fingiendo un poco. Thomas supuso que a ellos también les habían dicho que todo estaba por terminar, pero dudó que alguien lo creyera. Desde luego que él no lo hacía. Al menos, no todavía.

Echó una mirada por el recinto en busca de Jorge. También buscó a Brenda, tenía muchas ganas de verla. Desde que ella había desaparecido después de que el Berg los rescatara, había estado muy inquieto y preocupado, pues CRUEL había amenazado con enviarla junto a Jorge, de vuelta al Desierto. No había rastros de ninguno de los dos. Sin embargo, antes de que pudiera preguntarle a la Rata acerca de ellos, una voz sonó en medio del bullicio. Una gran sonrisa se dibujó en el rostro de Thomas.

—¡Shuck! No puedo creer lo que ven mis ojos. ¡Es Thomas! —gritó Minho. Su anuncio fue seguido de carcajadas, ovaciones y silbidos. Mientras continuaba recorriendo los rostros que había en la sala, una ola de alegría se unió a la preocupación que le oprimía el estómago. Sin poder hablar por la emoción, siguió sonriendo hasta que sus ojos se toparon con Teresa.

Ella se encontraba sentada en el fondo y, al verlo, se puso de pie. El pelo negro y reluciente le caía sobre los hombros y enmarcaba su rostro pálido. Los labios rojos se abrieron en una gran sonrisa, que iluminó sus rasgos e hizo brillar sus ojos azules. Thomas casi avanzó hacia ella pero se contuvo: estaba obnubilado por los recuerdos vívidos de lo que ella le había hecho, por haber afirmado que CRUEL era bueno aun después de todo lo que había sucedido.

¿Puedes oírme?, le preguntó dentro de su cabeza, solo para averiguar si su capacidad de comunicarse había regresado.

Pero ella no respondió y él todavía no sentía su presencia en la mente. Se quedaron ahí, observándose, con los ojos fijos durante lo que pareció un minuto, aunque solo fueron unos pocos segundos. Y después Minho y Newt ya estaban a su lado, dándole palmadas en la espalda, estrechándole la mano, empujándolo hacia el interior de la sala.

—Bueno, al menos no te dejaste morir, Tommy —comentó Newt, mientras le apretaba la mano con fuerza. Su tono sonó más malhumorado que de costumbre, en especial considerando que no se habían visto en semanas, pero estaba entero. Y eso ya era algo por lo cual sentirse agradecido.

Minho tenía una sonrisa burlona en la cara, pero un destello helado en sus ojos revelaba que había atravesado días terribles. Aún no estaba totalmente recuperado, y hacía un gran esfuerzo por disimularlo.

—Los Habitantes súper poderosos otra vez juntos. Es bueno volver a verte, larcho. Te había imaginado muerto de múltiples maneras. Estoy seguro de que llorabas por las noches porque me extrañabas.

—Claro —murmuró Thomas, feliz de verlos a todos y luchando para vencer su mutismo. Se apartó del grupo y se dirigió hacia Teresa. Sentía un impulso irresistible de enfrentarla y encontrar un poco de paz.

—Hola.

—Hola —respondió ella—. ¿Te encuentras bien?

—Supongo que sí. Fueron unas semanas un poco duras. ¿Pudiste…? —se detuvo. Quería preguntarle si lo había oído en su mente, pero no quiso darle la satisfacción de que supiera que lo había intentado.

—Yo traté, Tom. Todos los días probé hablar contigo. Nos cortaron la conexión, pero creo que valió la pena —comentó. Luego se estiró y le tomó la mano, lo cual desató en los Habitantes un coro de puñetazos burlones.

Al percibir que su rostro se encendía, Thomas se desprendió rápidamente de la mano de Teresa. Por algún motivo, las palabras de ella lo habían irritado, pero los demás malinterpretaron su gesto y creyeron que se trataba de vergüenza.

—Aahhhh —exclamó Minho—. Eso es casi tan romántico como la vez que te estampó la punta de una lanza en tu cara miertera.

—Es amor verdadero —comentó Sartén, seguido del profundo bramido de su risa—. No querría saber lo que puede ocurrir cuando estos dos tengan su primera pelea de *verdad*.

A Thomas no le importaba lo que ellos pensaran, y estaba decidido a demostrarle a Teresa que no podía obviar todo lo que le había hecho. La confianza que habían compartido antes de las Pruebas y la relación que habían tenido ya no significaban nada. Podría llegar a algún tipo de reconciliación, pero resolvió en ese mismo instante que solo confiaría en Minho y en Newt. En nadie más.

Estaba por responder cuando la Rata apareció por el pasillo golpeando las manos.

—Tomen asiento. Antes de extraer el Neutralizador, nos quedan algunas cosas que aclarar.

Lo mencionó tan naturalmente que Thomas casi no llegó a captarlo. Cuando por fin registró las palabras *extraer el Neutralizador*, se quedó helado.

Todos enmudecieron mientras la Rata subía al escenario, que se encontraba al frente de la sala, y se acercaba al atril. Sujetó los bordes y repitió la misma sonrisa forzada de antes, y luego habló.

—Muy bien, damas y caballeros. Están a punto de recobrar todos sus recuerdos. Del primero hasta el último.

5

Thomas estaba atónito. Con la mente hecha un torbellino, fue a sentarse junto a Minho.

Después de tanto luchar para recordar su vida, su familia y su infancia –incluso lo que había hecho el día antes de despertar en el Laberinto–, la idea de recuperarlo todo era muy difícil de asimilar. No obstante, a medida que iba aceptándola, se dio cuenta de que algo había cambiado. Volver a tener sus recuerdos ya no le parecía bueno. Y su instinto le confirmó lo que había sentido desde que la Rata le afirmara que todo había terminado: era demasiado fácil.

El hombre se aclaró la garganta.

–Tal como se les comunicó en los encuentros individuales, las Pruebas han concluido. Una vez que recobren la memoria, creo que confiarán en mí y podremos seguir adelante. Todos han recibido información sobre la Llamarada y el propósito de las Pruebas. Estamos a pasos de completar el plano de la zona letal. Lo que necesitamos para perfeccionar lo que ya tenemos se logrará más sencillamente si contamos con su completa colaboración y sus mentes inalteradas. De modo que los felicito.

–Debería subir y romperle esa nariz de garlopo –dijo Minho. Considerando la amenaza que tenía sus palabras, su voz era aterradoramente calma–. Estoy harto de que actúe como si todo estuviera genial, como si más de la mitad de nuestros amigos no estuvieran muertos.

–¡Me encantaría aplastarle esa nariz de rata! –lanzó Newt bruscamente.

Thomas se sobresaltó por la rabia que había en su voz, y se preguntó qué cosas espantosas habría sufrido Newt durante la Fase Tres.

La Rata puso los ojos en blanco y suspiró.

—Antes que nada, a cada uno de ustedes se les ha advertido cuáles serán las consecuencias si intentan hacerme daño. Pueden estar seguros de que seguimos vigilándolos. En segundo lugar, lo siento mucho por aquellos que se han ido, pero al final habrá valido la pena. Sin embargo, lo que me preocupa es que tengo la impresión de que nada de lo que yo diga hará que ustedes comprendan lo que está en juego. Estamos hablando de la supervivencia de la raza humana.

Minho inhaló una bocanada de aire como para empezar a discutir, pero se detuvo de golpe.

Thomas sabía que por más sinceridad que aparentara la Rata, tenía que ser una trampa. De todas formas, no servía de nada pelear con él a esa altura de los acontecimientos. Ni con palabras ni con puños. Lo que más necesitaban era tener paciencia.

—Cerremos un poco la boca —exclamó Thomas con tranquilidad—. Y escuchemos lo que tenga que decir.

Cuando la Rata estaba por continuar, Sartén levantó la voz.

—¿Por qué deberíamos confiar en ustedes para que…? ¿Cómo se llamaba? ¿Neutralizador? Después de todo lo que nos han hecho a nosotros y a nuestros amigos, ¿quieren quitarnos el Neutralizador? Me temo que no. Les agradezco muy amablemente, pero prefiero ignorar mi pasado.

—CRUEL es bueno —dijo Teresa de pronto, como hablando consigo misma.

—¿Qué? —preguntó Sartén, y todos los ojos se clavaron en ella.

—CRUEL es bueno —repitió en voz más alta, mientras giraba en el asiento para devolver las miradas—. Entre todas las cosas que podría haber escrito en mi brazo cuando desperté del estado de coma, elegí esas tres palabras. No dejo de pensar en eso y creo que debe existir una razón para haberlo hecho. Propongo que nos callemos y hagamos lo que el hombre nos pide. Solo podremos entenderlo cuando recobremos la memoria.

—¡Yo estoy de acuerdo! —exclamó Aris mucho más fuerte de lo necesario.

Thomas se quedó callado, mientras la habitación se iba llenando de discusiones entre los Habitantes que opinaban a favor de Sartén y los miembros del Grupo B, que apoyaban a Teresa. No podía existir un peor momento para una puja de voluntades.

—¡Silencio! —rugió la Rata, golpeando el atril con los puños. Esperó que se calmaran para continuar—. Miren, nadie los culpará por la desconfianza que sienten. Se los ha empujado hasta el límite, vieron morir gente, experimentaron el terror en su forma más pura. Pero les prometo que cuando esto termine ninguno de ustedes mirará hacia atrás…

—¿Y qué pasa si no estoy de acuerdo? —gritó Sartén—. ¿Y si no queremos recuperar nuestros recuerdos?

Sereno, Thomas desvió la vista hacia su amigo. Coincidía totalmente con él. La Rata volvió a suspirar.

—¿Es porque no tienen ningún interés en recordar o porque no confían en nosotros?

—Por favor, no *puedo imaginar* por qué no habríamos de confiar en ustedes —respondió Sartén.

—¿Acaso no se dan cuenta de que a esta altura, si quisiéramos hacerles daño, ya lo habríamos hecho? —el hombre bajó la mirada hacia el atril y luego volvió a levantarla—. Si no quieren quitarse el Neutralizador, no lo hagan. Pueden quedarse a un costado y observar a los otros.

¿Era una opción o un engaño? A juzgar por el tono de voz, Thomas no lograba decidirse; de todas maneras, la respuesta lo había sorprendido.

La habitación volvió a quedar en silencio y, antes de que alguien pudiera hablar, la Rata había bajado del escenario y caminaba hacia la puerta que se hallaba al fondo del recinto. Cuando llegó, los encaró nuevamente.

—¿Realmente quieren pasar el resto de sus vidas sin ningún recuerdo de sus padres, de su familia y de sus amigos? ¿Desean dejar pasar la posibilidad de conservar al menos unos pocos y buenos momentos que pueden haber tenido? Por mí hagan lo que quieran. Pero tal vez nunca más tengan esta oportunidad.

Thomas meditó acerca de su decisión. Por supuesto que anhelaba recordar a su familia. Había pensado tantas veces en eso. Pero también conocía muy bien a CRUEL y no iba a caer en otra trampa. Lucharía hasta morir antes de permitirles volver a jugar con su cerebro. Además, ¿por qué habría de creer que los recuerdos recuperados serían verdaderos?

Y había otra cosa que lo inquietaba: la angustia que había sentido cuando la Rata había anunciado por primera vez que CRUEL extraería el Neutralizador. Estaba asustado. Si todo lo que habían afirmado que era cierto realmente lo era, él no quería enfrentar su pasado; aun teniendo la posibilidad de hacerlo. No entendía quién era esa persona que ellos decían que él había sido. Y para colmo, tampoco le gustaba.

Thomas observó que la Rata abría la puerta y abandonaba el salón. Tan pronto como desapareció, se inclinó hacia Minho y Newt, para que solo ellos pudieran oírlo.

—No vamos a hacer esto, de ninguna manera. Ni hablar.

—De acuerdo. Aun si confiara en esos larchos, ¿por qué querría recordar? Miren lo que les pasó a Ben y a Alby.

Newt asintió.

—Tenemos que hacer algo de una maldita vez. Y cuando eso ocurra, voy a golpear unas cuantas cabezas para sentirme bien.

Thomas pensaba lo mismo, pero sabía que debían ser cuidadosos.

—Sí, pero no tan rápido —dijo—. No podemos echar a perder esta oportunidad. Tenemos que elegir el momento apropiado —afirmó. Una sensación de fuerza durante mucho tiempo relegada comenzó a filtrarse en su interior y lo tomó por sorpresa. Se había reunido con sus amigos y las Pruebas habían terminado, para siempre. De una manera u otra, ya no aceptarían más los mandatos de CRUEL.

Se levantaron y enfilaron hacia la puerta todos juntos, como grupo. Pero cuando Thomas sujetó el tirador para abrir, se detuvo. Lo que escuchó le produjo un gran desaliento: el resto del grupo seguía hablando y la mayoría había decidido recuperar la memoria.

La Rata estaba esperando afuera del auditorio. Los condujo por el sinuoso pasillo sin ventanas hasta una gran puerta de acero, que tenía muchos cerrojos y parecía estar sellada herméticamente. El líder de traje blanco acercó una tarjeta de acceso a un cuadrado oculto en el acero y, después de algunos clics, el gran bloque de metal comenzó a abrirse con un chirrido que le recordó a Thomas las Puertas del Área.

Luego se encontraron con otra puerta más y, una vez que el grupo hubo entrado en fila en un pequeño vestíbulo, la Rata cerró la primera puerta y, con la misma tarjeta, desbloqueó la segunda. Del otro lado, había una habitación enorme, similar a las anteriores: con piso de baldosas y paredes claras. Tenía una gran cantidad de armarios y mesadas, y varias camas alineadas en el fondo. Sobre cada una de ellas, colgaba un dispositivo de metal brillante, de aspecto amenazador y con tubos de plástico, con forma de máscara. Thomas no iba a permitir que le colocaran eso sobre su rostro.

La Rata señaló las camas con la mano.

—De esta manera extraeremos el Neutralizador de sus cerebros —anunció—. No se preocupen, sé que estos aparatos son un poco aterradores, pero el procedimiento no duele tanto como parece.

—¿No tanto? —repitió Sartén—. No me gusta cómo suena eso. De modo que sí duele.

—Claro que van a sentir una cierta molestia, después de todo es una cirugía —explicó la Rata mientras se encaminaba hacia una gran máquina, situada a la izquierda de las camas. Tenía decenas de luces titilantes, botones y monitores—. Lo que haremos es quitar un pequeño dispositivo de la zona donde se encuentra la memoria a largo plazo. Pero les prometo que no es tan malo como suena —y comenzó a presionar botones. Un zumbido se extendió por la habitación.

—Espere un segundo —dijo Teresa—. ¿Esta operación también nos quitará lo que tenemos allí dentro que permite que ustedes nos controlen?

A Thomas lo invadieron las imágenes de Teresa en aquella construcción en el Desierto, de Alby retorciéndose en la cama de la Finca y de Gally matando a Chuck. CRUEL los había dominado a todos. Por un instante, se cuestionó la decisión que había tomado. ¿Podía permitirse seguir a merced de ellos? ¿O debería dejar que le practicaran la operación? Sin embargo, pronto la duda se desvaneció: sentía desconfianza. No se entregaría.

—¿Y qué pasará…? —continuó Teresa, pero se detuvo antes de terminar su pregunta y miró a Thomas.

Él sabía en lo que ella estaba pensando. En su habilidad para comunicarse telepáticamente. Esa extraña conexión entre ellos, como si de alguna forma estuvieran compartiendo la mente. De pronto, a Thomas le encantó la idea de perder eso para siempre. Tal vez, el vacío producido por la falta de Teresa desaparecería también.

Ella se repuso y prosiguió.

—¿Quitarán todo lo que hay ahí? ¿*Todo*?

La Rata hizo un gesto afirmativo con la cabeza.

—Todo excepto el minúsculo dispositivo que nos permite trazar el mapa de los paradigmas de la zona letal. Y no necesitas decir lo que estás pensando, porque se te nota en la mirada: Thomas, Aris y tú ya no podrán hacer su pequeño truco. Lo cancelamos temporalmente, pero ahora desaparecerá para siempre. No obstante, recobrarán la memoria a largo plazo y nosotros no podremos manipular sus mentes. Me temo que el trato viene con todo incluido. Lo toman o lo dejan.

El resto de los chicos vagaban por el recinto susurrándose preguntas unos a otros. Un millón de cuestiones debían sobrevolar dentro de sus cabezas. Había mucho que pensar, tantas repercusiones y consecuencias, innumerables razones por las cuales estar enojados con CRUEL. Pero la confrontación parecía haber abandonado al grupo, y en su lugar había un creciente afán de acabar con todo de una vez por todas.

—Me parece que esta cuestión es obvia. ¿No lo creen? No hay mucho que pensar —exclamó Sartén, pero solo obtuvo un par de gruñidos como respuesta.

—Muy bien, me parece que ya estamos prácticamente listos —anunció la Rata—. Ah, falta un último tema. Algo que tengo que decirles antes de que recobren la memoria. Será mejor que se enteren por mí y no que… recuerden el análisis.

—¿De qué está hablando? —preguntó Harriet.

La Rata juntó las manos en la espalda y su expresión se tornó severa.

—Algunos de ustedes son inmunes a la Llamarada. Pero... otros no. Voy a ir leyendo la lista... les pido que hagan un esfuerzo por tomarlo con calma.

6

La habitación quedó sumida en el silencio, roto solamente por el rumor de la maquinaria y un pitido débil. Thomas sabía que era inmune —al menos, eso le habían dicho— pero no tenía idea de la situación de los demás y, en realidad, hasta se había olvidado de la cuestión. El miedo aterrador que había sentido cuando se enteró por primera vez lo asaltó nuevamente.

—Para que un experimento brinde resultados exactos —explicó la Rata—, se necesita un grupo de control. Hicimos todo lo que estaba en nuestras manos para mantener al virus lejos de ustedes el mayor tiempo posible. Pero viaja por el aire y es altamente contagioso.

Hizo una pausa y abarcó a todos con la mirada.

—Continúe de una miertera vez —dijo Newt—. Ya todos nos dimos cuenta de que tenemos esa endiablada enfermedad. No nos va a romper el corazón.

—Es cierto —agregó Sonia—. No haga tanto drama y dígalo ya.

Thomas vio que Teresa se movía nerviosamente. ¿Acaso a ella también le habían anticipado algo? Supuso que debería ser inmune al igual que él, de lo contrario, CRUEL no los habría elegido para los roles especiales.

La Rata se aclaró la garganta.

—Perfecto. La mayoría de los miembros del grupo son inmunes y nos han ayudado a recolectar información invalorable. Solo dos de ustedes son considerados ahora como Candidatos, pero dejaremos ese tema para después. Vayamos a la lista. Las siguientes personas *no* son inmunes. Newt…

Thomas sintió una sacudida en el pecho. Dobló el cuerpo y clavó los ojos en el piso. La Rata señaló a varios más, pero nadie a quien él conociera. Apenas alcanzó a registrar sus nombres por encima del zumbido vertiginoso que parecía llenar sus oídos y nublar su mente. Estaba impresionado de su reacción, no se había dado cuenta de cuánto significaba Newt para él hasta escuchar el anuncio. Se le ocurrió un pensamiento: la Rata había dicho antes que los elegidos para control eran como eslabones que evitaban que la información del proyecto se dispersara y le otorgaban coherencia y relevancia.

El Nexo. Ese era el nombre que le habían dado a Newt: el tatuaje que seguía grabado en su piel como una oscura cicatriz.

—Tommy, cálmate.

Cuando Thomas levantó la vista, se encontró a Newt frente a él, con los brazos cruzados y una sonrisa forzada en el rostro. Se enderezó.

—¿Que me calme? Ese viejo garlopo acaba de decir que no eres inmune a la Llamarada. ¿Cómo puedes…?

—No estoy preocupado por la maldita enfermedad, hermano. Ni siquiera pensé que iba a estar vivo a esta altura. Y, de todas maneras, la vida tampoco ha sido precisamente maravillosa.

No sabía si Newt hablaba en serio o solo estaba tratando de hacerse el fuerte. Pero la sonrisa escalofriante todavía no se había borrado de su rostro, de modo que Thomas hizo un esfuerzo por sonreír.

—Si te parece perfecto ir enloqueciendo de a poco y tener ganas de devorarte niños, entonces supongo que no te lloraremos —bromeó, pero tuvo la sensación de que nunca antes había pronunciado palabras tan huecas.

—Buena esa —repuso Newt. Su sonrisa ya había desaparecido.

Aún desconcertado, Thomas desvió la atención al resto del grupo. Uno de los Habitantes —un chico llamado Jackson, a quien nunca había llegado a conocer bien— se había quedado con la mirada perdida y otro estaba intentando esconder las lágrimas. Una de las chicas del Grupo B tenía los ojos enrojecidos, mientras un par de amigas la abrazaban tratando de consolarla.

—Quería dejar ese tema a un lado —dijo la Rata—. Fundamentalmente, para poder comunicárselo yo mismo y recordarles que el objetivo de toda esta operación ha sido conseguir una cura. La mayoría de los que no son inmunes se encuentran en las etapas iniciales de la Llamarada y confío plenamente en que recibirán el cuidado correspondiente antes de que la enfermedad esté más avanzada. Pero las Pruebas requerían su participación.

—¿Y qué pasará si ustedes no encuentran una solución? —preguntó Minho.

La Rata lo ignoró. Se dirigió hasta la cama más cercana, extendió el brazo y apoyó la mano sobre uno de los extraños dispositivos metálicos que colgaban del techo.

—Esto es algo de lo que estamos muy orgullosos, una proeza de ingeniería médica y científica. Es un Retractor y será el encargado de realizar este procedimiento. Se les colocará en la cara y les prometo que seguirán luciendo igual de bonitos cuando todo termine. Unos cablecitos, que están en el interior del aparato, van a descender y penetrar en sus conductos auditivos. Desde allí, extraerán la maquinaria que se encuentra dentro del cerebro. Los doctores y las enfermeras les darán un sedante para calmar los nervios y aliviar la molestia.

Se detuvo para echar una mirada por la habitación.

—Van a caer en una suerte de estado de trance —siguió explicando—, mientras los nervios se reparan a sí mismos y los recuerdos regresan: algo similar a lo experimentado por algunos de ustedes durante lo que dieron en llamar la Transformación, cuando estaban en el Laberinto. Pero les prometo que será muchísimo más leve. Una gran parte de eso se hizo para estimular los paradigmas del cerebro. Contamos con más habitaciones iguales a esta y un equipo completo de médicos listos para comenzar. Ahora supongo que tendrán un millón de preguntas, pero la mayoría de ellas serán respondidas por sus propios recuerdos. De modo que voy a esperar hasta después del procedimiento para contestarlas.

La Rata hizo una pausa y luego concluyó.

—Les pido unos instantes para constatar que los equipos médicos estén preparados. Pueden tomarse este tiempo para decidir qué hacer.

El único sonido que rasgó el silencio fue el roce de sus pantalones al atravesar el recinto y después desapareció por la primera puerta de acero, que se cerró tras de sí. De inmediato, la habitación se llenó de murmullos.

Teresa se acercó a Thomas, y Minho la siguió. Este último se inclinó para que pudieran escucharlo.

—Shanks, ustedes saben y recuerdan mejor que nadie. Teresa, nunca mantuve en secreto que no me agradabas, pero de todas maneras quiero escuchar lo que piensas.

Thomas tenía la misma curiosidad por conocer la opinión de ella. Le hizo una seña y esperó que hablara. Todavía subsistía en él un pequeño y estúpido anhelo de escucharla pronunciarse en contra de la propuesta de CRUEL.

—Creo que deberíamos hacerlo —dijo Teresa. Thomas no se sorprendió en lo más mínimo. La esperanza que había en su interior murió para siempre—. Para mí eso es lo correcto. Necesitamos recuperar nuestros recuerdos para entender qué está pasando y decidir qué vamos a hacer.

La mente de Thomas giraba a toda velocidad tratando de ordenar la información.

—Teresa, sé que no eres estúpida. Pero también sé que estás enamorada de CRUEL. Desconozco lo que estás tramando, pero no voy a formar parte de ello.

—Yo tampoco —dijo Minho—. ¡Shuck, viejo! Ellos pueden manipularnos, jugar con nuestras mentes. ¿Cómo habríamos de saber si nos están devolviendo nuestros propios recuerdos o metiéndonos otros nuevos?

Teresa lanzó un suspiro.

—¡Ustedes no entienden nada! Si ellos pueden controlarnos, si pueden hacer lo que se les ocurra con nosotros, obligarnos a hacer cualquier cosa, entonces, ¿por qué habrían de molestarse con toda esta farsa de ofrecernos la posibilidad de elegir? Además, él dijo que también nos sacarían la parte que les permite dominarnos. Para mí está bien.

—Bueno, de todas maneras nunca confié en ti —dijo Minho sacudiendo lentamente la cabeza—. Y, desde luego, tampoco en ellos. Estoy con Thomas.

—¿Y qué pasa con Aris? —preguntó Newt, que había estado tan callado que Thomas ni siquiera notó que se había acercado por detrás, seguido por Sartén—. Teresa, ¿no mencionaste que había estado con ustedes antes de que llegaras al Laberinto? ¿Qué piensa él?

Thomas echó un vistazo a la habitación hasta que lo divisó hablando con sus amigas del Grupo B. Desde que Thomas había llegado, se había mantenido con ese grupo, lo cual le pareció razonable, ya que esa era la gente con quien había vivido su propia experiencia en el Laberinto. Sin embargo, Thomas nunca había conseguido perdonarlo por el papel que había jugado al ayudar a Teresa en el Desierto, atrayéndolo a él hasta la cámara en las montañas y obligándolo a ingresar en ella.

—Voy a preguntarle —dijo Teresa.

Thomas y sus amigos la observaron mientras atravesaba la habitación, y comenzaba a hablar violentamente con su grupo.

—Odio a esa chica —señaló Minho.

—Vamos, no es tan mala —acotó Sartén.

Minho puso los ojos en blanco.

—Si ella lo hace, yo no.

—Yo tampoco —coincidió Newt—. Y soy supuestamente el que tiene la maldita Llamarada, de modo que tengo más interés en esto que nadie. Pero no voy a tragarme ningún truco más.

Thomas ya había tomado esa misma decisión.

—Solo escuchemos lo que va a decir. Aquí viene.

La charla con Aris había sido breve.

—Él está todavía más seguro que nosotras. Todos ellos están dispuestos a hacerlo.

—Bueno, eso lo define todo —repuso Minho—. Si Aris y Teresa están a favor, yo estoy en contra.

Thomas no podría haberlo dicho mejor. Sus instintos le decían que Minho estaba en lo cierto, pero no dio su opinión en voz alta. En cambio, echó un vistazo al rostro de Teresa. Ella lo observó con esa mirada que él conocía tan bien: esperaba que él se pusiera de su lado. Pero la diferencia era que ahora Thomas sospechaba del motivo por el cual ella lo deseaba tan ardientemente.

Con rostro inexpresivo, le sostuvo la mirada hasta que Teresa bajó los ojos.

—Como quieran —repuso ella meneando la cabeza, y se alejó.

A pesar de todo, el corazón de Thomas dio un salto dentro de su pecho al verla atravesar la habitación.

—Hey, viejo —interrumpió Sartén—, no podemos permitirles que nos pongan esas cosas en la cara, ¿no creen? Les juro que estaría feliz si pudiera regresar a mi cocina en la Finca. Lo juro.

—¿Te olvidaste de los Penitentes? —preguntó Newt.

Sartén pensó unos segundos y después agregó:

—Ellos nunca invadieron mi cocina.

—Está bien. Tendremos que encontrarte un nuevo espacio para cocinar —respondió Newt, mientras tomaba del brazo a Thomas y a Minho y los alejaba del grupo—. Ya escuché demasiado esos malditos argumentos. No pienso meterme en una de esas camas.

Minho estiró el brazo y apretó el hombro de Newt.

—Yo tampoco.

—Lo mismo digo —afirmó Thomas. Por fin había logrado expresar aquello que había ido fortaleciéndose en su interior durante semanas—. Nos quedamos tranquilos, les seguimos el juego y nos portamos bien —murmuró—. Pero tan pronto como surja una oportunidad, lucharemos para escapar de este lugar.

7

Antes de que Newt y Minho pudieran responder, la Rata ya estaba de vuelta. Pero a juzgar por la expresión de los rostros de sus amigos, Thomas tuvo la certeza de que estaban de acuerdo. Totalmente.

Más gente se fue amontonando en la habitación y Thomas desvió su atención a lo que estaba ocurriendo. Las personas que se habían unido a ellos llevaban un overol verde y holgado, con la palabra CRUEL escrita en el pecho. De pronto, se sorprendió ante el cuidado que habían puesto en la elaboración de cada detalle de ese juego o *experimento*. ¿Acaso el nombre elegido para la organización podría haber sido una de las Variables? ¿Una palabra obviamente amenazante y, sin embargo, una entidad que ellos sostenían que era buena? Probablemente, se trataba de otra provocación para ver cómo reaccionaban sus cerebros, qué sentían.

No era más que un juego de adivinanzas. Desde el principio.

Cada médico –Thomas supuso que serían de verdad, como la Rata les había dicho– se ubicó junto a una de las camas. Se dedicaron a manipular las máscaras que colgaban del techo, ajustando los tubos, probando botones e interruptores que Thomas no alcanzaba a ver.

–Ya hemos adjudicado una cama para cada uno de ustedes –dijo la Rata posando la vista en un tablero de notas que había traído con él–. Los que se quedan en esta habitación son… –leyó varios nombres de un tirón, entre ellos estaban Sonia y Aris, pero no el de Thomas ni el de ninguno de los Habitantes–. Aquellos que no mencioné hagan el favor de acompañarme.

Toda la situación se había vuelto extraña: actuaban de manera muy informal y despreocupada para la seriedad de la ocasión. Parecía una banda de maleantes tomando lista a los gritos antes de masacrar a un grupo de llorosos traidores. Sin saber qué hacer, Thomas decidió cooperar hasta que se presentara la ocasión oportuna.

Siguieron a la Rata a lo largo de un corredor hasta detenerse frente a otra habitación. El guía continuó recitando nombres y les tocó el turno a Sartén y a Newt.

—Yo no voy a hacerlo —anunció Newt—. Usted dijo que podríamos elegir y esta es mi maldita decisión —exclamó, al tiempo que lanzaba a Thomas una mirada de irritación, como diciendo que debían hacer algo pronto o perdería la cabeza.

—No hay problema —repuso la Rata—. Ya cambiarás de opinión. Quédate conmigo hasta que terminemos de distribuir a los demás.

—¿Qué harás tú, Sartén? —preguntó Thomas intentando disimular la sorpresa que le había causado que la Rata hubiera cedido tan fácilmente.

De repente, el cocinero se mostró avergonzado.

—Eh… creo que voy a permitirles que lo hagan.

Thomas se quedó mudo del asombro.

—¿Estás loco? —preguntó Minho.

Sartén sacudió la cabeza y se puso a la defensiva.

—Quiero recordar. Es una elección personal. Déjenme decidir.

—Prosigamos —dijo la Rata.

Sartén desapareció deprisa dentro de la habitación, probablemente para evitar más discusiones. Thomas sabía que tenía que dejarlo ir: a esa altura, solo podía preocuparse por sí mismo y por encontrar una salida. Con un poco de suerte, podría rescatar a todos una vez que lo lograra.

La Rata no llamó a Minho, a Teresa y a Thomas sino hasta que se hallaron frente a la última puerta, junto a Harriet y a otras dos chicas del Grupo B. Newt había sido el único en negarse a realizar el procedimiento.

—No, gracias —dijo Minho cuando la Rata hizo una señal para que todos ingresaran a la sala—. Pero aprecio la invitación. Chicos, espero que la pasen bien ahí dentro —exclamó con un saludo burlón.

—Yo tampoco lo haré —afirmó Thomas. Ya comenzaba a sentir un nerviosismo anticipado. Tenían que arriesgarse y hacer algo.

Con una expresión indescifrable, la Rata observó fijamente a Thomas.

—Hey, Don Rata, ¿se siente bien? —preguntó Minho.

—Soy el Subdirector Janson —respondió con voz grave y crispada, como si le costara mantener la calma, pero sin dejar de mirar a Thomas—. Debería ser más respetuoso con los mayores.

—Si deja de tratar a la gente como animales tal vez le haga caso —dijo Minho—. ¿Y por qué no despega los ojos de Thomas?

Finalmente, la Rata Janson desvió la mirada hacia Minho.

—Porque hay muchas cosas que debemos considerar —hizo una pausa y se enderezó—. Pero, muy bien. Dijimos que podrían decidir por sí mismos y nos atendremos a eso. Entren todos y comenzaremos con los que están dispuestos a participar.

Una vez más, Thomas sintió que un estremecimiento recorría su cuerpo. El momento se acercaba. Lo sabía. Y por la expresión del rostro de Minho, le pasaba lo mismo. Se hicieron una leve seña con la cabeza y siguieron a la Rata dentro del recinto.

Era exactamente igual al primero, las camas, las máscaras colgando, todo. La máquina que manejaba la operación ya estaba zumbando y emitiendo pitidos. Al lado de cada cama había una persona uniformada, como las que había visto en la primera habitación.

Thomas miró a su alrededor y tomó aire. Vestida de verde, de pie junto a una cama del fondo, se hallaba Brenda. Lucía más joven que los demás y tanto el rostro como el pelo oscuro estaban mucho más limpios que en el Desierto. Ella le hizo un rápido movimiento de cabeza y giró la vista hacia la Rata. Luego, antes de que Thomas captara lo que estaba ocurriendo, atravesó corriendo la habitación y lo envolvió en un fuerte abrazo. Aturdido, Thomas retrocedió, aunque no quería desprenderse de sus brazos.

—¡Brenda!, ¿qué estás haciendo? —le gritó Janson—. ¡Regresa a tu puesto!

Ella apretó los labios contra el oído de Thomas y le susurró algo que él apenas logró escuchar.

—No confíes en ellos. *Por favor.* Confía solo en mí y en la Ministra Paige, Thomas. Siempre. En nadie más.

—¡Brenda! —exclamó la Rata casi con un chillido.

Después ella se separó de él y se alejó.

—Lo siento —balbuceó—. Me puse contenta al ver que había superado la Fase Tres y me distraje —se disculpó. Regresó a su puesto y volvió a ubicarse frente a ellos con rostro inexpresivo.

—No tenemos tiempo para esas cosas —la regañó Janson.

Thomas no podía quitar los ojos de Brenda; no sabía qué pensar o sentir. Hacía tiempo que él ya no confiaba en CRUEL, de modo que sus palabras los ponían del mismo bando. Pero entonces, ¿por qué trabajaba con ellos? ¿Acaso no estaba enferma? ¿Y quién era esa Ministra Paige? ¿Sería esa otra Prueba más? ¿Otra Variable?

Cuando se abrazaron, una sensación fuerte había invadido su cuerpo. Recordó que Brenda le había hablado dentro de su mente después de que lo colocaran en la habitación blanca. Ella le había advertido que las cosas se iban a complicar. Aún no comprendía cómo había sido capaz de hacerlo. ¿Realmente estaba de su lado?

Teresa, que había permanecido callada desde que abandonaron la primera habitación, se adelantó e interrumpió sus pensamientos.

—¿Qué está haciendo ella aquí? —murmuró. Había rencor en su voz. Ahora, todo lo que ella decía o hacía, a Thomas le molestaba—. Pensé que era una Crank.

—No lo sé —respondió él. Su mente se llenó de imágenes de los instantes vividos con Brenda en aquella ciudad devastada. De manera incomprensible, él extrañaba ese sitio y estar a solas con ella—. Tal vez… solo me está arrojando una Variable.

—¿Crees que ella formó parte del espectáculo, que la enviaron al Desierto para ayudar a dirigir la representación?

—Es probable —repuso Thomas, herido por dentro. Sonaba razonable que Brenda hubiera formado parte de CRUEL desde el principio. Pero eso significaba que ella le había mentido, una y otra vez. Deseaba tanto que fuera diferente.

—No me gusta —dijo Teresa—. Parece... tramposa.

Thomas tuvo que hacer un gran esfuerzo para no gritarle a Teresa. O reírse de ella. No obstante, le habló con calma.

—Ve a permitirles que jueguen con tu mente —repuso. Quizás el hecho de que Teresa desconfiase de Brenda era la mejor señal de que él sí debería confiar en ella.

Teresa le echó una mirada cortante.

—Puedes pensar lo que quieras de mí. Solo estoy haciendo lo que me parece correcto —agregó y después se apartó para esperar las instrucciones de la Rata.

Janson asignó las camas a los pacientes voluntarios, mientras Thomas, Newt y Minho observaban. Thomas echó un vistazo a la puerta y se preguntó si deberían correr hacia ella. Estaba a punto de darle un codazo a Minho cuando la Rata les habló como si le hubiera leído la mente.

—Los tres rebeldes tengan cuidado porque los estamos vigilando. Ni se les ocurra intentar algo raro. En este preciso instante, un grupo de guardias armados se dirige hacia aquí.

A Thomas lo asaltó la idea perturbadora de que quizás *de verdad* alguien le había leído la mente. ¿Acaso serían capaces de interpretar sus verdaderos pensamientos gracias a los paradigmas cerebrales que estaban reuniendo con tanta dedicación?

—Eso es un montón de garlopa —susurró Minho, mientras Janson acomodaba a la gente en las camas—. Creo que deberíamos arriesgarnos y ver qué sucede.

En vez de responderle, Thomas desvió los ojos hacia Brenda, que miraba fijamente al piso como si estuviera enfrascada en sus pensamientos. Descubrió que la extrañaba terriblemente y que sentía una conexión que no comprendía del todo. Lo único que deseaba era hablar a solas con ella. Y no simplemente por lo que le había dicho al oído.

Desde el pasillo, llegó un rumor de pasos apresurados. Tres hombres y dos mujeres vestidos de negro irrumpieron en el recinto. En sus espaldas, cargaban un equipo que constaba de cuerdas, herramientas y municiones. Todos sostenían una especie de arma muy voluminosa.

Thomas no podía dejar de observar el armamento: le trajo algún recuerdo perdido que apenas lograba aferrar, pero al mismo tiempo era como si los viera por primera vez. Los aparatos emitían una luz azul brillante. En el centro, un tubo transparente contenía granadas metálicas que chisporroteaban por la electricidad. Los guardias apuntaban a Thomas y a sus dos amigos.

—Esperamos demasiado —soltó Newt con un susurro largo y discordante.

Thomas estaba seguro de que pronto se les presentaría una oportunidad.

—De todos modos nos habrían atrapado allá afuera —respondió en voz baja, casi sin mover los labios—. No pierdas la paciencia.

Janson se ubicó junto a los guardias y señaló una de las armas.

—Son Lanzadores de Granadas. Si alguno nos causa problemas, estos guardias no van a dudar un segundo en disparar. Las armas no van a matarlos, pero créanme, les van a hacer pasar los peores cinco minutos de sus vidas.

—¿Qué está sucediendo? —preguntó Thomas, asombrado de no sentir miedo—. Acaba de decirnos que podíamos elegir. ¿A qué se debe este ejército repentino?

—Se debe a que no confío en ustedes —dijo Janson eligiendo las palabras con mucho cuidado—. Esperábamos que, una vez recuperada la memoria, actuaran voluntariamente. Todo sería más fácil de esa manera. Pero nunca dije que ya no los necesitáramos.

—Vaya sorpresa —exclamó Minho—. Nos mintió otra vez.

—Nunca les he mentido. Ustedes tomaron una decisión, ahora aténganse a las consecuencias —y señaló la puerta—. Guardias, acompañen a Thomas y a los demás a sus habitaciones, donde tendrán tiempo suficiente para meditar acerca de sus errores hasta las Pruebas de mañana por la mañana. Utilicen la fuerza que sea necesaria.

8

Las dos guardias elevaron las armas. Las bocas enormes y redondeadas apuntaban a los tres sediciosos.

–No nos obliguen a usarlas –dijo una de las mujeres–. El margen de error es nulo. Un movimiento en falso y oprimiremos el gatillo.

Los tres hombres giraron las correas de sus Lanzadores por encima de los hombros y luego se acercaron a los Habitantes –uno por cada chico–, que los miraban provocativamente. Thomas seguía experimentando esa extraña calma –que provenía en parte de la firme resolución de luchar hasta el final– y una sensación de satisfacción al comprobar que CRUEL necesitaba cinco adultos armados para vigilar a tres adolescentes.

El guardia que sujetó a Thomas del brazo era mucho más grandote que él y muy fornido. Atravesó la puerta y caminó con energía por el pasillo, empujando a Thomas consigo. Detrás, otro guardia arrastraba a Minho; y Newt venía a continuación, luchando a más no poder.

Lo único que se escuchaba eran los gruñidos, gritos y palabrotas de Minho mientras los guardias conducían a los chicos por interminables corredores. Thomas intentó decirle que se callara, que solo empeoraría las cosas y que terminarían por dispararle; pero Minho lo ignoró y continuó batallando con uñas y dientes hasta que el grupo por fin se detuvo frente a un acceso.

Una de las mujeres extrajo una tarjeta y destrabó la puerta. Al empujarla, vieron un pequeño dormitorio con dos juegos de literas y una pequeña cocina con una mesa y sillas en un rincón. Ciertamente, no era lo que Thomas había esperado: se había imaginado algo como el Cuarto Oscuro del Área con el piso sucio y una silla rota.

—Entren —ordenó la mujer—. Les traerán algo de comida. Pueden agradecer que no los dejemos morir de hambre por unos días, después de cómo se han comportado. Las Pruebas son mañana, de modo que traten de dormir un poco esta noche.

Los tres hombres empujaron a los Habitantes hacia el interior de la habitación y, al cerrar la puerta de un golpe, el eco del cerrojo quedó flotando en el aire.

De inmediato, Thomas se vio inundado por aquella sensación de cautiverio que había padecido días atrás. Se dirigió a la puerta, sujetó la perilla y trató de hacerla girar con todas sus fuerzas. La golpeó con ambos puños al tiempo que gritaba lo más fuerte que podía para que alguien los dejara salir.

—Cálmate —dijo Newt desde atrás—. Nadie va a venir a darte el beso de las buenas noches.

Thomas se dio vuelta pero, al ver a Minho frente a él, se detuvo. Antes de que pudiera armar una frase, su amigo comenzó a hablar.

—Supongo que dejamos pasar la ocasión —comentó Minho echándose en una de las literas inferiores—. Thomas, cuando por fin llegue tu mágica oportunidad, seremos ancianos o estaremos muertos. Ellos no van a hacer un gran anuncio: *Ahora tienen una excelente posibilidad de escapar porque estaremos ocupados durante los próximos diez minutos.* Hay que arriesgarnos.

Thomas odiaba tener que admitir que sus amigos tenían razón. Deberían haber salido corriendo antes de que esos guardias aparecieran.

—Lo siento. No creí que fuera el momento adecuado. Y una vez que tuvimos todas esas armas encima, me pareció que ya no tenía sentido intentar algo.

—Claro, bueno —balbuceó Minho—. Tú y Brenda tuvieron un agradable encuentro.

Thomas respiró hondo.

—Ella me dijo algo.

Minho se incorporó en la cama.

—¿Qué?

—Me dijo que no confiara en ellos, que confiara solamente en ella y en la Ministra Paige.

—¿En qué andará esa maldita chica? —preguntó Newt—. ¿Trabaja para CRUEL? ¿Acaso lo del Desierto no fue más que una siniestra actuación?

—Sí, me parece que ella no es mejor que el resto —agregó Minho.

Thomas no estaba de acuerdo, pero ni siquiera él mismo lograba comprender por qué; menos aún podría explicárselo a sus amigos.

—Escuchen, yo también trabajé para ellos, pero ustedes confían en mí, ¿no es cierto? No significa nada. Quizá no tuvo alternativa o cambió. No lo sé.

Minho entrecerró los ojos, pensativo, pero no respondió. Newt se sentó en el piso y se cruzó de brazos como un niño malcriado.

Thomas movió la cabeza. Estaba harto de descifrar los acontecimientos. Caminó hacia el pequeño refrigerador y lo abrió: su estómago rugía de hambre. Encontró unos pinchos de queso y uvas y los dividió en tres. Y antes de tomarse una botella entera de jugo, ya había devorado su ración. Los otros dos comieron su parte sin decir una palabra.

Poco después, una mujer les llevó costillas de cerdo y papas, y también las comieron. De acuerdo con el reloj de Thomas, ya era de noche, pero no creyó que fuera capaz de dormir. Se quedó sentado en una silla, frente a sus amigos, preguntándose qué podrían hacer. Se sentía un poco afligido, como si fuera culpable de que aún estuvieran allí. Sin embargo, no se le ocurrió ninguna idea.

Después de comer, Minho fue el primero en hablar.

—Tal vez deberíamos entregarnos a esos mierteros. Hacer lo que ellos nos dicen. Algún día nos volveremos a encontrar y estaremos gordos y satisfechos.

Thomas sabía que no hablaba en serio.

—Sí, y quizás encuentres una chica simpática y bonita que trabaje aquí, te cases y tengas hijos. Y el mundo acabará plagado de lunáticos.

Minho siguió hablando.

—CRUEL descifrará esa cuestión del plano y todos viviremos felices y comeremos perdices.

—Eso ni siquiera es gracioso —repuso Newt malhumorado—. Aunque realmente encontraran la cura, ya lo vieron allá afuera, en el Desierto. Tendrá que pasar una condenada cantidad de tiempo antes de que el mundo vuelva a la normalidad. Y si eso ocurre… nosotros no llegaremos a verlo.

De golpe, Thomas se dio cuenta de que su amigo continuaba sentado ahí, con la vista fija en el suelo.

—Después de todo lo que nos han hecho, ya no les creo nada —afirmó. No lograba superar la noticia de Newt: un chico que haría cualquier cosa por los demás. Lo habían sentenciado a muerte —con esa enfermedad incurable— simplemente para observar lo que ocurriría.

—Ese Janson se cree muy inteligente —prosiguió Thomas—. Piensa que todo se reduce a una especie de bien mayor: dejemos que la raza humana pase a mejor vida o hagamos cosas terribles para salvarla. Hasta los pocos que son inmunes probablemente no durarían mucho en un mundo donde el noventa y nueve coma nueve por ciento de las personas se han convertido en monstruos psicópatas.

—¿Adónde quieres llegar con eso? —masculló Minho.

—Lo que digo es que antes de que me neutralizaran la memoria, yo debía estar de acuerdo con toda esa basura. Pero ya no —explicó. Ahora le aterrorizaba la idea de que los recuerdos que pudieran surgir le hicieran cambiar de opinión.

—Entonces, Tommy, no desperdiciemos nuestra próxima oportunidad —dijo Newt.

—Mañana —añadió Minho—. Como sea.

Thomas echó una larga mirada a ambos.

—Está bien. Como sea.

Cuando Newt bostezó, los otros dos lo imitaron.

—Es mejor que dejemos de parlotear e intentemos dormir un poco.

9

Después de permanecer una hora con los ojos abiertos en la oscuridad, Thomas finalmente se durmió. Y cuando lo hizo, sus sueños consistieron en un cúmulo de imágenes y recuerdos dispersos.

Una mujer, sentada a una mesa, sonreía al tiempo que lo miraba a los ojos. Ella sorbía tímidamente de una taza con líquido humeante. Otra sonrisa. Después dijo: "Ahora come el cereal. ¡Qué niño más bueno!". Era su mamá, con su rostro amable. Su amor por él se manifestaba en cada pliegue de su sonrisa. Ella no dejó de observarlo hasta que terminó el último bocado. Entonces, le hizo una caricia juguetona en el pelo y se llevó el tazón.

A continuación, se encontraba en el piso de una pequeña habitación alfombrada jugando con bloques plateados, que parecían ensamblarse unos con otros para construir un castillo enorme. Su mamá estaba sentada en una silla en el rincón, llorando. De inmediato, Thomas supo por qué. A su papá le habían diagnosticado la Llamarada y ya estaba mostrando síntomas. Eso dejaba en claro que su mamá también tenía la enfermedad o pronto la tendría. Thomas, el del sueño, sabía que no pasaría mucho tiempo antes de que los doctores descubrieran que su yo más joven tenía el virus, pero era inmune a sus efectos. Para ese entonces, ellos ya habrían desarrollado el análisis para detectarlo.

Luego, estaba andando en bicicleta en un día sofocante. El calor brotaba del piso. A ambos lados de la calle, donde antes solía haber césped, solo quedaban hierbas. En su rostro sudoroso había una sonrisa. Su mamá lo miraba y él sentía que disfrutaba de cada instante. Se dirigieron a una laguna cercana. El agua estaba estancada y olía mal. Ella recogía piedras para que él las arrojara a las turbias profundidades. Al principio, las lanzó lo más lejos posible, pero después intentó hacerlas rebotar como su padre le había enseñado el verano anterior. Todavía no podía hacerlo. Cansados, con la fuerza debilitada por el tiempo tórrido, su madre y él se encaminaron a su casa.

Después las imágenes del sueño se volvieron borrosas.

Él estaba otra vez adentro y un hombre de traje oscuro se hallaba sentado en un sofá, con papeles en la mano y una expresión grave en el rostro. Thomas, de pie junto a su madre, tomado de su mano. Se había formado CRUEL, una empresa conjunta de los gobiernos del mundo: aquellos que habían sobrevivido a las llamaradas solares, un hecho ocurrido mucho antes de que Thomas naciera. Y su objetivo era estudiar lo que ahora se denominaba zona letal, donde la Llamarada provocaba graves daños: el cerebro.

El hombre estaba diciendo que Thomas era inmune. Otros también lo eran. Menos del uno por ciento de la población. En su mayoría, menores de veinte años. Y el mundo era peligroso para ellos. Los odiaban por su inmunidad ante el terrible virus y se burlaban de ellos llamándolos Munis. La gente les hacía cosas horrendas. CRUEL afirmó que era capaz de proteger a Thomas, quien podría ayudarlos en la búsqueda de una cura. Dijeron que era inteligente, uno de los más brillantes entre los que se habían hecho el análisis. Su madre no tenía otra opción que dejarlo partir. Obviamente no quería que su hijo fuera testigo de su lento proceso hacia la locura.

Más tarde, le dijo a Thomas que lo amaba y que estaba muy feliz de que él nunca tuviera que pasar por los mismos sufrimientos que su papá, cuyos padecimientos ambos habían presenciado. La locura se había llevado hasta la última partícula de su ser, aquello que lo había definido como ser humano.

Y después de eso el sueño se desvaneció y Thomas cayó en un profundo vacío.

A la mañana siguiente, un fuerte golpe en la puerta lo despertó. Apenas había logrado apoyarse en los codos, cuando ingresaron los cinco guardias del día anterior empuñando los Lanzadores. Janson entró a la habitación inmediatamente detrás de ellos.

—Arriba, dormilones —dijo la Rata—. A pesar de todo, hemos decidido devolverles sus recuerdos. Les guste o no.

10

Thomas estaba aturdido. Las imágenes que había visto, los recuerdos de su infancia, nublaban su mente. Casi no captó lo que el hombre había dicho.

—Ni lo sueñes —respondió Newt, que se hallaba fuera de la cama mirando a Janson con furia mientras apretaba los puños.

Thomas no recordaba haber visto nunca semejante fuego en los ojos de su amigo. Y recién entonces, la contundencia de las palabras de la Rata apartó bruscamente a Thomas de su nebulosa. Levantó las piernas y las apoyó en el suelo.

—Usted nos dijo que no teníamos que hacerlo.

—Me temo que no existe otra alternativa —repuso Janson—. El tiempo de las mentiras terminó. Nada va a funcionar si ustedes tres permanecen en la oscuridad. Lo lamento. Es necesario que hagamos el procedimiento. Y tú, Newt, serás uno de los que más se beneficie con esto.

—Ya no me importa lo que vaya a ocurrir conmigo —observó Newt con un gruñido grave.

Fue entonces que los instintos de Thomas se despertaron. Supo que ese era el instante que había estado esperando. La última gota. Observó a Janson atentamente. El rostro del hombre se suavizó y respiró con fuerza, como si percibiera la atmósfera de peligro y quisiera neutralizarla.

—Escuchen, Newt, Minho y Thomas. Comprendo cómo se deben sentir. Han vivido cosas terribles. Pero la peor parte ya pasó. No podemos cambiar el pasado ni deshacer lo que les ocurrió a ustedes y a sus amigos. Pero, después de tanto esfuerzo, ¿no sería una pena dejar el plano incompleto?

—¿No pueden deshacer lo ocurrido? —gritó Newt—. ¿Eso es todo lo que tiene para decir?

—Ten cuidado —advirtió uno de los guardias, apuntándole con el Lanzador en el pecho.

El dormitorio quedó en silencio. Thomas nunca había visto a Newt en ese estado. Tan furioso, tan renuente incluso a fingir una expresión de calma.

Janson continuó.

—Se nos está acabando el tiempo. Vamos de una vez o repetiremos la escena de ayer. Les aseguro que mis guardias están muy dispuestos.

Minho saltó desde la litera de arriba.

—Él tiene razón —comentó con naturalidad—. Newt, si te podemos salvar a ti y quién sabe a cuántos más, seríamos unos garlopos si nos quedáramos un segundo más en esta habitación —exclamó, mientras le lanzaba una mirada a Thomas y hacía una seña hacia la puerta—. Vamos ya —dijo. Pasó delante de la Rata y de los guardias y salió al pasillo sin mirar atrás.

Janson arqueó las cejas y observó a Thomas, que estaba luchando para esconder su asombro. El anuncio de Minho era tan extraño: debía tener algún plan. Fingir que aceptaban la orden sin resistirse les daba un poco más de tiempo.

Thomas se alejó de la Rata y de los guardias y le hizo un guiño a Newt.

—Veamos qué quieren que hagamos —repuso tratando de sonar sincero y despreocupado, pero fue una de las cosas más difíciles que había hecho en su vida—. Yo trabajé para esta gente antes del Laberinto. No pude haber estado totalmente equivocado, ¿no creen?

—Por favor —repuso Newt con los ojos en blanco. Y avanzó hacia la puerta. Thomas rio en su interior por su pequeña victoria.

—Cuando esto termine, todos ustedes serán héroes —afirmó Janson, al tiempo que Thomas salía de la habitación detrás de Newt.

—Cierre la boca —exclamó Thomas.

Una vez más, los tres amigos siguieron a la Rata a lo largo de los corredores laberínticos. Mientras caminaban, Janson relataba la travesía como si fuera un guía de turismo. Explicó que las instalaciones no tenían muchas ventanas, debido al clima a menudo desapacible del exterior y a los ataques de pandillas errantes de gente infectada. Mencionó la tormenta intensa de la noche en que retiraron a los Habitantes del Laberinto, y cómo un grupo de Cranks había logrado traspasar el perímetro exterior y verlos abordar el autobús.

Thomas recordaba aquella noche muy bien. Todavía podía sentir la sacudida de las ruedas pasando por encima de la mujer que lo había abordado antes de subir al vehículo y cómo el conductor ni siquiera había disminuido la velocidad. Le resultaba difícil creer que eso había sucedido solo unas semanas atrás: parecía que habían pasado años.

−Realmente desearía que cierre el hocico −disparó finalmente Newt. Y la Rata lo hizo, pero una ligera sonrisa permaneció dibujada en su rostro.

Cuando alcanzaron la zona en la que habían estado el día anterior, la Rata se detuvo y se dirigió a ellos.

−Supongo que hoy todos colaborarán. Es lo menos que espero de ustedes.

−¿Dónde están los demás? −preguntó Thomas.

−Los otros reclutas han estado recuperando…

Antes de que pudiera terminar la frase, Newt saltó, sujetó a la Rata por las solapas del saco y lo estrelló contra la puerta más cercana.

−¡Si vuelve a llamarlos reclutas, le romperé el maldito cuello!

Al instante, dos guardias se arrojaron sobre él. Lo sujetaron, lo aplastaron contra al suelo y le acercaron los Lanzadores el rostro.

−¡Esperen! −gritó Janson−. Esperen −repitió. Se serenó y alisó las arrugas del saco y la camisa−. No lo inutilicen. Terminemos con esto de una vez.

Con los brazos en alto, Newt se puso lentamente de pie.

−No nos llame reclutas. No somos ratones que andan detrás del queso. Y dígale a sus amigos mierteros que se tranquilicen. No pensaba lastimarlo. Mucho −exclamó. Sus ojos inquisidores se posaron en Thomas.

CRUEL *es bueno.*

Por alguna razón inexplicable, esas palabras brotaron en la cabeza de Thomas. Era como si su ser anterior —el que había creído que el objetivo de CRUEL justificaba cualquier acto malvado— estuviera intentando convencerlo de que era verdad. Que sin importar lo horrible que pareciera, ellos debían hacer lo que fuera necesario para encontrar una cura para la Llamarada.

No obstante, ahora las cosas eran diferentes. No podía entender quién había sido antes ni cómo había llegado a pensar que eso estaba bien. A pesar de que había cambiado para siempre... tenía que ser el antiguo Thomas por última vez.

—Newt, Minho —dijo en voz baja, antes de que la Rata pudiera hablar de nuevo—. Creo que tiene razón. Ya es hora de que hagamos lo que *se supone* que debemos hacer. Es lo que acordamos anoche.

Minho esbozó una sonrisa nerviosa. Newt juntó las manos en dos puños cerrados.

Era ahora o nunca.

11

Thomas no vaciló. Giró el codo hacia atrás y lo clavó en la cara del guardia que se encontraba detrás de él, al tiempo que pateaba la rodilla de la mujer que tenía enfrente. Ambos cayeron al suelo aturdidos, pero se recuperaron rápidamente. Por el rabillo del ojo, vio que Newt trababa la pierna de un guardia y lo arrojaba al piso; Minho le pegaba a otro. Pero el guardia restante, una mujer, estaba ilesa y agitaba el arma en el aire.

Thomas se abalanzó sobre ella y, antes de que pudiera oprimir el gatillo, golpeó el extremo del arma. Pero la mujer volvió a sujetar el Lanzador y lo descargó sobre el costado de la cabeza de Thomas. El dolor explotó en el mentón y en las mejillas. Perdió el equilibrio, se le doblaron las rodillas y se cayó al piso sobre el estómago. Colocó las manos debajo del cuerpo para levantarse, pero un gran peso se estrelló en su espalda y lo aplastó contra las baldosas duras, cortándole la respiración. Una rodilla se le hundió en la columna y sintió el metal duro sobre la cabeza.

—¡Deme la orden! —gritó la mujer—. ¡A. D. Janson, deme la orden! Y le derretiré el cerebro.

Thomas no podía ver a los demás, pero los sonidos de combates ya se habían apagado. Supo que el amotinamiento había tenido corta vida; los tres habían sido controlados en menos de un minuto. El desconsuelo le hirió el corazón.

—¡¿En qué están pensando?! —rugió Janson detrás de Thomas. Podía imaginarse la expresión de furia en el rostro de la comadreja—. ¿Realmente creen que tres… *chicos* pueden superar a cinco guardias armados? Se supone que ustedes son genios y no unos rebeldes… idiotas y delirantes. ¡Tal vez la Llamarada ya atacó sus mentes!

—¡Cállese de una vez! —escuchó Thomas gritar a Newt—. Cierre el…

Algo ahogó el resto de sus palabras. Al imaginar a uno de los guardias lastimando a Newt, Thomas tembló de rabia. La mujer presionó el arma contra su cabeza con más fuerza.

—Ni siquiera… lo pienses —le susurró al oído.

—¡Levántenlos! —ladró Janson—. Ya mismo.

Sin dejar de apuntarle a la cabeza, la guardia sujetó a Thomas de la parte trasera de la camiseta hasta ponerlo de pie. A Newt y a Minho también los retenían, mientras los dos guardias libres dirigían sus armas sobre los tres Habitantes.

El rostro de Janson estaba encendido.

—¡Es completamente ridículo! No vamos a permitir de ninguna manera que esto vuelva a suceder —exclamó y miró a Thomas.

—Solo era un niño —dejó escapar Thomas ante su propia sorpresa.

—¿Perdón? —dijo Janson.

Thomas le echó una mirada de furia a la Rata.

—Era un niño cuando me lavaron el cerebro para que hiciera estas cosas, para que colaborara —continuó. Esa idea lo estaba carcomiendo por dentro desde que los recuerdos habían comenzado a aparecer. Desde que empezó a armar las piezas del rompecabezas.

—Yo no estuve ahí al principio —dijo Janson impasible—. Fuiste tú quien me aceptó para este trabajo una vez que se hizo la purga de los fundadores originales. Y deberías saber que jamás conocí a alguien, joven o adulto, más tenaz que tú —sonrió, y Thomas tuvo ganas de romperle la cara.

—No me importa lo que…

—¡Suficiente! —aulló Janson—. Él será el primero —y le hizo una seña a uno de los guardias—. Que venga una enfermera. Brenda está adentro y ha insistido mucho para ayudar. Quizá se porte mejor si ella es la técnica encargada de trabajar con él. Lleven a los otros a la sala de espera. Me gustaría operarlos de a uno por vez. Ahora tengo que encargarme de otra cuestión, de modo que me encontraré con ustedes allá.

Thomas estaba tan enojado que ni siquiera registró el nombre de Brenda. Otro guardia se unió a la mujer que estaba a sus espaldas.

—¡No dejaré que lo hagan! —gritó Thomas, poniéndose cada vez más nervioso. La idea de enterarse de quién había sido lo aterrorizaba—. ¡No voy a permitir que coloquen esa cosa en mi cara!

Janson lo ignoró y se dirigió directamente a los guardias.

—Asegúrense de que ella lo sede —advirtió, y luego comenzó a alejarse.

Los guardias lo arrastraron hacia la puerta. Él luchó e intentó soltarse, pero las manos de sus oponentes eran como grilletes de acero. Finalmente se rindió para no agotar su fuerza. De repente, comprendió que tal vez había perdido la batalla. Brenda era su única esperanza.

Su amiga estaba en la habitación, de pie junto a una cama. Tenía una expresión glacial. Thomas intentó analizar su mirada, pero le resultó indescifrable.

Sus captores lo empujaron hacia el interior del recinto. Él no podía comprender qué hacía Brenda allí, ayudando a CRUEL.

—¿Por qué trabajas para ellos? —su voz le sonó débil.

Los guardias lo hicieron girar.

—Es mejor que mantengas la boca cerrada —respondió Brenda—. Confía en mí, como lo hiciste en el Desierto. Esto es lo mejor.

No podía verla pero percibió algo en su voz. A pesar de lo que había dicho, su tono era cálido. ¿Estaría de su lado?

Los guardias condujeron a Thomas hasta la última cama de la fila. Luego la mujer lo liberó y le apuntó con el Lanzador, mientras el hombre lo sostenía contra el borde del colchón.

—Acuéstate —ordenó el guardia.

—No —rugió Thomas.

El hombre le dio una bofetada en la mejilla.

—¡Acuéstate! ¡Ahora!

—No.

El matón lo levantó de los hombros y lo estampó contra el colchón.

—Esto se va a hacer de todas maneras, así que es mejor que colabores —señaló. La máscara metálica con los cables y los tubos pendía sobre su cabeza, como una gigantesca araña dispuesta a ahorcarlo.

—No dejaré que pongan eso en mi cara —insistió. Su corazón palpitaba peligrosamente rápido. El miedo que había estado acumulando comenzaba a barrer cualquier resto de calma.

El guardia tomó las dos muñecas de Thomas y las apoyó contra el colchón, mientras se inclinaba hacia adelante con todo su peso para impedir que él se moviera.

—Aplícale los sedantes —ordenó.

Thomas se obligó a tranquilizarse y a ahorrar energía para un último intento de escape. Le dolía ver a Brenda. Se había encariñado con ella más de lo que pensaba. Si ayudaba a hacer eso en contra de su voluntad, ella también era el enemigo. El solo hecho de considerar esa posibilidad era demasiado desgarrador.

—Por favor, Brenda —le rogó—. No los ayudes. No les permitas que me hagan esto.

Ella se le acercó y le tocó el hombro suavemente.

—Cálmate. No pienses que todos quieren arruinarte la vida. Ya me agradecerás lo que estoy por hacer. Ahora deja de quejarte y relájate.

No lograba entenderla.

—¿Eso es todo? ¿Después de lo que pasó en el Desierto? ¿Cuántas veces estuvimos al borde de la muerte en esa ciudad? Con todo lo que pasamos juntos, ¿vas a abandonarme?

—Thomas… —comenzó a decir sin preocuparse por ocultar la frustración—. Era mi trabajo.

—Yo escuché tu voz en mi cabeza. Me advertiste que las cosas estaban por ponerse difíciles. Por favor, dime que no estás *realmente* con ellos.

—Cuando regresamos al Cuartel General después del Desierto, ingresé en el sistema telepático porque quería avisarte. Prepararte. Nunca me imaginé que nos haríamos amigos en medio de ese infierno.

En cierta medida, escuchar que ella también había sentido lo mismo hizo que la situación fuera más tolerable, y ya no pudo contenerse.

—¿Tienes la Llamarada? —le preguntó.

Ella respondió de forma atropellada, con frases breves.

—Estaba actuando. Jorge y yo somos inmunes. Hace mucho que lo sabemos. Por eso nos usaron. Ahora no hables más —con un ligero parpadeo echó una mirada al guardia.

—¡Continúa con tu trabajo! —gritó el hombre repentinamente.

Brenda lo miró con severidad, pero no le contestó. Luego desvió la vista hacia Thomas y le hizo un guiño ligero.

—Una vez que te inyecte el sedante, te dormirás en unos segundos. *¿Entiendes?* —pronunció la última palabra con énfasis y volvió a hacerle un guiño sutil. Por suerte, los dos guardias estaban concentrados en el prisionero y no en ella.

A pesar de la confusión, Thomas sintió que un rayo de esperanza recorría su cuerpo. Ella estaba tramando algo.

Brenda se dirigió a la mesa que se hallaba detrás y empezó a preparar lo que necesitaba, mientras el guardia continuaba apoyando todo su peso encima de las muñecas de Thomas. El sudor perlaba la frente del hombre, pero estaba claro que no lo soltaría hasta que estuviera inconciente. Y la mujer se encontraba de pie a su lado, encañonando el rostro de Thomas.

Cuando la chica se dio vuelta, en su mano izquierda sostenía una jeringa, con la aguja hacia arriba, y su pulgar en el disparador. Al costado del tubo, se podía distinguir un líquido amarillento.

—Bueno, Thomas. Vamos a hacer esto muy rápido. ¿Estás listo?

Sin saber cuál era el plan, movió la cabeza afirmativamente y se preparó para lo que iba a ocurrir.

—Muy bien —respondió ella—. Más vale que lo estés.

12

Brenda sonrió y, al aproximarse a Thomas, tropezó y se tambaleó hacia delante. Se aferró a la cama con la mano derecha, pero cayó de manera tal que la aguja se clavó en el brazo del guardia. Al instante, oprimió el disparador, que emitió un silbido agudo y veloz.

—¡Demonios! —gritó el matón, pero sus ojos ya estaban vidriosos.

Thomas actuó de inmediato. Libre de esos puños de acero, se apoyó en la cama e hizo girar las piernas en un arco apuntando hacia la mujer, que estaba volviendo en sí luego de unos segundos de confusión. Un pie pegó en el Lanzador y el otro en el hombro. Ella dio un alarido, y enseguida se escuchó el ruido de su cabeza golpeando contra el piso.

Antes de que se deslizara fuera de su alcance, Thomas gateó hasta el Lanzador y lo apuntó hacia la mujer, que se tomaba la cabeza con las manos. Brenda rodeó la cama raudamente, se apoderó del arma del hombre y la dirigió hacia su cuerpo inerte.

Thomas jadeaba, su pecho se sacudía mientras la adrenalina estallaba en su interior. Hacía semanas que no se sentía tan bien.

—Sabía que tú…

Antes de que pudiera terminar, Brenda disparó el Lanzador.

Un sonido agudo rasgó el aire una milésima de segundo antes que la descarga. La potencia hizo que la chica retrocediera de un salto. Una de las granadas brillantes se había estrellado en el pecho de la mujer y emitía haces de luz y electricidad a través de su cuerpo, que empezaba a retorcerse frenéticamente.

Thomas se quedó sorprendido por el funcionamiento del Lanzador y, también, por la actuación de Brenda, que había disparado sin titubear. La miró con admiración. Si necesitaba otra prueba de que ella no trabajaba para CRUEL, la tenía delante de sus ojos.

Con una leve sonrisa en el rostro, Brenda le devolvió la mirada.

—Hace mucho tiempo que quería hacer algo así. Qué suerte que logré convencer a Janson de que me asignara para realizar este procedimiento —se agachó, tomó la tarjeta de acceso del guardia que estaba inconciente y la deslizó en su bolsillo—. Esto nos permitirá ingresar en todos lados.

Thomas tuvo que resistir el impulso de abrazarla.

—Vamos —dijo—. Hay que buscar a Newt y a Minho, y luego a los demás.

Con Brenda al frente, corrieron a toda velocidad a través de los sinuosos pasillos. Thomas recordó la vez en que ella lo había guiado por los túneles subterráneos en el Desierto. Él le pidió que se diera prisa, pues sabía que en cualquier momento aparecerían más guardias.

Llegaron a una puerta y Brenda acercó la tarjeta para destrabarla. Se escuchó un breve pitido y el bloque de metal se abrió.

La Rata se levantó de un salto al verlos.

—Por el amor de Dios, ¿qué están haciendo? —dijo, con el horror pintado en el rostro.

Brenda ya les había disparado a dos guardias, que se agitaban en el piso en medio de una nube de humo y descargas eléctricas. Newt y Minho le hicieron un tacle al tercer guardia y Minho tomó su arma.

Thomas apuntó a Janson con el Lanzador y puso el dedo en el disparador.

—Deme su tarjeta de acceso y échese en el suelo con las manos en la cabeza —ordenó con voz firme. Su corazón latía a toda prisa.

—Esto es una locura total —dijo Janson, mientras obedecía. Hablaba despacio, con una calma admirable dadas las circunstancias—. No tienen ninguna posibilidad de salir de aquí. Hay más guardias en camino.

Thomas sabía que la Rata tenía razón pero era su única oportunidad.

—Esto no es nada comparado con lo que sufrimos —y sonrió al descubrir que era verdad—. Gracias por el entrenamiento. Janson, si dice una palabra más, podrá experimentar… ¿cómo fue que dijo? *¿Los peores cinco minutos de su vida?*

—¿Cómo te atreves…?

Thomas apretó el disparador y el sonido agudo envolvió la habitación. La granada chocó contra la Rata, que de un grito cayó al piso. Luego de algunas convulsiones, comenzó a salir humo de su pelo y vestimenta. El recinto se llenó de un olor repugnante: un hedor que a Thomas le recordó el Desierto, cuando Minho había sido alcanzado por un rayo.

—Eso no debe ser nada agradable —dijo Thomas a sus amigos, con una serenidad que a él mismo lo sorprendió. Mientras observaba cómo se retorcía su enemigo, tuvo un poco de vergüenza de no sentir culpa. Solo un poco.

—Se supone que no va a matarlo —comentó Brenda.

—Es una pena —repuso Minho, que se encontraba más atrás atando al guardia ileso con su cinturón—. Sin él, el mundo habría sido un lugar mejor.

Thomas dejó de mirar al hombre que se sacudía a sus pies.

—Nos vamos. Ahora mismo.

—Brindo por eso —dijo Newt.

—Es exactamente lo que yo pensaba —agregó Minho.

Todos los ojos se dirigieron a Brenda. Ella se colocó el Lanzador en los brazos, lista para luchar.

—Odio a esta gente tanto como ustedes —dijo—. Cuenten conmigo.

Por segunda vez en los últimos días, a Thomas lo embargó una extraña sensación de felicidad. Brenda había regresado. Contempló a Janson. Los chisporroteos de la estática estaban comenzando a apagarse. Sus ojos permanecían cerrados y por fin había dejado de moverse, pero aún respiraba.

—No sé cuánto dura el efecto de estos aparatos —repuso Brenda—, pero estoy segura de que se va a despertar muy enojado. Mejor larguémonos de aquí.

—¿Cuál es el plan? —preguntó Newt.

Thomas no tenía la menor idea.

—Lo iremos inventando por el camino.

–Jorge es piloto –explicó Brenda–. Si logramos llegar de alguna manera hasta el hangar, donde está el Berg…

Antes de que alguno pudiera responder, se oyeron pasos y gritos que provenían del corredor.

–Ya están aquí –anunció Thomas. La realidad de su situación lo golpeó una vez más: no los dejarían salir del edificio cantando alegremente. Quién podía saber cuántas personas más se interpondrían en su camino.

Minho se colocó junto a la puerta.

–Tendrán que pasar por aquí.

Los sonidos del pasillo iban en aumento, los guardias estaban cada vez más cerca.

–Newt –indicó Thomas–, ponte al otro lado de la entrada. Brenda y yo vamos a dispararles a los dos primeros que entren. Ustedes ataquen a los demás por los costados y después corran por el pasillo. Nosotros iremos atrás.

Todos se ubicaron en sus puestos.

13

La expresión de Brenda era una extraña mezcla de ira y excitación. Thomas se colocó a su lado, sosteniendo el Lanzador firmemente en sus manos. Sabía que era arriesgado confiar en Brenda: prácticamente toda la gente de esa organización lo había engañado. No podía subestimar a CRUEL. Pero ella era la única razón por la cual habían llegado tan lejos. Y si él pensaba llevarla consigo, no podía dudar más.

Apareció el primer guardia, un hombre vestido con el mismo uniforme negro que los demás. Llevaba un tipo de arma diferente, más pequeña y elegante, apretada contra el pecho. Thomas le disparó y el cuerpo del hombre retrocedió a los tumbos, mientras se sacudía en una maraña de haces de luz.

Un hombre y una mujer venían detrás enarbolando los Lanzadores. Minho actuó antes de que Thomas pudiera hacerlo. Sujetó la camisa de la mujer y la arrastró hacia él, después la hizo girar alrededor de su cuerpo y la golpeó contra la pared. Ella logró evadir un tiro y la granada metálica se estrelló contra el suelo, provocando una breve explosión de chisporroteante energía a través de las baldosas.

Brenda le lanzó una granada al hombre y le dio en las piernas. Minúsculos rayos de electricidad recorrieron su cuerpo. El herido gritó y se desplomó en el pasillo, al tiempo que el arma caía al piso.

Minho había desarmado a la mujer y la tenía de rodillas con un Lanzador apoyado en la cabeza.

Cuando otro hombre atravesó la puerta, Newt le quitó el arma de un golpe y le asestó un puñetazo en la cara. El sujeto se derrumbó de rodillas, llevándose la mano a la boca ensangrentada. De inmediato levantó la vista como para decir algo, pero Newt retrocedió y le disparó en el pecho. A tan corta distancia, la bola emitió un ruido atronador y un espantoso chillido escapó de la garganta del guardia mientras se desmoronaba.

—Ese escarabajo está observando cada maldita cosa que hacemos —dijo Newt, haciendo un ademán hacia el fondo de la habitación—. Tenemos que salir de aquí. —Thomas siguió la mirada de Newt y divisó a la pequeña lagartija mecánica, que lanzaba un haz de luz rojo. Después de echar un vistazo a la puerta, volvió los ojos hacia la mujer. El arma de Minho se cernía sobre su cabeza.

—¿Cuántos guardias hay? —le preguntó Thomas—. ¿Vienen más en camino?

Ella no respondió. Minho se inclinó hacia adelante y le apuntó a la mejilla.

—Hay por lo menos cincuenta en servicio —contestó rápidamente.

—¿Y dónde están? —inquirió Minho.

—No lo sé.

—¡No me mientas! —gritó.

—Nosotros… Está ocurriendo algo más. No sé qué. Lo juro.

Al observarla con detenimiento, Thomas percibió en su expresión algo más que miedo. ¿Era frustración? Parecía estar diciendo la verdad.

—¿Algo más? ¿Como qué?

La mujer hizo una señal afirmativa.

—Lo único que sé es que un grupo fue convocado hacia otro sector, eso es todo.

—¿Y no tienes la menor idea del motivo? —preguntó Thomas con el mejor tono de duda que logró improvisar—. Me resulta muy difícil creerte.

—Lo juro.

Minho la sujetó por la parte de atrás de la camisa y la obligó a incorporarse.

—Entonces, nos llevaremos a esta simpática señora de rehén. Vámonos.

Thomas se colocó delante de él.

—Brenda tiene que ir al frente del grupo porque conoce las instalaciones. Sigo yo, luego tú y tu nueva amiga, y Newt en la retaguardia.

Brenda se apresuró a ubicarse junto a Thomas.

—Todavía no oigo nada, pero no puede faltar mucho. Vamos ya —anunció y, a continuación, se asomó al pasillo y se escabulló de la habitación.

Después de secarse las manos sudadas en el pantalón, Thomas sujetó el Lanzador y salió tras ella. Brenda dobló hacia la derecha. De una rápida mirada, Thomas comprobó que la rehén de Minho también venía corriendo por el pasillo, no muy alegre con la amenaza de un baño de electricidad a centímetros de su cabeza.

Cuando alcanzaron el extremo del primer corredor, doblaron a la derecha sin detenerse. El nuevo camino era exactamente igual al anterior: un pasadizo de paredes claras que se extendía unos quince metros antes de concluir en una puerta de doble hoja. Por alguna razón, el ambiente le hizo recordar aquel último tramo del Laberinto justo antes del Acantilado, cuando Teresa, Chuck y él corrían hacia la salida, mientras todos los demás luchaban contra los Penitentes para que ellos estuvieran a salvo.

Al aproximarse a la puerta, Thomas extrajo del bolsillo la tarjeta de acceso de la Rata.

—¡Yo no haría eso! —gritó la mujer—. Te apuesto que del otro lado hay veinte cañones esperando para quemarlos vivos —advirtió.

Había desesperación en su tono de voz. ¿Acaso la gente de CRUEL confiaba demasiado en su seguridad y había debilitado la vigilancia? Habiendo quedado solo veinte o treinta adolescentes, posiblemente no tenían más de un guardia por cada uno, y quizá menos.

Thomas y sus amigos debían encontrar a Jorge y al Berg, pero también a todos los demás. Pensó en Sartén y en Teresa. Él no iba a abandonarlos solo porque hubieran decidido recuperar sus recuerdos.

Se detuvo de un patinazo delante de la puerta y luego les habló a Minho y a Newt.

—No tenemos más que cuatro Lanzadores y consideremos que, detrás de esas puertas, hay más guardias esperándonos. ¿Podemos hacerlo?

Arrastrando de la camisa a su rehén, Minho se acercó al panel de la tarjeta de acceso.

—Tú abrirás esto para que nosotros podamos concentrarnos en tus compañeros. Quédate ahí y no te muevas hasta que te lo ordenemos. Y más vale que obedezcas —acotó y se dirigió a Thomas—. Comienza a disparar apenas se abran las puertas.

Thomas hizo un gesto afirmativo.

—Yo me agacho. Minho, apóyate sobre mi hombro. Brenda a la izquierda y Newt a la derecha.

Thomas se inclinó y clavó la punta del arma en el espacio donde se encontraban las dos hojas de la puerta. Minho quedó encima en idéntica actitud. Newt y Brenda se ubicaron en sus puestos.

—Abre cuando digamos tres —ordenó Minho—. Y si intentas algo o escapas, te garantizo que uno de nosotros te atrapará. Thomas, empieza a contar.

—Uno —empezó Thomas—, dos...

Hizo una pausa para tomar aire, pero antes de que pudiera gritar el último número, una alarma comenzó a sonar y las luces se apagaron.

14

Tratando de acostumbrarse a la oscuridad, Thomas parpadeó con rapidez. La alarma era intermitente y ensordecedora.

Percibió que Minho se ponía de pie y luego que se movía.

—¡La guardia se fue! —exclamó—. ¡No sé dónde está!

Tan pronto como pronunció la última palabra, el sonido de las armas que se cargaban llenó los intervalos entre los chirridos de la sirena. Después sobrevino el estallido de una granada que explotó contra el suelo. Los rayos de electricidad iluminaron el lugar: Thomas vio una figura borrosa que huía de ellos por el pasillo y se perdía en la penumbra.

—Es mi culpa —balbuceó Minho en un tono casi inaudible.

—Vuelvan a sus puestos —dijo Thomas. Temía lo que la alarma podría significar—. Busquen la rendija por donde se abren las puertas. Voy a usar la tarjeta de la Rata. ¡Prepárense!

Rozó la pared con la mano hasta que llegó al sitio indicado y deslizó la tarjeta. Se escuchó un clic y una de las puertas comenzó a abrirse hacia adentro.

—¡Disparen! —aulló Minho.

Newt, Brenda y Minho empezaron a lanzar granadas en la oscuridad. Con cuidado, Thomas se colocó en posición y disparó en medio de la electricidad que se agitaba y crepitaba del otro lado de las puertas. Les tomó unos segundos ponerse de acuerdo pero pronto habían creado un despliegue enceguecedor de luces y explosiones. No había indicios de gente ni respuesta a los disparos.

Thomas dejó caer el arma a un lado.

—¡Deténganse! —exclamó—. ¡No gasten más municiones!

Minho envió una última granada y, luego, todos se quedaron quietos esperando que la energía cediera para entrar sin peligro a la habitación.

Thomas se dirigió a Brenda, elevando mucho el tono de voz.

—Estamos un poco escasos de recuerdos. ¿Sabes algo que podría ayudarnos? ¿Dónde están todos? ¿Qué fue esa alarma?

Ella hizo un gesto negativo con la cabeza.

—Tengo que ser sincera: algo muy raro está ocurriendo.

—¡Apuesto que es otra de sus malditas Pruebas! —gritó Newt—. Todo esto estaba armado y nos están observando otra vez.

A Thomas se le hacía muy difícil pensar y Newt no era ninguna ayuda. Sostuvo el Lanzador en el aire y atravesó la puerta. Quería llegar a algún lugar seguro antes de que la luz de las explosiones se extinguiera por completo. Desde las aguas poco profundas de su escasa memoria recuperada, sabía que ese era el sitio donde había crecido. Deseó haber podido recordar el trazado del edificio. Una vez más se dio cuenta de lo importante que era Brenda para la libertad de todos. Al igual que Jorge, si estaba dispuesto a ayudarlos.

La alarma se detuvo.

—¿Qué…? —comenzó a preguntar Thomas, y luego bajó el tono de voz—. ¿Y ahora qué?

—Es probable que se hayan hartado de escuchar ese ruido —respondió Minho—. No significa nada que lo hayan apagado.

El destello de los rayos de electricidad se había desvanecido, pero la habitación contaba con luces de emergencia, que proyectaban una bruma rojiza. Se encontraban en una enorme área de recepción, con sofás, sillones y un par de escritorios. No había nadie a la vista.

—Nunca he visto gente en esta sala de espera —comentó Thomas al percibir que el espacio le resultaba repentinamente familiar—. Todo este sitio está vacío y me da escalofríos.

—Estoy segura de que hace mucho que no entra nadie a este lugar —repuso Brenda.

—¿Y ahora qué hacemos, Tommy? —preguntó Newt—. No podemos permanecer aquí todo el día.

Thomas pensó durante unos segundos. Quería encontrar a sus amigos; sin embargo, la prioridad era hallar una salida.

—Muy bien —señaló—. Brenda, realmente necesitamos tu ayuda. Tenemos que ir al hangar, encontrar a Jorge y decirle que vaya preparando el Berg. Newt y Minho, pueden quedarse con él como fuerza de apoyo, mientras ella y yo vamos a examinar el área para encontrar a nuestros amigos. Brenda, ¿sabes en dónde podemos aprovisionarnos de armas?

—Sí, el depósito está camino al hangar —explicó—. Pero seguramente habrá vigilancia.

—Hemos pasado por cosas peores —bromeó Minho—. Les dispararemos hasta que caigan ellos o nosotros.

—Pasaremos por encima de esos guardias —agregó Newt con una especie de gruñido—. Hasta el último de esos malditos.

—Es por ahí —indicó Brenda, y señaló uno de los dos pasillos que salían desde la sala de recepción.

Brenda guió a Thomas y a sus amigos por todos los recodos del largo pasadizo, la pálida luz roja de los faros de emergencia iluminaba el camino. No encontraron resistencia aunque, de vez en cuando, algún escarabajo pasaba correteando a su lado a toda prisa y se escabullía por el pasillo. Minho intentó dispararle a uno, pero le erró por completo y casi termina carbonizando a Newt, que aulló y, por la expresión de su rostro, tenía muchas ganas de devolver el disparo.

Después de correr durante unos eternos quince minutos, llegaron al depósito de armas. Thomas se sorprendió al encontrar la puerta abierta. Por lo que alcanzaba a ver, los estantes del interior estaban bien surtidos.

—Esto es suficiente —dijo Minho—. Ya no tengo ninguna duda.

Thomas sabía muy bien lo que quería decir. Había pasado por demasiadas experiencias como para no llegar a esa misma conclusión.

—Alguien nos tendió una trampa —balbuceó entre dientes.

—Tiene que ser así —añadió Minho—. Todos desaparecen de golpe, las puertas están abiertas y las armas, esperándonos. Y es obvio que nos están espiando a través de esos escarabajos mierteros.

—Es claramente sospechoso —acotó Brenda.

Al oír su voz, Minho se volvió hacia ella.

—¿Cómo sabemos que no formas parte de todo esto? —interpeló.

Ella contestó con voz cansada.

—Lo único que puedo hacer es jurarte que no es así. No tengo la menor idea de lo que está ocurriendo.

Thomas odiaba tener que admitirlo, pero lo que Newt había sugerido antes —que toda esa huida no debía ser más que una maniobra orquestada previamente— se tornaba cada vez más posible. Una vez más, habían quedado convertidos en ratones escurriéndose a través de otra clase de laberinto. Él deseó fervientemente que no fuera cierto.

Newt ya había ingresado al depósito.

—Miren esto —les dijo.

Cuando Thomas entró, su amigo señalaba un sector de la pared con estantes vacíos.

—Fíjense en las marcas de polvo. Es evidente que se han llevado un montón de armas recientemente. Puede haber ocurrido hace una hora, más o menos.

Thomas inspeccionó el área. La habitación estaba bastante polvorienta —lo suficiente como para hacerlos estornudar si se movían demasiado— pero las marcas que Newt había señalado estaban totalmente limpias. Había dado en el blanco.

—¿Por qué es eso tan importante? —preguntó Minho desde atrás.

Newt se dio vuelta y lo observó.

—¡Larcho maldito, piensa por ti mismo aunque sea una sola vez!

Minho parpadeó. Se lo veía más asombrado que ofendido.

—Guau, Newt —dijo Thomas—. Ya sé que todo esto es una mierda, pero cálmate. ¿Cuál es el problema?

—Te voy a decir cuál es el maldito problema. Tú te haces el tipo duro que se larga por ahí sin tener un plan, llevándonos por todos lados como si fuéramos un grupo de pollos en busca de alimento. Y Minho no puede dar un miertero paso sin pedir ayuda.

Minho ya comenzaba a sentirse molesto.

—Mira, garlopo, eres tú el que se cree un genio por deducir que los guardias se llevaron algunas armas del depósito de *armas*. Pensé que podría concederte el beneficio de la duda y actuar como si tal vez hubieras descubierto algo más profundo que eso. La próxima vez, te daré una maldita palmada en la espalda por reconocer lo que es obvio.

Thomas echó una mirada a Newt justo cuando su amigo cambiaba de expresión. Se lo veía conmovido, casi al borde de las lágrimas.

—Lo siento —murmuró Newt, y se marchó de la habitación.

—¿Qué fue eso? —susurró Minho.

Thomas no quería expresar lo que estaba pensando: la cordura de Newt se estaba consumiendo lentamente. Por suerte, no tuvo que hacerlo ya que Brenda habló primero.

—Ustedes no entendieron lo que él quiso decir.

—¿Y eso qué sería? —preguntó Minho.

— En esta sección, debería haber habido dos o tres docenas de pistolas y Lanzadores, y ahora desaparecieron. Hace muy poco. En esta última hora, como dijo Newt.

—¿Entonces? —insistió Minho, justo cuando Thomas caía en la cuenta de lo ocurrido.

Brenda estiró las manos como si la respuesta fuera evidente.

—Los guardias solo vienen aquí cuando necesitan un reemplazo o quieren usar algo más aparte de un Lanzador. ¿Por qué habrían de querer hacerlo *todos* al mismo tiempo? *¿Hoy?* Y los Lanzadores son muy pesados, no puedes dispararlos si también llevas otra arma. ¿Dónde están las armas que deberían haber descartado?

15

Minho fue el primero en ofrecer una explicación.

—Tal vez sabían que algo así podría suceder y no querían matarnos. Por lo que vimos, a menos que te den justo en la cabeza, los Lanzadores no hacen más que aturdirte por un rato. De modo que los guardias se los llevaron para usarlos junto con sus armas habituales.

Antes de que terminara, Brenda ya estaba meneando la cabeza.

—No. Lo usual es que ellos lleven siempre Lanzadores, por lo tanto, no se entiende que todos hayan venido al mismo tiempo para buscar uno nuevo. Podrán pensar lo que quieran de CRUEL, pero su objetivo no es matar a la mayor cantidad de gente posible. Aun cuando los Cranks ingresan al complejo.

—¿Los Cranks ya han estado aquí antes? —preguntó Thomas.

Brenda hizo un gesto afirmativo.

—Cuanto más infectados están, más desesperados se vuelven. Yo realmente dudo de que los guardias…

—Quizás *eso* fue lo que pasó… —interrumpió Minho—, con todas esas alarmas sonando. Tal vez algunos Cranks lograron ingresar y tomaron las armas que había aquí, usaron los Lanzadores para dejar aturdida a la gente y luego comenzaron a comerse sus cuerpos mierrtos. ¡Es posible que solo nos hayamos topado con unos pocos guardias, porque los demás ya están muertos!

Thomas había visto Cranks que se encontraban más allá del Final y los recuerdos lo asediaron. Eran enfermos que habían convivido con la Llamarada durante tanto tiempo que el virus les había corroído el cerebro, hasta dejarlos completamente dementes. Casi como animales con forma humana.

Brenda suspiró.

—Odio tener que admitirlo, pero es muy posible que tengas razón —reconoció, y luego reflexionó durante unos segundos—. En serio. Eso explicaría todo. *Alguien* entró acá y se llevó varias armas.

Thomas sintió un escalofrío.

—Si eso es verdad, nuestros problemas son mucho peores de lo que pensábamos.

—Me alegra que el tipo que no es inmune a la Llamarada no sea el único al que todavía le funciona el cerebro.

Thomas se dio vuelta y vio a Newt en la puerta.

—La próxima vez sé un poco más claro, en vez de ponerte tan susceptible —dijo Minho con frialdad—. No pensé que enloquecerías tan rápido, pero estoy feliz de que hayas regresado. Quizás necesitemos un Crank para olfatear a los otros, si es que realmente están adentro.

Thomas hizo una mueca ante el comentario tan hiriente y desvió la mirada hacia Newt. A juzgar por su expresión, su amigo no estaba nada contento.

—Nunca has sabido cuándo mantener el maldito hocico cerrado, ¿no es cierto, Minho? Siempre tienes que decir la última palabra.

—Cierra tu boca garlopa —repuso Minho. Por un segundo, su voz sonó tan tranquila que Thomas podría haber jurado que él también estaba enloqueciendo. La tensión que había dentro de la habitación era evidente.

Newt caminó despacio hacia Minho y se detuvo delante de él. Veloz como una serpiente, le pegó un puñetazo en la cara. Minho retrocedió dando tumbos y chocó contra una estantería vacía. Después, corrió hacia adelante y arrojó a Newt al suelo de una zancadilla.

Thomas no podía creer lo rápido que había sucedido todo. Se adelantó y comenzó a jalar de la camiseta de Minho.

—¡Ya basta! —gritó, pero los dos Habitantes seguían forcejeando con brazos y piernas.

Brenda se aproximó para ayudarlo, y ambos lograron finalmente poner de pie a Minho, que no cesaba de agitar los puños con violencia. Un codazo perdido golpeó a Thomas en el mentón y desató una explosión de rabia en su interior.

—¿Son estúpidos acaso? —aulló, al tiempo que sujetaba el brazo de Minho detrás de la espalda—. Estamos escapando de un enemigo o quizá dos, ¿y ustedes se ponen a pelear?

—¡Él empezó! —disparó Minho, salpicando a Brenda con su saliva.

Ella se limpió el rostro.

—¿Cuántos años tienen? ¿Ocho? —preguntó.

Minho no respondió. Durante algunos segundos más, luchó para liberarse antes de rendirse. Thomas estaba muy irritado. No sabía qué era peor: que Newt ya estuviera perdiendo la razón o que Minho, que debería ser capaz de controlarse, actuara como un idiota.

Newt se levantó mientras se palpaba con cuidado una marca roja en la mejilla.

—Es mi culpa. Todo me irrita. Ustedes decidan qué deberíamos hacer, yo necesito un maldito descanso —y diciendo eso volvió a salir de la habitación.

Con un suspiro de frustración, Thomas soltó a Minho y se acomodó su propia camiseta. No tenían tiempo para discusiones ridículas. Si querían escapar de allí, tendrían que unirse y trabajar en equipo.

—Minho, busca algunos Lanzadores más para llevarnos y luego toma un par de pistolas de aquel estante. Brenda, pon en una caja todas las municiones que puedas. Voy a buscar a Newt.

—Me parece bien —contestó ella, que ya había comenzado a inspeccionar. Sin hacer ningún comentario, Minho empezó a recorrer las estanterías.

Cuando Thomas salió al pasillo, su amigo estaba sentado en el piso a unos seis metros de distancia, con la espalda apoyada contra la pared.

—No digas nada —gruñó al verlo llegar.

Buen comienzo, pensó Thomas.

—Mira, algo raro está sucediendo: o CRUEL nos está probando o hay Cranks dando vueltas por este sitio para matar gente a diestra y siniestra.

Sea lo que sea, tenemos que encontrar a nuestros amigos y largarnos de aquí.

—Lo sé —masculló Newt. Ni una palabra más.

—Entonces levántate y regresa ahí adentro para ayudarnos. Tú fuiste el que se puso de malhumor y actuó como si tuviéramos tiempo que perder. ¿Y ahora vas a quedarte sentado aquí, haciendo pucheros?

—Lo sé —repitió.

Thomas nunca lo había visto ese estado. Lucía totalmente indefenso y, al contemplarlo, lo invadió una oleada de desesperación.

—Todos estamos volviéndonos un poco loc... —se detuvo, no podía haber elegido una palabra menos adecuada—. Quiero decir...

—Ya cállate —dijo Newt—. Sé que algo se desató en mi cabeza. No me siento bien. Pero no te preocupes tanto. Dame un segundo y estaré bien. Los ayudaré a salir de aquí y después ya veré.

—¿Qué significa eso de *los ayudaré* a salir de aquí?

—Saldremos *todos*, es lo mismo. Dame un maldito segundo, ¿está bien?

El mundo del Laberinto parecía haber sucedido hacía una eternidad. En aquella época, Newt siempre había sido el más tranquilo y sereno de todos y ahí estaba ahora atentando contra la unidad del grupo. Como si no le importara escapar mientras todos los demás lo hicieran.

—Bueno —contestó Thomas. Comprendió que lo único que podía hacer era tratar a Newt como siempre lo había hecho—. Pero sabes que no podemos perder más tiempo. Brenda está juntando municiones. Ayúdala a transportarlas al hangar.

—Lo haré —repuso y se levantó del piso rápidamente—. Pero primero tengo que ir a buscar algo, no me tomará mucho tiempo —y se alejó hacia la recepción.

—¡Newt! —gritó Thomas, preguntándose en qué rayos andaría su amigo—. No hagas ninguna tontería, tenemos que movernos ya y no separarnos.

—¡Ve a buscar las cosas! Esto solo me llevará unos minutos — respondió, sin siquiera darse vuelta.

Thomas movió la cabeza. No había nada que pudiera hacer o decir para que su amigo volviera a ser aquel tipo razonable de antes. Sin pensarlo más, regresó al depósito de armas.

Entre los tres reunieron todo lo que podían transportar. Además de sostener un Lanzador en las manos, Thomas llevaba uno colgado en cada hombro. Tenía dos pistolas cargadas en los bolsillos delanteros y varios clips de municiones en los bolsillos traseros. Minho había hecho lo mismo y Brenda sujetaba una caja de cartón llena de granadas azules y más balas. Encima de todo eso, había apoyado su Lanzador.

—Eso parece pesado —comentó Thomas señalando la caja—. ¿Quieres que…?

Brenda lo interrumpió bruscamente.

—Puedo arreglarme sola hasta que venga Newt.

—¿Quién sabe en qué anda ese larcho? —dijo Minho—. Nunca antes había actuado así. La Llamarada ya le está comiendo el cerebro.

—Dijo que regresaría enseguida —explicó Thomas, cansado de la actitud de Minho, que solo empeoraba las cosas—. Y fíjate lo que dices delante de él. Lo último que necesitamos es que se enoje otra vez.

—Thomas, ¿recuerdas lo que te dije en el camión, cuando estábamos en la ciudad? —le preguntó Brenda.

El repentino cambio de conversación lo sorprendió, y aún más que ella mencionara el Desierto. Solo ponía en evidencia que ella le había mentido.

—¿Qué? —preguntó—. ¿Quieres decir que algunas de las cosas que me contaste eran ciertas? —insistió. Esperaba que le dijera que sí, aquella noche se había sentido muy unido a ella.

—Lamento mucho haberte engañado acerca del motivo por el cual me encontraba allí. Y sobre eso que te conté de la Llamarada que manipulaba mi mente. Pero el resto era verdad. Lo juro —hizo una pausa y le rogó que le creyera con la mirada—. De todas maneras, hablamos de que los crecientes niveles de actividad cerebral lograban acelerar el ritmo de la caída: eso se denomina destrucción cognitiva. Es por eso que esa droga —la Felicidad— es tan popular entre la gente que puede pagarla. Actúa disminuyendo la velocidad de la función cerebral y prolonga el tiempo anterior a que te vuelvas chiflado. Pero es muy cara.

Le resultaba irreal la idea de que en el mundo existiera gente que no formara parte de un experimento o no se refugiara en edificios abandonados, como había visto en el Desierto.

—¿Acaso las personas siguen haciendo sus vidas normales cuando están bajo el efecto de esa droga?

—Hacen lo que tienen que hacer, pero están más… relajadas con respecto a su enfermedad. Tal vez eres un bombero que está rescatando de las llamas a treinta chicos, pero no te vuelves loco si alguno de ellos se te cae en medio del incendio.

Thomas sintió terror al pensar en un mundo semejante.

—Eso es… espeluznante.

—Tengo que conseguirme un poco de esa droga —masculló Minho.

—No entienden lo que estoy tratando de decir —insistió Brenda—. Piensen en el infierno que ha vivido Newt, todas las decisiones que tuvo que tomar. No me sorprende que la Llamarada haya avanzado tanto dentro de él. Ha estado muy estimulado, mucho más que la gente que lleva una vida común y corriente.

Thomas suspiró. Esa tristeza que había sentido estaba de vuelta y le oprimía el corazón.

—Bueno, no hay nada que podamos hacer hasta que estemos en un espacio más seguro.

—¿Hacer qué?

Cuando miró hacia la puerta, Thomas vio que Newt ya había regresado. Cerró los ojos un instante y se calmó.

—Nada, no te preocupes. ¿Dónde estabas?

—Tommy, necesito hablarte. A solas. No llevará más de unos segundos.

¿Y ahora qué?, pensó Thomas.

–¿Qué es toda esta estupidez? –preguntó Minho.

–Vamos, no seas tan duro conmigo. Tengo que darle algo a Tommy. Nada más que a él.

–Como quieras, hazlo de una vez –exclamó Minho, mientras se ajustaba las correas de los Lanzadores en los hombros–. Pero tenemos que darnos prisa.

Muerto de miedo ante lo que su amigo podría llegar a decir y lo loco que podría sonar, Thomas lo acompañó hasta el pasillo. Los minutos seguían transcurriendo.

Caminaron un par de metros antes de que Newt se detuviera frente a él, con un pequeño sobre sellado.

–Ponlo en tu bolsillo.

–¿Qué es? –preguntó Thomas al tiempo que lo tomaba y lo giraba: no tenía nada escrito por fuera.

–Solo guarda este sobre miertero en el bolsillo.

Entre confuso y curioso, Thomas hizo lo que le pedía.

–Ahora mírame a los ojos –dijo Newt chasqueando los dedos.

Thomas se sintió afligido al ver la tristeza que cubría su mirada.

–¿Qué pasa?

–No es necesario que lo sepas ahora. No tienes que saberlo. Pero debes prometerme algo y estoy hablando en serio.

–¿Qué?

–Júrame que no leerás lo que hay en ese maldito sobre hasta que llegue el momento indicado.

Thomas no podía imaginarse cómo haría para tolerar la espera. Comenzó a sacar el sobre del bolsillo, pero Newt le sujetó el brazo para detenerlo.

–¿Hasta que llegue el momento indicado? –preguntó Thomas–. ¿Y cómo voy a…?

–¡Maldición! ¡Te vas a dar cuenta! –interrumpió Newt–. Ahora tienes que jurármelo. ¡Hazlo! –exclamó, temblando con cada palabra que pronunciaba.

—¡Está bien! —repuso, cada vez más preocupado por su amigo—. Te juro que no lo leeré hasta que sea el momento indicado. ¿Pero por qué...?

—Perfecto —sentenció Newt—. Si rompes tu promesa, nunca te perdonaré.

Thomas quería sacudir a su amigo o pegarle a la pared para descargar la frustración que sentía. Pero no lo hizo. Se quedó inmóvil, mientras este se alejaba y retornaba al depósito de armas.

16

Thomas tenía que confiar en Newt. Era lo menos que podía hacer por su amigo, pero la curiosidad ardía en su interior como una hoguera. Sin embargo, sabía que no podía desperdiciar un minuto más. Debían sacar a todo el mundo de las instalaciones de CRUEL. Si lograban llegar al hangar y convencer a Jorge de que los ayudara, ya podría seguir conversando con su amigo dentro del Berg.

Newt emergió del depósito de armas cargando la caja de municiones, detrás iba Minho y a continuación Brenda, con otro par de Lanzadores y pistolas en los bolsillos.

–Vamos –dijo Thomas–. Tenemos que encontrar a los demás. –Luego se dirigió hacia el camino por donde habían venido y los demás se colocaron en fila detrás de él.

Los buscaron durante una hora, pero sus amigos parecían haber desaparecido. La Rata y los guardias tampoco estaban; y la cafetería y todos los dormitorios, baños y salones de reunión se hallaban vacíos. No había nadie a la vista. Thomas temía que hubiera sucedido algo espantoso y que ellos acabaran por toparse con las secuelas del desastre.

Finalmente, después de haber revisado cada rincón del edificio, se le ocurrió una idea.

–Mientras yo estaba encerrado en la habitación blanca, ¿ustedes podían andar libremente por el edificio? –preguntó–. ¿Están seguros de que no nos queda algún sitio por registrar?

–No que yo sepa –replicó Minho–. Pero no me asombraría que hubiera habitaciones secretas.

Él creía lo mismo, pero consideró que no debían perder más tiempo en la búsqueda. Lo único que podían hacer era seguir adelante.

—Muy bien —asintió—. Caminaremos de manera zigzagueante hasta el hangar. Entretanto, estén alerta por si ven a los chicos.

Ya llevaban un rato largo de marcha cuando Minho se paralizó abruptamente y señaló su oído. Era difícil ver alrededor, ya que el pasillo solo contaba con las débiles luces rojas de emergencia.

Thomas se detuvo, trató de respirar más despacio y prestó atención. Lo escuchó de inmediato: un gemido débil le dio escalofríos. Sonaba unos metros delante de ellos, a través de una extraña ventana en el pasillo, que daba a un gran salón. Desde donde se hallaba Thomas, el recinto parecía estar completamente a oscuras. El vidrio de la ventana había sido destrozado desde el interior: los fragmentos estaban desparramados en el piso, debajo de la abertura.

El gemido se escuchó nuevamente.

Minho se llevó el dedo a los labios y luego se descolgó los dos Lanzadores suplementarios con mucho cuidado. Thomas y Brenda lo imitaron, mientras Newt colocaba la caja en el piso. Los cuatro aferraron las armas y, con Minho adelante, se deslizaron gradualmente hacia el origen del ruido. Parecía como si hubiera un hombre intentando despertar de una horrenda pesadilla. El temor de Thomas aumentaba a cada paso. Tenía miedo de lo que estaba por descubrir.

Minho se detuvo junto al marco de la ventana, con la espalda contra la pared. La puerta se hallaba del otro lado de la abertura y estaba cerrada.

—Listos… —susurró Minho—. Ya.

Dio un salto y apuntó el Lanzador dentro de la sala oscura, mientras Thomas se ubicaba a su izquierda y Brenda a su derecha con las armas preparadas. Newt vigilaba a sus espaldas.

El dedo de Thomas se movía alrededor del disparador, listo para oprimirlo sin titubear, pero no se produjo ningún movimiento. Quedó desconcertado ante lo que alcanzó a percibir en el interior de la habitación. El destello rojo de las luces de emergencia no revelaba demasiado, pero todo el piso estaba cubierto de montículos negros, que se movían lentamente. Poco a poco, sus ojos se adaptaron a la penumbra y comenzó a distinguir cuerpos vestidos con ropa negra. También divisó unas cuerdas.

—¡Son guardias! —exclamó Brenda cortando el silencio.

En medio de los sonidos ahogados, Thomas por fin pudo ver una gran cantidad de rostros. Estaban amordazados y tenían los ojos totalmente abiertos por el pánico. Los guardias se encontraban atados y distribuidos en el piso uno al lado del otro, con el cuerpo estirado, tapizando todo el recinto. Algunos estaban quietos, pero la mayoría luchaba por liberarse. Thomas observaba lo que tenía enfrente, mientras buscaba una explicación.

—De modo que aquí estaban todos —comentó Minho jadeando.

—Al menos no están colgando del maldito techo con la lengua afuera, como la última vez —señaló Newt, inclinándose para ver mejor.

Thomas pensaba lo mismo. Aun sin saber si había sido real o no, recordaba esa escena muy vívidamente.

—Tenemos que hablar con ellos y preguntarles qué pasó —dijo Brenda, y se encaminó hacia la puerta.

Sin pensarlo dos veces, Thomas la sujetó del brazo.

—No.

—¿Qué quieres decir? ¿Por qué no? ¡Ellos pueden contarnos todo! —señaló. Se desprendió de su mano, pero se quedó esperando una respuesta.

—Tal vez es una trampa o quien lo hizo podría regresar pronto. Tenemos que marcharnos de aquí.

—Sí —dijo Minho—. No hay discusión posible. No me importa si hay Cranks o rebeldes o gorilas dando vueltas por acá. Estos guardias garlopos no son nuestro problema actual.

Brenda se encogió de hombros.

—Bueno. Solo pensé que podríamos obtener información —hizo una pausa y luego estiró el brazo—. El hangar está en esa dirección.

Thomas y los demás atravesaron innumerables pasillos sin dejar de buscar a los responsables de haber reducido a los guardias. Por fin, Brenda se detuvo delante de otra puerta de doble hoja. Una de ellas se encontraba ligeramente abierta y una brisa sopló a través de la hendija y le alborotó el pelo.

Sin esperar la orden, Minho y Newt se ubicaron a ambos lados de la puerta y prepararon los Lanzadores. Con la pistola en el hueco de la puerta, Brenda apoyó la mano en la manija. Desde el otro lado, no llegaba ruido alguno.

Thomas empuñó el Lanzador con más fuerza. Llevaba el extremo apoyado en el hombro.

—Ábrela —dijo. Su corazón palpitaba velozmente.

Brenda empujó la puerta y Thomas se preparó para disparar. Atravesó la entrada agitando el Lanzador de un lado a otro y haciéndolo girar en círculos.

El imponente hangar parecía haber sido construido para albergar al menos tres gigantescas naves, pero solo había dos Bergs en sus plataformas de carga, que se cernían como enormes ranas en cuclillas. Tenían el metal chamuscado y los bordes gastados como si hubieran trasladado soldados a centenares de batallas violentas. Además de algunas cajas de embalaje y lo que parecían ser talleres mecánicos, el resto era un gran espacio abierto.

Thomas avanzó para inspeccionar el lugar, mientras los otros tres se dispersaban a su alrededor. Nada se movía.

—¡Hey! —gritó Minho—. Aquí. Hay alguien en… —y no terminó la frase. Se había detenido cerca de una caja enorme de madera y apuntaba el arma sobre algo que se encontraba detrás.

Thomas fue el primero en aproximarse a él y se sorprendió al ver a un hombre escondido del otro lado de la caja, que gruñía y se rascaba la cabeza. No había rastros de sangre en su pelo oscuro pero, a juzgar por el esfuerzo que hacía para incorporarse, debía haber recibido un golpe muy fuerte.

—Tranquilo, amiguito —le advirtió Minho—. Cuidado, sin movimientos bruscos o quedarás achicharrado antes de que puedas reaccionar.

El hombre se apoyó en uno de los codos y, cuando apartó la mano del rostro, Brenda soltó un grito, corrió hacia él y lo envolvió en un abrazo.

Era Jorge. Thomas sintió una ráfaga de alivio: habían encontrado al piloto y, salvo algunos magullones, estaba entero.

Brenda no pensaba del mismo modo. Sin cesar de bombardearlo a preguntas, examinó a Jorge para constatar que no se encontrara herido.

—¿Qué ocurrió? ¿Cómo te lastimaste? ¿Quién se llevó el Berg? ¿Dónde están todos?

Él volvió a gruñir y la apartó con delicadeza.

—Tranquila, hermanita. Tengo la cabeza como si me hubieran pisoteado los Cranks. Dame un segundo para aclarar la mente.

Con la cara enrojecida y expresión de ansiedad, Brenda se distanció un poco y se sentó. Thomas tenía millones de preguntas para formularle, pero sabía bien lo que era haber recibido un golpe en la cabeza. Mientras contemplaba cómo iba recuperando de a poco el sentido y la orientación, recordó que alguna vez ese tipo le había provocado mucho miedo. Las imágenes de Jorge peleando con Minho en el interior de aquel edificio en ruinas en el Desierto nunca abandonarían su mente. No obstante, con el transcurso del tiempo, tanto Jorge como Brenda habían comprendido que los Habitantes y ellos estaban del mismo lado.

El tipo parpadeó varias veces más, hasta que se largó a hablar.

—No sé cómo lo hicieron pero tomaron el complejo, se deshicieron de los guardias, robaron un Berg y salieron volando de acá con otro piloto. Yo me comporté como un idiota e intenté demorarlos hasta saber qué estaba sucediendo. Y ahora mi cabeza está pagando las consecuencias.

—¿Quiénes? —preguntó Brenda—. ¿De quiénes estás hablando? ¿Quiénes se fueron?

Por alguna razón, Jorge levantó la vista hacia Thomas al responder.

—Esa chica, Teresa. Ella y el resto de los reclutas. Bueno, todos excepto ustedes, muchachos.

17

Tambaleándose, Thomas dio un par de pasos hacia la izquierda y se apoyó en la caja pesada. Había considerado que quizá los Cranks habían atacado o que algún otro grupo había logrado infiltrarse dentro de CRUEL y se habían llevado a Teresa y a los demás chicos. E incluso que los habían rescatado.

¿Pero Teresa había llevado adelante una *fuga*? ¿Habían peleado, sometido a los guardias y escapado en un Berg? ¿Sin llevarlos a él y a los demás? La situación tenía muchos elementos y, en su mente, ninguno de ellos parecía encajar con el otro.

—¡Cierren el hocico! —gritó Jorge por encima del barullo de preguntas de Minho y Newt, volviendo a Thomas al presente—. Es como si martillaran en mi cabeza. Dejen de hablar por un momento. Necesito ayuda para levantarme.

Newt tomó su mano e hizo fuerza hasta ponerlo de pie.

—Es mejor que empieces a explicar qué diablos pasó. Desde el principio.

—Y date prisa —agregó Minho.

Sin dejar de pestañear, Jorge se reclinó en la caja y cruzó los brazos.

—Mira, hermano, ya te dije que no sé demasiado. Lo que te conté es lo que ocurrió. Siento que la cabeza…

—Sí, ya entendimos —dijo Minho bruscamente—. Te duele la cabeza. Solo dinos lo que sabes y yo te conseguiré una aspirina garlopa.

Jorge sonrió débilmente.

—Qué palabras valientes, muchacho. Si mal no recuerdo, tú eres el que tuvo que disculparse y pedir clemencia cuando estábamos en el Desierto.

Minho arrugó la cara y se puso rojo.

—Bueno, es sencillo hacerse el duro cuando uno tiene una banda de lunáticos armados que lo protegen. Ahora las cosas son diferentes.

—¿Quieren callarse? —gritó Brenda—. Estamos todos del mismo lado.

—Maldición. Continúa hablando —intervino Newt—. Así sabremos qué tenemos que hacer.

Thomas seguía sin reaccionar. Los escuchaba como si estuvieran en una pantalla y no frente a él. Había creído que Teresa ya no escondía ningún misterio para él y ahora ocurría eso.

—Mira —dijo Jorge—. Yo pasé la mayor parte del tiempo en este hangar, ¿está bien? Empecé a oír todo tipo de gritos y advertencias por el intercomunicador y luego las luces de la alarma silenciosa comenzaron a destellar en forma intermitente. Salí a investigar y me volaron la cabeza.

—Al menos así ya no te dolería —balbuceó Minho.

Jorge no escuchó el comentario o simplemente lo ignoró.

—Entonces las luces se apagaron y corrí hacia aquí para buscar la pistola. Antes de que pudiera reaccionar, Teresa y un grupo de vándalos amigos tuyos irrumpieron a toda prisa, como si fuera el fin del mundo, y arrastraron al viejo Tony para que piloteara la nave. Arrojé mi sucia pistola cuando tuve siete u ocho Lanzadores apuntándome. Les pedí que esperaran y me explicaran qué ocurría, pero una chica rubia me aporreó en la frente con la culata de su arma. Me desmayé y al despertar me encontré con sus horrendas caras encima y un Berg desaparecido. Eso es todo lo que sé.

Thomas meditó sobre lo que había escuchado. Los detalles no eran importantes. En todo ese asunto había un hecho que se destacaba sobre los demás, y no solo lo confundía sino que también le resultaba doloroso tener que aceptarlo.

—Nos abandonaron —dijo casi en un susurro—. No puedo creerlo.

—¿Qué? —preguntó Minho.

—Habla más alto, Tommy —añadió Newt.

Thomas intercambió miradas prolongadas con los dos.

–Nos abandonaron. Por lo menos, nosotros regresamos a buscarlos. Ellos nos dejaron acá sabiendo que CRUEL nos haría lo que quisiera.

No respondieron, pero sus ojos revelaban que habían pensado lo mismo.

–Tal vez *sí* estuvieron buscándote –comentó Brenda–. Y no te encontraron. O quizás el enfrentamiento se puso muy feo y tuvieron que marcharse.

Al escuchar la explicación, Minho hizo una mueca burlona.

–¡Todos los guardias están atados en aquella maldita habitación! Tuvieron tiempo de sobra para ir a buscarnos. No hay caso. Nos dejaron.

–Deliberadamente –dijo Newt en voz baja.

A Thomas, nada de eso le resultaba demasiado convincente.

–Hay algo raro. Últimamente, Teresa ha estado actuando como si fuera la fan número uno de CRUEL. ¿Por qué habría de escapar? Tiene que tratarse de algún engaño. Vamos, Brenda, tú me dijiste que no confiara en ellos. Tienes que saber algo. Habla.

Brenda sacudía la cabeza.

–No sé nada de esto. Pero ¿por qué les cuesta tanto comprender que a los demás reclutas también se les haya ocurrido escapar? Simplemente tuvieron más éxito que nosotros.

Minho profirió un ruido similar al gruñido de un lobo.

–Si yo fuera tú, no insultaría. Y si vuelves a usar la palabra *reclutas*, aunque seas mujer, te daré un golpe.

–Inténtalo –advirtió Jorge–. Golpéala y será lo último que hagas en tu vida.

–¿Podemos abandonar estos juegos machistas? –dijo Brenda, poniendo los ojos en blanco–. Tenemos que decidir qué haremos a continuación.

Thomas seguía molesto y no podía quitarse de la cabeza el hecho de que Teresa y los otros –¡incluso Sartén!– se hubieran ido sin ellos. Si en cambio hubiera sido el grupo de Thomas el que hubiese atado a los guardias, ¿no habrían realizado una búsqueda exhaustiva hasta dar con los demás? ¿Y por qué Teresa había *querido* irse? ¿Acaso habría recordado algo que no había imaginado?

—No hay ninguna miertera decisión que tomar —dijo Newt—. Nos largamos de acá —anunció y apuntó hacia un Berg.

Thomas estaba de acuerdo.

—¿Realmente eres piloto? —le preguntó a Jorge.

El hombre sonrió abiertamente.

—Ya lo creo. Uno de los mejores.

—¿Y por qué te enviaron al Desierto? ¿No eres valioso?

Jorge le echó una mirada a Brenda.

—Adonde ella vaya, yo voy. Y detesto admitirlo, pero estar en el Desierto me pareció mejor que permanecer aquí. Lo tomé como unas vacaciones. Terminó siendo un poco más difícil que…

Una alarma comenzó a sonar con el mismo sonido chirriante de la anterior. El corazón de Thomas dio un vuelco. El ruido era mucho más fuerte en el hangar que lo que había sido en el pasillo y producía un eco en los muros y techos altos.

Con los ojos bien abiertos, Brenda clavó la mirada en la puerta por la que habían ingresado y Thomas la siguió para ver qué había llamado su atención.

Las armas en alto, unos doce guardias de negro brotaron por la abertura y comenzaron a disparar.

18

Alguien sujetó a Thomas de la camiseta y lo empujó con fuerza hacia la izquierda. Él trastabilló y se desplomó detrás de la caja de embalaje justo cuando el hangar se llenó de ruidos de vidrios rotos y chisporroteos de electricidad. Los rayos de luz se extendían alrededor de la caja, chamuscando el aire. Antes de que pudieran recuperarse, una serie de balas se incrustaron en la madera.

—¿Quién los dejó escapar? —preguntó Minho.

—¿Qué importa eso ahora? —gritó Newt.

Los chicos se agacharon y se apretaron unos contra otros. Desde esa posición, parecía imposible que pudieran devolver la agresión.

—En cualquier momento nos atacarán por los flancos —exclamó Jorge—. ¡Tenemos que comenzar a disparar!

A pesar de la violenta ofensiva que se estaba llevando a cabo, la afirmación impactó a Thomas.

—Debo suponer que estás con nosotros, ¿no?

El piloto observó a Brenda y se encogió de hombros.

—Si ella te ayuda, yo la sigo. Y por si no lo notaste, ¡ellos también están tratando de matarme a mí!

Una ola de tranquilidad se filtró a través del terror que Thomas sentía. Tenían que lograr subirse a una de las naves.

Momentáneamente, el embate se había disipado y Thomas alcanzó a oír el roce de las pisadas y los breves rugidos de las órdenes. Si querían ganar alguna ventaja, debían actuar con rapidez.

—¿Cómo lo hacemos? —le preguntó a Minho—. Esta vez, tú estás a cargo.

Su amigo lo miró de manera severa, pero asintió levemente.

—Bueno. Yo disparo hacia la derecha y Newt hacia la izquierda. Thomas y Brenda, por arriba de la caja. Jorge, tú explora el terreno para que podamos llegar a tu Berg miertero. Dispárenle a cualquier cosa que se mueva o vista de negro. Prepárense.

Thomas se arrodilló de frente a la caja, listo para levantarse de un salto cuando Minho diera la señal. Junto a él, Brenda empuñaba dos pistolas. Sus ojos echaban chispas.

—¿Planeas matar a alguien? —preguntó Thomas.

—No. Apuntaré a las piernas. Pero nunca se sabe: tal vez sin querer, les dé más arriba —y sonrió. Ella le gustaba cada vez más.

—¡Bueno! —gritó Minho—. ¡Ahora!

Al instante, entraron en acción. Thomas se incorporó y levantó el Lanzador por encima de la caja. Sin arriesgarse demasiado, realizó el primer disparo y, una vez que escuchó la explosión de la granada, se elevó más para elegir un blanco específico. A través del recinto, un hombre se acercaba arrastrándose hacia ellos. Thomas le apuntó y apretó el gatillo. La granada estalló contra el pecho del guardia, que se desplomó en el piso en medio de convulsiones.

El aire del hangar se tiñó de fuego y de gritos, mezclados con el sonido de la electricidad estática. Los guardias iban cayendo uno tras otro, y se ocupaban de sus heridas que, como Brenda había prometido, estaban casi todas en las piernas. Otros buscaban de inmediato dónde refugiarse.

—¡Logramos que retrocedieran! —aulló Minho—. Pero no durará mucho. Probablemente no sabían que estábamos armados. Jorge, ¿cuál es tu Berg?

—Ese —respondió, y señaló hacia el rincón más alejado, a la izquierda del hangar—. Ese es mi bebé. No me llevará mucho tiempo tenerlo listo para volar.

Thomas miró hacia donde Jorge había indicado. La gran escotilla de la nave, que recordaba de aquella vez en que habían huido del Desierto, estaba abierta y apoyada en el suelo, esperando que los pasajeros ascendieran por su rampa de metal. Nada le había parecido tan atrayente.

Minho disparó otra granada.

—Muy bien —indicó—. Primero, todos carguen las armas. Luego, Newt y yo los cubriremos para que Thomas, Jorge y Brenda puedan correr hacia el Berg. Jorge, tú lo enciendes mientras Thomas y Brenda nos cubren desde atrás de la escotilla. ¿De acuerdo?

—¿Los Lanzadores pueden dañar al Berg? —preguntó Thomas al tiempo que todos cargaban sus armas y bolsillos con municiones adicionales.

Jorge negó con la cabeza.

—No demasiado. Esas bestias son más duras que un camello del Desierto. Si en vez de darnos a nosotros le pegan a la nave, mejor. ¡Hagámoslo!

—¡Vayan ahora! —gritó Minho sin hacer ninguna advertencia. Él y Newt comenzaron a lanzar granadas como locos, descargándolas a lo largo del espacio abierto frente al expectante Berg.

Thomas sintió un torrente frenético de adrenalina. Brenda y él se ubicaron a ambos lados de Jorge y se alejaron a toda velocidad de la protección de la caja de embalaje. Una ráfaga de disparos rasgó el aire, pero debido a la electricidad y al humo no había forma de apuntarle a nadie. Mientras corría, Thomas disparaba su arma lo mejor posible, al igual que Brenda. Podía sentir las balas que pasaban rozando a su lado. Las granadas de los Lanzadores explotaban con un estrépito de vidrios y luces hacia un lado y el otro.

—¡Corran! —rugió Jorge.

Thomas se obligó a aumentar la velocidad; sus piernas ardían. Desde todas las direcciones, filosos rayos de luz azotaban el piso; las balas se estrellaban contra las paredes metálicas del hangar; el humo se arremolinaba como filamentos de bruma en extraños rincones. En medio de la nebulosa, fijó la atención en el Berg, a tan solo cinco metros de distancia.

Cuando estaban a punto de lograrlo, una granada se estrelló en la espalda de Brenda, quien se desmoronó con un chillido. Su cara chocó contra el piso de cemento, al tiempo que la electricidad se extendía como una tela de araña por todo su cuerpo.

De un patinazo, Thomas se detuvo y gritó su nombre. Luego se arrojó al suelo para ser un blanco más pequeño. Estelas de fuego eléctrico serpenteaban por los miembros de Brenda hasta quedar reducidas a volutas de humo. A pocos metros, Thomas yacía sobre su estómago, esquivando las cintas erráticas de fuego blanco, mientras buscaba la manera de acercarse a ella.

Al ver el desastroso giro de los acontecimientos, Newt y Minho abandonaron el plan y se lanzaron hacia él sin dejar de disparar. Jorge había llegado al Berg y se perdió dentro de la escotilla. Al instante volvió a salir con una versión distinta de Lanzador, cuyas granadas, al hacer contacto, explotaban en chorros de fuego arrasador. Varios guardias aullaron al arder en llamas, y los demás retrocedieron un poco ante la nueva amenaza.

Maldiciendo su incapacidad para ayudar, Thomas permaneció ansioso en el piso junto a Brenda. Sabía que tenía que esperar que se disipara la electricidad antes de poder sujetarla y comenzar a arrastrarla hasta el Berg, pero no estaba seguro de tener tiempo. El rostro de ella había empalidecido por completo, goteaba sangre por la nariz y la saliva brotaba de su boca. Los miembros se agitaban y el tronco parecía rebotar en el piso. Tenía los ojos muy abiertos, paralizados por el terror y el impacto.

Newt y Minho llegaron hasta él y se arrojaron al suelo.

—¡No! —gritó Thomas—. Sigan adelante. Vayan hasta el Berg y escóndanse detrás de la escotilla. Esperen hasta que comencemos a movernos y luego cúbrannos. No dejen de disparar hasta que los alcancemos.

—¡No, vamos todos juntos ahora! —le contestó Minho. Tomó a Brenda de los hombros y a Thomas se le detuvo el corazón al ver que su amigo parpadeaba: varios relámpagos de luz treparon por sus brazos. Pero la energía se había debilitado considerablemente y Minho logró ponerse de pie y comenzó a jalar de ella.

Thomas enganchó sus brazos por debajo de los hombros de Brenda, Newt levantó las piernas y enfilaron hacia la nave. El hangar era un caos de ruido, humo y rayos de luz. Una bala raspó la pierna de Thomas: un rasguño ardiente de dolor, del que comenzó a brotar sangre. Unos centímetros más y habría quedado lisiado de por vida o habría sangrado hasta morir. Imaginó al guardia que le había disparado y lanzó un grito de furia.

Le echó un vistazo a Minho, que tenía la cara hinchada por el gran esfuerzo que realizaba al transportar a Brenda. Aprovechó su repentino aumento de adrenalina y se arriesgó: con una mano, elevó el Lanzador por encima de él y disparó al azar, mientras utilizaba la otra para ayudar a arrastrar a Brenda por el piso.

Arribaron al pie de la escotilla. De inmediato, Jorge arrojó su arma gigante y se deslizó por la rampa para sujetar uno de los brazos de Brenda. Thomas soltó la camiseta de ella y dejó que Minho y Jorge la subieran a la nave. Sus talones martillaron contra la pendiente metálica.

Newt comenzó a disparar nuevamente, mandando granadas en todas direcciones hasta quedar sin municiones. Thomas lanzó un explosivo más y su Lanzador también se vació.

Los guardias que se encontraban en el hangar comprendieron que esa era su última oportunidad. Una horda salió a toda prisa hacia la nave y abrió fuego una vez más.

—¡No hay tiempo para recargar! —gritó Thomas—. ¡Vámonos!

Newt trepó la rampa gateando. Thomas iba detrás. Su cabeza había logrado atravesar la entrada cuando algo le golpeó la espalda con fuerza. En un instante, sintió el calor de miles de rayos de electricidad que le pegaban al mismo tiempo. Se desplomó hacia atrás y rodó por el declive hasta aterrizar en el piso del hangar. En medio de los espasmos, sus ojos fueron ingresando en la penumbra.

19

Thomas tenía los ojos abiertos, pero no podía ver nada. No, la cosa no era así. Unas luces brillantes se movían en círculos alrededor de su campo visual, encegueciéndolo. No podía pestañear y le resultaba imposible cerrar los párpados para no verlas. El dolor se extendió por su cuerpo. Sintió que se le derretía la piel por encima de los huesos y de los músculos. Trató de hablar, pero había perdido el control de sus funciones. Por más que se esforzaba, no lograba dominar los movimientos espasmódicos de su cuerpo.

Los chisporroteos y las explosiones de electricidad inundaban sus oídos. De pronto un ruido nuevo se impuso sobre los demás: un zumbido profundo y monótono que golpeaba sus oídos y retumbaba dentro de su cabeza. Se hallaba en el límite de la consciencia, como si se deslizara una y otra vez hacia un abismo que amenazaba con devorarlo. Sin embargo, en su interior, sabía muy bien qué era ese ruido. Los motores del Berg se habían encendido, los propulsores quemaban sus llamaradas azules.

Enseguida pensó que lo iban a abandonar. Primero Teresa y los demás, ahora sus amigos más cercanos y Jorge. No podía soportar más traiciones. Se sentía muy lastimado. Quería gritar, pero un dolor punzante le clavaba agujas en cada centímetro de su cuerpo y el olor a quemado lo agobiaba. No, ellos no lo dejarían. Estaba seguro.

Gradualmente, la visión comenzó a aclararse y las descargas blanquecinas disminuyeron en fuerza y en cantidad. Parpadeó. Dos, después tres siluetas vestidas de negro se irguieron encima de él con las armas dirigidas hacia su rostro. Guardias. ¿Lo matarían? ¿Lo llevarían de vuelta con la Rata para que le hicieran más Pruebas? Uno de ellos habló, pero Thomas no alcanzó a oír las palabras: la estática zumbaba en sus oídos.

De repente, los guardias desaparecieron abatidos por dos figuras que, aparentemente, volaron por el aire. Sus amigos, tenían que ser ellos. A través de una bruma de humo, Thomas divisó el techo del hangar a gran altura. El dolor casi se había disipado y había sido reemplazado por un entumecimiento que lo llevó a cuestionarse si sería capaz de moverse. Débil y mareado, se desplazó hacia la derecha, luego rodó hacia la izquierda y se apoyó en un codo. Unos últimos hilitos de electricidad resbalaron por su cuerpo y se desvanecieron en el cemento. Lo peor había pasado. Eso esperaba.

Se movió una vez más y miró hacia atrás por encima del hombro. Newt y Minho estaban sentados arriba de sendos guardias, mientras les propinaban una buena paliza. De pie en medio de los dos Habitantes, Jorge disparaba su feroz Lanzador hacia todos lados. La mayoría de los guardias debían haber abandonado la pelea o los habrían inutilizado, de otra forma ellos no habrían logrado llegar tan lejos. O quizás, pensó Thomas, los guardias estaban fingiendo, armando una puesta en escena, como había ocurrido en las Pruebas.

No le importaba. Solo quería marcharse de ahí. Y la forma de escapar se encontraba delante de él.

Con un quejido, giró sobre el estómago y se incorporó apoyándose en las manos y en las rodillas. La atmósfera que lo rodeaba estaba invadida por el ruido de los vidrios que se quebraban, el chisporroteo de los rayos, las explosiones de los disparos y el sonido metálico de las balas contra el metal. Si le disparaban en ese momento, no podría hacer nada para defenderse. Mientras se cargaban, los propulsores de la máquina zumbaban produciendo una vibración que sacudía la tierra que se hallaba debajo de él. La escotilla estaba a un par de metros de distancia. Tenían que subir a la nave.

Intentó comunicarse con Minho y los demás, pero solo logró emitir un graznido. Como un perro herido, comenzó a desplazarse con las manos y las rodillas con la rapidez que su cuerpo le permitía. Tenía que luchar para sacar la fuerza que aún quedaba en su interior. Alcanzó la base de la rampa, empujó su cuerpo sobre ella y comenzó a trepar. Le dolían los músculos y la sensación de náusea brotaba de su estómago. Los sonidos de la batalla machacaban sus oídos y erizaban sus nervios. Algo podía pegarle en cualquier momento.

Cuando se hallaba en la mitad de la pendiente, hizo una pausa para observar a sus amigos, que se aproximaban a él de espaldas sin dejar de disparar. Minho tuvo que detenerse para recargar el arma y Thomas creyó que podrían herirlo o quemarlo con una granada. Pero su amigo terminó y continuó andando. Los tres llegaron al pie de la escotilla, ya estaban tan cerca…

Thomas trató de hablar una vez más y sonó como un animal herido.

—¡Listo! —exclamó Jorge—. ¡Sujétenlo y métanlo adentro!

El piloto pasó corriendo junto a Thomas y desapareció en el interior. Se escuchó un fuerte sonido metálico y la rampa comenzó a levantarse con un horrendo chirrido de las bisagras. Thomas se dio cuenta de que se había desplomado y tenía la cara presionada contra la plataforma de metal, pero no sabía cuándo había ocurrido eso. Sintió que unas manos lo tomaban de la camiseta y lo elevaban por el aire. Luego, volvió a caer con fuerza justo en el momento en que la escotilla se cerraba y los cerrojos quedaban bloqueados. —Lo siento, Tommy —murmuró Newt en su oído—. Supongo que podría haber sido un poco más suave.

A pesar de que se encontraba casi inconsciente, una alegría indescifrable le conmovió el corazón: estaban escapando de CRUEL. En un intento por compartir la emoción con su amigo, emitió un gruñido débil. Después cerró los ojos y se desmayó.

20

Cuando Thomas despertó, Brenda lo miraba fijamente desde arriba. Parecía preocupada. Estaba pálida y tenía huellas de sangre seca en el rostro. Había hollín en su frente y un moretón en su mejilla. Como si las heridas de ella hubieran disparado su sensibilidad, percibió de golpe sus propias lesiones aguijoneándole todo el cuerpo. No conocía bien el funcionamiento de las granadas de esos Lanzadores, pero estaba contento de que le hubieran pegado solo una vez.

—Yo también acabo de despertarme —dijo Brenda—. ¿Cómo te sientes?

Thomas se apoyó en un codo y profirió un gemido por el dolor agudo que el movimiento le produjo en la pierna, donde había recibido la bala.

—Como un balde de plopus.

Se encontraba echado en una litera, en una inmensa zona de carga que no tenía más que un montón de muebles que no hacían juego. Minho y Newt estaban durmiendo una bien merecida siesta en un par de sofás destartalados, arropados con mantas hasta el cuello. Thomas sospechó que Brenda había sido la responsable de eso: parecían niñitos cómodos y abrigados.

Hasta entonces, ella había estado arrodillada junto a su catre. Luego se levantó y se sentó en un sillón viejo, a su lado.

—Dormimos casi diez horas.

—¿En serio? —exclamó Thomas con incredulidad. Tenía la sensación de que recién se había dormido. Quizás *desmayado* habría sido el término más exacto.

Brenda asintió.

—¿Llevamos tanto tiempo volando? ¿Adónde vamos, a la luna? —preguntó, mientras dirigía las piernas hacia el piso y se sentaba en el borde de la litera.

—No. Jorge se alejó de allí unos ciento cincuenta kilómetros y después aterrizó en un gran descampado. Él también se está echando un sueñito. El piloto tiene que estar bien despierto.

—No puedo creer que los dos hayamos recibido un disparo de los Lanzadores. Era mucho más agradable ser el que apretaba el gatillo —dijo Thomas frotándose la cara y bostezando. Después observó las quemaduras de sus brazos—. ¿Piensas que dejarán cicatrices?

Brenda se echó a reír.

—Entre todas las preocupaciones que tenemos...

No pudo evitar una sonrisa. Ella tenía razón.

—Entonces —comenzó, y luego prosiguió con más lentitud—, cuando estábamos allá, la idea de escapar de CRUEL sonaba genial, pero... desconozco totalmente cómo es el mundo real... No es como el Desierto, ¿verdad?

—No —respondió ella—. Solo las regiones que están entre los trópicos son un páramo. El resto tiene climas muy cambiantes. Existen unas pocas ciudades seguras donde podríamos ir. En especial, siendo inmunes. Seguramente encontraríamos trabajo con mucha facilidad.

—Un trabajo —repitió Thomas como si esa palabra le resultara completamente extraña—. ¿Ya estás planeando conseguir un trabajo?

—Piensas comer, ¿no es cierto?

El duro peso de la realidad se desplomó sobre él y lo dejó sin respuestas. Si en verdad iban a escapar al mundo real, tenían que empezar a vivir como gente real. ¿Pero sería eso posible en un mundo donde existía la Llamarada? Pensó en sus amigos.

—Teresa —dijo.

Sorprendida, Brenda retrocedió.

—¿Qué pasa con ella?

—¿Hay alguna forma de averiguar adónde fueron ella y los demás?

—Jorge ya lo hizo, revisó el sistema de rastreo del Berg. Fueron a una ciudad que se llama Denver.

Thomas se sintió ligeramente alarmado.

—¿Eso significa que CRUEL será capaz de encontrarnos?

—No conoces a Jorge —señaló con una sonrisa traviesa en el rostro—. No podrías creer lo bien que logra alterar el sistema. Deberíamos mantenernos un paso adelante de ellos, al menos por un tiempo.

—Denver —repitió Thomas unos segundos después. El nombre le sonó raro—. ¿Dónde queda?

—En las Montañas Rocallosas. Es un área de gran altura. Se eligió como zona de cuarentena porque allí el clima se recuperó muy rápidamente después de las llamaradas solares. Es un espacio tan bueno como cualquier otro.

A Thomas no le preocupaba mucho dónde quedaba, solo quería encontrar a Teresa y a los demás para que estuvieran todos juntos. Todavía no sabía muy bien por qué y tampoco estaba dispuesto a discutirlo con Brenda. De modo que trató de cambiar de tema.

—¿Cómo es esa ciudad? —preguntó finalmente.

—Como en todas las grandes ciudades, son inflexibles en cuanto a mantener a los Cranks fuera de los límites. Realizan análisis constantes y al azar a los residentes para determinar si tienen el virus. En realidad, montaron otra ciudad en el lado opuesto del valle donde mandan a los recién infectados. Les pagan mucho dinero a los Inmunes para que se ocupen de ellos, aunque es algo muy peligroso. Ambos sitios tienen mucha seguridad.

A pesar de haber recobrado algunos recuerdos, Thomas sabía poco sobre la población que era inmune a la Llamarada. Pero se acordaba de algo que le había dicho la Rata:

—Janson mencionó que la gente detesta profundamente a los Inmunes y los llama Munis. ¿Qué habría querido decir con eso?

—Cuando tienes la Llamarada, sabes que te volverás loco y morirás. El tema es *cuándo*. Y por más que el mundo se haya esforzado mucho, el virus siempre se abre camino entre las grietas de las zonas de cuarentena. Imagínate lo que es estar en esa situación y saber que los Inmunes no tendrán problemas. ¿Tú no odiarías a la gente sana?

—Probablemente —replicó Thomas, contento de estar dentro del lado inmune de la cuestión. Mejor ser odiado que estar enfermo—. ¿Pero no sería útil tenerlos cerca? Quiero decir, sabiendo que no pueden contagiarse la enfermedad.

Brenda se encogió de hombros.

—Claro que los utilizan, especialmente en áreas de gobierno y de seguridad, pero los demás los tratan como si fueran basura. Y es muchísimo mayor la cantidad de personas que no son inmunes. Es por eso que a los Munis les pagan mucho dinero para ser guardias, de otra manera no lo harían. Algunos hasta intentan ocultar su inmunidad. O van a trabajar para CRUEL, como hicimos Jorge y yo.

—¿Ustedes se conocían de antes?

—Nos conocimos en Alaska, después de enterarnos de que éramos inmunes. Había un centro de reunión para gente como nosotros, una especie de campamento escondido. Jorge se convirtió en una suerte de tío para mí y prometió ser mi guardián. Ya habían asesinado a mi padre, y mi mamá me apartó de su lado cuando se enfermó.

Con los codos en las rodillas, Thomas se inclinó hacia adelante.

—Me contaste que los de CRUEL habían matado a tu papá, ¿y sin embargo te presentaste voluntariamente para trabajar con ellos?

—Supervivencia, Thomas —una expresión sombría nubló su rostro—. No sabes la suerte que tuviste al crecer bajo la tutela de CRUEL. En el mundo real, la mayoría de las personas hace lo que sea para vivir un día más. Los Cranks y los Inmunes tienen distintos problemas, es cierto, pero siempre se trata de sobrevivir. Todos quieren conservar la vida.

Thomas no respondió, pues sabía qué decir. Lo único que conocía de la vida eran el Laberinto, el Desierto y los recuerdos fragmentarios de su infancia con CRUEL. Se sintió vacío y perdido, como si no perteneciera a ningún lugar. Un dolor repentino le oprimió el corazón.

—Me pregunto qué le habrá pasado a mi mamá —comentó, y se asombró de sus palabras.

—¿Tu mamá? —preguntó Brenda—. ¿La recuerdas?

—Soñé varias veces con ella. En realidad, creo que eran recuerdos.

—¿Qué recuperaste? ¿Cómo era?

—Era… una mamá. Ya sabes, me quería, me protegía, se preocupaba por mí —la voz de Thomas se quebró—. Desde que me alejaron de su lado, no creo que nadie haya hecho algo así. Me duele pensar que se volvió loca y no saber qué le sucedió. Tal vez algún Crank ávido de sangre pudo…

—Basta, Thomas. No sigas —ella le tomó la mano y se la apretó, lo cual le hizo bien—. Piensa en lo feliz que se pondría si se enterara de que todavía estás vivo y peleando. Murió sabiendo que eras inmune y que tendrías una oportunidad real de envejecer, por más espantoso que fuera el mundo. Además, estás totalmente equivocado.

Thomas había mantenido la vista fija en el piso pero, al escuchar la última frase, levantó la mirada.

—¿Qué?

—Minho, Newt, Sartén. Todos tus amigos te quieren y se preocupan por ti. Hasta Teresa. Ella hizo todas esas cosas en el Desierto porque pensó que no tenía otra alternativa —Brenda agregó en voz más baja—. Chuck.

La punzada que Thomas sentía dentro de su pecho se agudizó.

—Chuck. Él… es… —tuvo que hacer una pausa para recuperarse. Chuck era la razón más poderosa para detestar a CRUEL. ¿En qué los podría haber beneficiado matar a un chico como Chuck?…— Lo vi morir. Durante los últimos segundos, tenía los ojos ensombrecidos por el terror. No se puede permitir algo así. No se le hace eso a una persona. No me importa lo que digan ni cuánta gente se vuelva loca y muera, ni que toda la miertera raza humana se extinga. Si ese fuera el requisito esencial para conseguir la cura, aun así estaría en contra.

—Cálmate, Thomas. Te vas a destrozar los dedos.

No recordaba cuándo le había soltado la mano. Miró hacia abajo: tenía las manos tan apretadas que la piel estaba completamente blanca. Se relajó y sintió que la sangre fluía nuevamente.

Brenda movió la cabeza con solemnidad.

—Allá en el Desierto, yo cambié totalmente. Lamento todo lo que ocurrió.

Thomas hizo un gesto de asentimiento.

—No tienes más motivos que yo para disculparte. Esto es un desastre —gruñó. Volvió a tumbarse en la litera y se quedó observando la cuadrícula metálica del techo.

Después de una pausa prolongada, Brenda habló otra vez.

—Quizá logremos encontrar a Teresa y a los demás. Y formar un grupo. Ellos escaparon, lo cual significa que están de nuestro lado. Creo que tendríamos que esperar antes de juzgarlos. Tal vez no les quedó otra opción que irse sin nosotros. Y no es ninguna sorpresa que se hayan dirigido hacia donde dijo Jorge.

Alentando la esperanza de que Brenda tuviera razón, Thomas desvió la vista hacia ella.

—Entonces piensas que deberíamos ir a…

—Denver.

De repente, Thomas se sintió seguro y contento.

—Claro, Denver.

—Pero tus amigos no son la única razón para ir —sonrió Brenda—. Allí hay algo todavía más importante.

21

Ansioso por escuchar lo que estaba por decir, Thomas se quedó mirando a Brenda.

—Tú sabes lo que tienes en el cerebro —dijo—. Por lo tanto, ¿cuál es nuestra mayor preocupación?

Thomas lo pensó.

—Que CRUEL logre rastrearnos o controlarnos.

—Exactamente —acotó Brenda.

—¿*Y?* —preguntó. Una vez más, la impaciencia no lo dejaba respirar.

Ella se inclinó hacia adelante frotándose las manos con entusiasmo.

—Conozco a un tipo llamado Hans, que se mudó a Denver. Es inmune como nosotros. Es médico. Trabajó para CRUEL hasta que tuvo una discrepancia con los de arriba acerca de los procedimientos relacionados con los implantes cerebrales. Pensaba que lo que estaban haciendo era demasiado arriesgado. Que estaban cruzando ciertos límites, actuando en forma inhumana. No le permitieron irse, pero logró escapar.

—Esos tipos tendrían que revisar su sistema de seguridad.

—Lo cual es una suerte para nosotros —afirmó Brenda con una sonrisa burlona—. Hans es un genio. Conoce hasta el último detalle de los implantes que ustedes tienen en la cabeza. Sé que se fue a Denver porque me mandó un mensaje por Netblock justo antes de que me enviaran al Desierto. Si lo encontramos, él podrá quitarles esas cosas. O al menos anularlas. Y estará encantado, pues odia a CRUEL tanto como nosotros.

Thomas meditó durante unos segundos.

—Si ellos nos controlan, estaremos en serios problemas. Los vi hacerlo al menos tres veces —Alby luchando contra una fuerza invisible en la Finca;

Gally, enajenado, empuñando el cuchillo que mató a Chuck y, por último, Teresa haciendo un gran esfuerzo para hablarle a Thomas dentro del pequeño edificio, en el Desierto. Esas tres imágenes se encontraban entre sus recuerdos más perturbadores.

–Exacto. Ellos podrían manipularte, obligarte a actuar. No pueden ver a través de tus ojos ni oír tu voz o cosas por el estilo, pero igualmente debemos reparar tus dispositivos. Si están lo suficientemente cerca como para tenerte bajo observación y si deciden que vale la pena arriesgarse, lo harán. Y eso sería terrible.

Había muchas decisiones que tomar.

–Bueno, veo que existen diversas razones para ir a Denver. Ya veremos qué piensan Minho y Newt cuando despierten.

–Me parece bien –acordó Brenda. Se puso de pie, se inclinó hacia él y le dio un beso en la mejilla. A Thomas se le erizó la piel del pecho y de los brazos–. ¿Sabes algo? No todo lo que sucedió en aquellos túneles fue una actuación –se levantó y lo miró unos segundos en silencio–. Voy a despertar a Jorge, que está durmiendo en el sector del capitán –y se alejó.

Thomas permaneció sentado, rogando no haberse sonrojado al recordar el momento en que ella había estado tan cerca de él en el Submundo. Con las manos debajo de la cabeza, se recostó en la litera y trató de procesar lo que acababa de escuchar. Por fin tenían un objetivo. Sonrió, y no solo por el beso de Brenda.

Para recordar viejos tiempos, Minho convocó a una Asamblea.

Cuando estaba por finalizar, a Thomas le explotaba la cabeza. El dolor era tan fuerte que pensó que los ojos se le saldrían de las órbitas. Minho hizo de abogado del diablo en cada tema que trataron y, por alguna razón, se pasó toda la charla echándole miradas asesinas a Brenda. Thomas sabía que debían analizar las cuestiones desde todos los ángulos posibles, pero deseaba que Minho dejara en paz a la chica.

Al terminar, después de una hora de darle vueltas al asunto, decidieron en forma unánime ir a Denver. El plan era aterrizar el Berg en un aeropuerto privado, con la excusa de que eran Inmunes y estaban buscando trabajo en el área de transporte del gobierno. Por suerte, la nave no estaba marcada. Aparentemente, CRUEL no había hecho el anuncio cuando la lanzó al mundo real. Allí, les harían los análisis y los marcarían como inmunes a la Llamarada, lo cual les permitiría tener acceso a la ciudad. Todos excepto Newt que, por estar infectado, tendría que permanecer en el Berg hasta que ellos encontraran alguna solución.

Después de una comida rápida, Jorge se fue a pilotear la nave. Dijo que había descansado bien y que quería que todos los demás durmieran una buena siesta, ya que les tomaría algunas horas más llegar a la ciudad. Una vez allí, era imposible saber cuánto les demandaría encontrar un refugio donde pasar la noche.

Thomas quería estar solo, de modo que utilizó su dolor de cabeza como excusa. Encontró un pequeño sillón reclinable en un rincón alejado, se acurrucó en él y extendió una manta por encima de su cuerpo. Lo invadió una sensación de calidez que no había experimentado en mucho tiempo. Y, aunque tenía miedo de lo que podría sobrevenir, también se sintió en paz. Quizá ya estaban más cerca de romper para siempre los lazos que los unían a CRUEL.

Pensó en la fuga y en todo lo que les había ocurrido por el camino. Cuanto más lo analizaba, más dudaba de que algo de eso hubiera sido orquestado por CRUEL. Muchas cosas se habían llevado a cabo de manera imprevista y aquellos guardias habían luchado con fiereza para mantenerlos allí.

Finalmente, el agotamiento lo arrancó de sus pensamientos y cayó en un profundo sueño.

Tenía apenas doce años y estaba sentado en una silla frente a otro hombre, que se mostraba afligido de estar allí. Se encontraban en una habitación con una ventana de observación.

—Thomas —comenzó el hombre triste—. Últimamente has estado un poco… distante. Necesito que vuelvas a concentrarte en lo que es importante. Tú y Teresa están trabajando muy bien con la telepatía y nuestros cálculos indican que las cosas están avanzando perfectamente. Es hora de hacer un esfuerzo más.

Él se sintió avergonzado, y luego, avergonzado de estar avergonzado. Todo eso lo confundía. Quería salir corriendo y regresar a su dormitorio. El hombre lo percibió.

—No vamos a salir de esta habitación hasta que esté satisfecho con tu nivel de compromiso —las palabras eran como una sentencia de muerte dictada por un juez despiadado—. Responderás a mis preguntas, y más vale que la sinceridad te brote por los poros. ¿Comprendes?

Thomas asintió.

—¿Por qué estamos acá? —preguntó el hombre.

—Por la Llamarada.

—Es muy poco. Necesito que te explayes más.

Thomas hizo una pausa. Recientemente había surgido en él una especie de rebeldía, pero sabía que una vez que repitiera todo lo que ese hombre deseaba escuchar, se disiparía. Volvería a hacer lo que le pidieran y a estudiar lo que le pusieran delante.

—Continua —insistió el hombre.

Palabra por palabra, Thomas fue recitando todo de prisa, como lo había memorizado mucho tiempo atrás.

—Las llamaradas solares sacudieron la Tierra con gran intensidad. La seguridad de varios edificios se vio afectada. De un centro militar para el control de enfermedades, se filtró un virus que había sido diseñado por el hombre para la guerra biológica. Ese virus atacó a todas las poblaciones más importantes y se propagó con rapidez. Se lo conoció como la Llamarada. Los gobiernos que sobrevivieron colocaron todos sus recursos en CRUEL, cuyos miembros eligieron, entre quienes eran inmunes, a los mejores y a los más brillantes. Su propósito: estimular y realizar un plano de los patrones cerebrales de todas las emociones humanas conocidas y estudiar cómo funcionamos, a pesar de tener la Llamarada arraigada en el cerebro. La investigación llevará a…

Continuó hablando sin detenerse, respirando al compás de esas palabras que odiaba.

El Thomas que estaba soñando escapó de allí y se perdió en la oscuridad.

22

Decidió que tenía que contarles a todos acerca de esos sueños que lo asaltaban, que debían ser recuerdos que estaban regresando a él.

Mientras se disponían a tener la segunda Asamblea del día, les hizo prometer que no abrirían la boca hasta que él hubiera terminado. Habían agrupado las sillas cerca de la cabina de mando para que Jorge pudiera escuchar todo. Entonces Thomas comenzó a describirles cada sueño que había tenido: su niñez, el momento en que CRUEL se lo llevó tras descubrir que era inmune, su entrenamiento con Teresa, todo. Cuando dejó salir el último recuerdo, se quedó esperando la respuesta.

—No sé qué relación tiene todo eso con lo que nos ocurre —dijo Minho—. Solo hace que odie a CRUEL aún más. Qué bueno que nos fuimos y espero no tener que ver nunca más la cara miertera de Teresa.

Newt, que había estado irritable y distante, habló por primera vez.

—Brenda es una maldita princesa al lado de esa sabihonda.

—Hum… ¿gracias? —repuso Brenda poniendo los ojos en blanco.

—¿Cuándo cambiaste? —disparó Minho.

—¿Cómo? —preguntó Brenda.

—¿Cuándo te enojaste tanto con CRUEL? Trabajaste para ellos. En el Desierto, hiciste todo lo que te pidieron. Estabas muy dispuesta a colocarnos esa máscara en la cara para que nos controlen y engañen nuevamente. ¿Cuándo y cómo te pusiste tan decididamente de nuestra parte?

Brenda lanzó un suspiro. Se la veía cansada, pero sus palabras brotaron cargadas de de ira.

—Nunca estuve del lado de CRUEL. Jamás. Siempre me opuse a la forma en que se manejaban, ¿pero qué podía hacer yo sola? ¿O con Jorge?

Hice lo necesario para sobrevivir. Pero después conviví con ustedes en el Desierto y eso me hizo comprender… bueno, ahí descubrí que existía una oportunidad.

Thomas deseaba cambiar de tema.

—Brenda, ¿piensas que los miembros de CRUEL volverán a forzarnos a hacer lo que ellos quieren? ¿A jugar con nosotros, a manipularnos?

—Es por eso que tenemos que encontrar a Hans —respondió levantando los hombros—. Solo puedo suponer lo que haría CRUEL. Cada vez que los he visto controlar a alguien con el dispositivo del cerebro, se trataba de una persona a la que tenían cerca y bajo estricta observación. Dado que ustedes han escapado y no permanecen en un lugar fijo, ellos no tienen forma de observar con exactitud lo que están haciendo. Por lo tanto, es probable que prefieran no arriesgarse.

—¿Por qué no? —preguntó Newt—. ¿Podrían hacer que nos clavemos un cuchillo en la pierna o nos encademos a una silla hasta que nos encuentren?

—Como ya les dije, no están lo suficientemente cerca —respondió Brenda—. Es obvio que los necesitan y no quieren exponerlos a que se lastimen o mueran. Estoy segura de que han mandado a todo tipo de gente para perseguirlos. Una vez que se acerquen lo necesario como para poder observarlos, empezarán a manipular sus mentes. Y el olfato me dice que lo van a hacer. Por eso es esencial ir a Denver.

Thomas ya había tomado una decisión.

—Iremos. No se discute más. Además, propongo que esperemos cien años antes de volver a reunirnos para hablar de estas cuestiones.

—Buena esa —dijo Minho—. Estoy contigo.

Eran dos sobre tres. Todas las miradas se volvieron hacia Newt.

—Soy un Crank —dijo el chico—. Mi maldita opinión no es importante.

—Podemos introducirte en la ciudad —comentó Brenda, ignorándolo. Al menos el tiempo suficiente para que Hans trabaje en tu cerebro. Tendremos mucho cuidado de mantenerte lejos de…

Newt saltó violentamente de su asiento y golpeó la pared que se encontraba detrás.

—No importa si tengo esa cosa en el cerebro. En muy poco tiempo, ya estaré más allá del maldito Final. Además, no quiero morir sabiendo que anduve en una ciudad infectando a todo el mundo.

Thomas se acordó del sobre que tenía en el bolsillo. Lo había olvidado casi por completo. Movió los dedos nerviosamente como para sacarlo y leerlo.

Nadie dijo una palabra.

La expresión de Newt se ensombreció.

—No pierdan tiempo tratando de convencerme —gruñó finalmente—. Todos sabemos que la milagrosa cura de CRUEL no funcionará y, además, yo no la querría. En este planeta garlopo, no queda mucho por qué vivir. Cuando ustedes ingresen a la ciudad, me quedaré esperando aquí —concluyó. Luego se alejó pisando fuerte y desapareció por la esquina que conducía al área común.

—Eso sí que salió fantástico —gruñó Minho—. Me temo que la Asamblea terminó —se puso de pie y siguió a su amigo.

Brenda frunció el ceño y observó a Thomas.

—Estás… *estamos* haciendo lo correcto.

—Creo que ya nada es correcto o incorrecto —dijo Thomas, percibiendo la insensibilidad en su propia voz. Deseaba con desesperación irse a dormir—. Solo horrible y no-tan-horrible.

Se levantó y fue a reunirse con los otros dos Habitantes, al tiempo que toqueteaba el sobre que llevaba en el bolsillo. *¿Qué podría decir?*, se preguntó. *¿Y cómo se daría cuenta de que había llegado el momento indicado para abrirlo?*

23

Thomas no había tenido mucho tiempo para imaginar cómo sería el mundo fuera del control de CRUEL. Ahora que ellos realmente lo iban a enfrentar, sus nervios se habían encendido y sentía un nudo en el estómago. Estaba por entrar en territorio desconocido.

—Chicos, ¿están listos? —preguntó Brenda. Se encontraban al pie de la rampa del Berg, a unos treinta metros de un muro de cemento con grandes puertas de hierro.

Jorge lanzó un bufido.

—Había olvidado lo atractivo que era este lugar.

—¿Sabes lo que haces? —le preguntó Thomas.

—Solo mantén la boca cerrada, hermano, y deja que me encargue de todo. Usaremos nuestros verdaderos nombres con apellidos falsos. Al final de cuentas, lo único que les importa es que seamos inmunes. Les encantará tenernos registrados. En uno o dos días, nos van a rastrear para pedirnos que realicemos alguna tarea para el gobierno. Somos valiosos. Y lo repito una vez más: Thomas, tienes que cerrar tu bocota.

—Tú también, Minho —agregó Brenda—. ¿Está claro? Jorge hizo documentos falsos para todos y él es un maestro del engaño.

—No me digas —musitó Minho.

Jorge y Brenda enfilaron hacia las puertas con Minho detrás. Thomas vaciló. Cuando levantó la vista hacia la pared, se acordó del Laberinto y un vendaval de imágenes horrendas sopló por su mente. Pero hubo una en especial: la noche en que había atado a Alby a la espesa enredadera para ocultarlo de los Penitentes. Por suerte, los muros que tenía delante estaban desnudos.

La caminata hasta la entrada le pareció interminable. La pared y las puertas gigantescas aumentaban de altura a medida que el grupo se aproximaba a ellas. Cuando finalmente llegaron, se escuchó un zumbido electrónico seguido de una voz femenina.

—Indiquen sus nombres y motivo de la estadía.

Jorge respondió en voz muy alta.

—Soy Jorge Gallaraga y estos son mis socios: Brenda Despain, Thomas Murphy y Minho Park. Vinimos a reunir información y hacer un análisis de campo. Soy piloto de Berg matriculado. Traigo todos los documentos necesarios, pueden revisarlos si lo desean —señaló. Luego extrajo algunas tarjetas de información de su bolsillo trasero y las mostró a una cámara que había en la pared.

—Un momento, por favor —ordenó la voz.

El sudor cubría la frente de Thomas: estaba seguro de que la mujer haría sonar una alarma en cualquier momento. Los guardias irrumpirían en el lugar y lo enviarían de regreso a CRUEL, a la habitación blanca o a un sitio todavía peor. Esperó varios minutos hasta que se escuchó el repiqueteo de algo metálico y, a continuación, un golpe fuerte. Luego, una de las puertas de hierro comenzó a abrirse hacia afuera. Thomas espió por la abertura y se tranquilizó al comprobar que el pasadizo angosto que le seguía estaba vacío. Al final había otro muro inmenso con varias puertas, que parecían más modernas. La pared de la derecha tenía pantallas y paneles empotrados en el cemento.

—Vamos —dijo Jorge, y atravesó la puerta como si estuviera acostumbrado a hacerlo. Thomas, Minho y Brenda lo siguieron por el pasillo hasta la pared exterior, donde se detuvo. De cerca, los paneles y las pantallas se veían enormes. Jorge oprimió un botón en la pantalla más grande y comenzó a ingresar todos los nombres y números de identificación falsos. Escribió algunos datos más y luego introdujo las tarjetas de información en una ranura.

Mientras transcurrían los minutos, el grupo esperó en silencio. La ansiedad de Thomas crecía a cada segundo. Hizo un esfuerzo por no demostrarlo, pero de pronto sentía que todo había sido un gran error. Deberían haber ido a una ciudad con menos seguridad o intentar entrar en ella de otra manera. Esas personas descubrirían que estaban mintiendo. Tal vez CRUEL ya había avisado que estuvieran atentos ante posibles fugitivos.

Tranquilo, Thomas, se dijo a sí mismo. Y por medio segundo temió haber hablado en voz alta.

La voz de la mujer regresó.

—Los papeles están en orden. Por favor diríjanse al puesto de análisis viral.

Jorge se movió hacia la derecha. Se abrió un panel de la pared y un brazo mecánico se proyectó hacia afuera. Era un extraño dispositivo con la forma de las cuencas de los ojos. Jorge se inclinó hacia delante y presionó la cara contra la máquina. Tan pronto como sus ojos quedaron alineados con los del brazo, un cablecito serpenteó hacia afuera y le pinchó el cuello. Hubo varios chasquidos metálicos y enseguida el cable se retrajo dentro del aparato y Jorge se alejó.

El panel completo rotó dentro de la pared y el dispositivo que había usado Jorge desapareció. Fue reemplazado por uno nuevo, exactamente igual.

—El próximo —anunció la mujer.

Brenda intercambió una mirada incómoda con Thomas, se aproximó a la máquina y se inclinó sobre ella. El cable le pinchó el cuello, el aparato emitió los chasquidos y se terminó. Ella se apartó con un evidente suspiro de alivio.

—Hace mucho que no usaba uno de esos —le susurró a Thomas—. Me ponen muy nerviosa, como si de golpe hubiera dejado de ser inmune.

Una vez más, la mujer habló.

—El próximo.

Minho siguió el procedimiento y por fin le llegó el turno a Thomas.

Mientras el panel giraba, caminó hacia la máquina y tan pronto como el nuevo aparato apareció y se puso en su sitio, se inclinó hacia adelante y apoyó los ojos. Se preparó para el dolor que le provocaría el pinchazo, pero casi no lo percibió. Dentro del dispositivo, todo lo que vio fueron unos destellos de luz y color. Sintió una ráfaga de aire que le hizo cerrar los ojos con fuerza y, cuando los abrió, todo estaba oscuro.

Después de varios segundos, retrocedió y se quedó esperando lo que vendría a continuación.

Finalmente, la mujer habló otra vez.

—Se constató que todos están libres de ACV. Saben que en Denver las oportunidades para los de su especie son enormes. Pero no lo divulguen por la calle. Aquí, todos gozan de buena salud y no poseen el virus, pero hay muchos que todavía no les tienen mucho aprecio a los Inmunes.

—Vinimos para realizar algunas tareas y luego nos marcharemos. Más o menos en una semana —dijo Jorge—. Espero que podamos mantener nuestro pequeño secreto… en secreto.

—¿Qué es ACV? —le susurró Thomas a Minho.

—¿Y cómo quieres que lo sepa?

—Amenaza de Contagio Viral —contestó Brenda—. Pero no levanten la voz. Aquí resultaría sospechoso que alguien no lo supiera.

Thomas iba a decir algo pero el estruendo de las puertas que comenzaban a deslizarse lo sobresaltó. Delante había otro pasillo con paredes de metal, que terminaba en una nueva serie de puertas cerradas. Se preguntó cuánto tiempo más duraría el trámite.

—Por favor, ingresen al detector de a uno por vez —indicó la mujer. Su voz también estaba en ese tercer corredor—. El señor Gallaraga en primer lugar.

Jorge entró al pequeño recinto y las puertas se cerraron detrás de él.

—¿Para qué sirve? —inquirió Thomas.

—Detecta cosas —respondió Brenda secamente.

Thomas la miró y arrugó el ceño. Antes de lo que imaginaba, una alarma sonó y las puertas se abrieron. Jorge ya no estaba ahí.

—La señorita Despain es la próxima —dijo la anunciante, repentinamente aburrida.

Brenda le hizo una seña a Thomas y entró al detector. Un minuto después, fue el turno a Minho, quien miró a Thomas con expresión seria.

—Si no te veo del otro lado —le comentó en tono burlón—, recuerda que siempre te quise —y sonriendo ante la mirada de suficiencia de Thomas, atravesó las puertas.

A los pocos segundos, la mujer lo llamó a él.

Entró en el recinto y las puertas se cerraron detrás. Una ráfaga de aire lo golpeó, mientras escuchaba unos sonidos débiles. Después se abrieron las puertas que se hallaban delante de él y apareció gente por todos lados. Los latidos de su corazón se aceleraron, pero de inmediato encontró a sus amigos y se calmó. Estaba impactado por la intensa actividad que había a su alrededor. Una bulliciosa multitud de hombres y mujeres —muchos de ellos con trozos de tela apretados contra sus bocas— colmaban un hall gigantesco, que tenía un techo de vidrio por donde ingresaba muchísima luz. Por una esquina, alcanzó a ver las cúpulas de varios rascacielos, aunque no parecían gran cosa comparados con los del Desierto. Brillaban bajo los rayos del sol. Estaba tan absorto ante lo que veía que casi olvidó lo nervioso que se había sentido unos minutos antes.

—No está tan mal después de todo, ¿no? —comentó Jorge.

—A mí me gusta —dijo Minho.

Thomas, totalmente maravillado, no podía dejar de estirar el cuello para examinar el lugar.

—¿Qué es esto? —preguntó finalmente—. ¿Quiénes son estas personas? —comentó, escudriñando a sus tres compañeros en busca de una respuesta. Jorge y Brenda parecían avergonzados de estar con él. Pero la expresión de ella cambió bruscamente y se fundió en una especie de tristeza.

—Siempre me olvido de que has perdido tus recuerdos —murmuró, y luego abrió los brazos para señalar lo que los rodeaba—. Es un centro comercial. Ocupa todo el muro que rodea la ciudad y está compuesto básicamente por tiendas y oficinas.

—Nunca había visto tanta... —su voz se fue apagando. Un hombre de chaqueta azul oscuro se aproximaba hacia ellos con la mirada puesta en Thomas. Y no se veía muy contento.

—Miren —murmuró Thomas, señalando al desconocido.

Antes de que alguien lograra hablar, el hombre los alcanzó y los saludó con un gesto seco.

—Sabemos que algunas personas escaparon de CRUEL. Y a juzgar por el Berg en el que vinieron, supongo que ustedes forman parte de ese grupo. Les recomiendo seriamente que sigan el consejo que voy a darles. No tienen nada que temer, solo les pedimos ayuda y los protegeremos cuando lleguen.

Le extendió un papel a Thomas y se marchó sin agregar una sola palabra.

—¿Qué fue eso? —preguntó Minho—. ¿Qué dice?

Thomas bajó la vista y leyó:

—*Vengan a verme de inmediato. Estoy con un grupo llamado el Brazo Derecho. En la esquina de Kenwood y Brookshire, apartamento 2792.*

Cuando Thomas vio la firma al final de la nota, se le hizo un nudo en la garganta. Levantó los ojos hacia Minho y supo que su rostro se había vuelto pálido.

—Es de Gally —agregó.

24

Thomas no tuvo que explicar nada. Brenda y Jorge habían trabajado durante mucho tiempo para CRUEL y sabían quién era Gally: una especie de marginado en el Área, que se había convertido en enemigo acérrimo de Thomas después de experimentar la Transformación.

En cambio la única imagen que Thomas tenía en la mente era la de un chico furioso arrojándole un cuchillo a Chuck, que murió en sus brazos. En aquel momento Thomas había perdido la razón y le había pegado tanto a Gally, que lo creyó muerto.

Sintió un gran alivio al descubrir que quizá no lo había hecho. Por mucho que lo hubiera odiado, no quería ser un asesino.

—No es posible que sea él —dijo Brenda.

—¿Por qué no? —preguntó Thomas al tiempo que la tranquilidad comenzaba a disiparse—. ¿Qué pasó con él después de que nos sacaron de allí? ¿Acaso…?

—¿Murió? No. Permaneció alrededor de una semana en la enfermería porque tenía quebrado un pómulo. Pero eso no fue nada comparado con el daño psicológico. Ellos lo *usaron* para matar a Chuck porque pensaron que los paradigmas serían útiles. Estuvo todo planeado. Obligaron a Chuck a interponerse delante de ti.

El enojo que Thomas sentía por Gally se trasladó a CRUEL. El tipo había sido un completo idiota. Sin embargo, si lo que Brenda decía era cierto, no era más que un instrumento de la organización. Lo irritó todavía más enterarse de que la muerte de Chuck no había sido accidental.

Brenda continuó hablando.

—Escuché que uno de los Psicólogos diseñó esa interacción como una Variable, no solo para ti y los Habitantes que estaban presentes, sino también... para Chuck durante sus últimos minutos de vida.

Por un aterrador instante, Thomas se sintió tan abrumado por la furia que creyó que llegaría a elegir a algún extraño al azar entre la muchedumbre y le daría una paliza como lo había hecho con Gally.

Respiró hondo y se pasó la mano temblorosa por el pelo.

—Ya nada me sorprende —masculló con los dientes apretados.

—La mente de Gally no pudo enfrentar lo que había hecho —dijo Brenda—. Enloqueció por completo y tuvieron que enviarlo lejos. Estoy segura de que pensaron que nadie creería su historia.

—¿Y por qué crees que no puede ser él? —preguntó Thomas—. Tal vez se repuso y llegó hasta aquí.

Brenda negó con la cabeza.

—Mira, todo es posible. Pero yo lo vi a ese tipo, era como si tuviera la Llamarada. Trataba de devorarse los sillones, escupía, gritaba y se arrancaba el pelo.

—Yo también lo vi —intervino Jorge—. Un día consiguió escapar de los guardias. Corrió desnudo por los pasillos, gritando con todas sus fuerzas que tenía escarabajos en las venas.

Thomas intentó aclarar su mente.

—Me pregunto qué querrá decir con eso del Brazo Derecho.

—Por todos lados corren rumores acerca de ellos —respondió Jorge—. Se supone que es un grupo clandestino que está empeñado en destruir a CRUEL.

—Más razón todavía para hacer lo que dice la nota —señaló Thomas.

El rostro de Brenda mostraba vacilación.

—Creo que primero debemos buscar a Hans.

Thomas levantó el pedazo de papel y lo agitó.

—Vamos a ir a ver a Gally. Necesitamos a alguien que conozca la ciudad —indicó. Además, su instinto le decía que debían empezar por ahí.

—¿Y si es una trampa? —preguntó ella.

—Sí —dijo Minho—. Quizá deberíamos pensarlo mejor.

—No —insistió Thomas sacudiendo la cabeza—. Tenemos que dejar de intentar anticiparnos a ellos. A veces, hacen cosas solo para forzarme a hacer lo contrario de lo que ellos piensan que yo pienso que ellos piensan que yo quiero hacer.

—¿Eh? —preguntaron los tres al mismo tiempo con expresión confundida.

—De ahora en adelante haré lo que considere correcto —explicó Thomas—. Y algo me dice que tenemos que ir a ese lugar a ver a Gally, al menos para averiguar si realmente se trata de él. Es una conexión con el Área y tiene todos los motivos que existen para estar de nuestro lado.

Los demás se quedaron mirándolo como si estuvieran esperando que se les ocurriera algún argumento en contra.

—Buena esa —dijo Thomas—. Interpreto todas esas miradas como respuestas afirmativas. Estoy feliz de ver que todos están de acuerdo conmigo. Veamos, ¿cómo llegamos hasta allí?

Brenda suspiró de manera exagerada.

—¿Alguna vez oíste hablar de los taxis?

Después de comer algo en el centro comercial, subieron a un taxi para que los condujera por la ciudad. Cuando Jorge le alcanzó al conductor la tarjeta con la que pagaría, Thomas pensó que CRUEL podría rastrearlos. Apenas se acomodaron en los asientos, le comunicó su inquietud a Jorge, en un susurro casi imperceptible. Este solo atinó a echarle una mirada intranquila.

—¿Te preocupa que Gally supiera de nuestra llegada? —le preguntó Thomas.

—Sí, un poco. Pero por la manera en que ese hombre se presentó, supongo que la noticia de que hubo una fuga pudo haberse filtrado y este grupo, el Brazo Derecho, nos ha estado buscando desde entonces. Escuché que tienen aquí su base de operaciones.

—O quizá tiene que ver con que el grupo de Teresa haya aparecido primero en esta ciudad —añadió Brenda.

Thomas no pareció muy reconfortado.

—Todo va a estar bien, muchacho —aseguró Jorge—. Ahora que estamos aquí, a CRUEL se le va a hacer muy difícil dar con nosotros. Es más fácil de lo que piensas mezclarse entre la gente. Tranquilízate.

Thomas no creía que eso fuera posible, pero igual se reclinó en el asiento y se puso a mirar por la ventana.

El viaje a través de Denver le resultó alucinante. De su infancia, recordaba los planeadores, esos vehículos policiales con capacidad destructiva, que volaban sin tripulación y que todos llamaban "las máquinas de la poli". Sin embargo, muchas cosas no tenían nada que ver con lo que él conocía: los rascacielos gigantescos, los brillantes anuncios de publicidad holográfica, la multitud. Le parecía irreal. En su interior, brotó una pequeña duda: CRUEL estaba manipulando de alguna manera sus nervios ópticos y todo eso era otra ilusión. Se preguntó si habría vivido anteriormente en una ciudad como esa. Y si eso había sucedido, cómo había podido olvidar semejante esplendor.

Mientras recorrían las calles atestadas de gente, se le ocurrió que acaso el mundo no fuera un lugar tan terrible después de todo. Ahí había una comunidad entera, miles de individuos que desarrollaban sus vidas cotidianas. Pero el viaje continuó y, gradualmente, comenzó a percibir detalles que al principio habían pasado inadvertidos. Y cuanto más andaban, mayor era su inquietud. Casi todas las personas parecían intranquilas. Tenía la impresión de que se evitaban y no solo por una cuestión de cortesía. Al igual que en el centro comercial, mucha gente llevaba máscara o se cubría la boca y la nariz con trozos de tela.

Afiches y letreros tapizaban las paredes de los edificios, la mayoría de ellos rasgados o manchados con pintura en aerosol. Algunos advertían sobre la Llamarada y especificaban qué precauciones había que tomar; otros hablaban de los peligros de abandonar las ciudades o qué hacer si alguien se topaba con una persona infectada. Unos pocos tenían imágenes terroríficas de Cranks que estaban mucho más allá del Final. Thomas divisó un cartel que mostraba en primer plano a una mujer de rostro tirante, con el pelo sujeto atrás de la cabeza, con el lema: LA MINISTRA PAIGE TE QUIERE.

La Ministra Paige. De inmediato, Thomas reconoció el nombre. Brenda le había dicho que ella era la única persona en quien podía confiar. Se volvió hacia la chica para hacerle un comentario pero se detuvo. Algo le dijo que era mejor esperar hasta que estuvieran solos. Durante el recorrido, notó que había más afiches con su retrato, pero la mayoría de ellos estaban cubiertos de graffiti. Era complicado saber cuál era el aspecto real de la mujer debajo de cuernitos y bigotes ridículos.

Había cientos de miembros de las fuerzas de seguridad patrullando las calles. Todos llevaban camisas rojas y máscaras de gas, un arma en una mano y, en la otra, una versión más pequeña del dispositivo para el análisis viral. Cuanto más se alejaban del muro que aislaba la ciudad, más sucias se volvían las calles. Había basura por todos lados, las ventanas estaban destrozadas y los graffiti decoraban la mayoría de las paredes. A pesar del reflejo del sol en las ventanas más altas, una oscuridad profunda se había instalado en el ambiente.

El taxi dobló en un callejón desierto y se detuvo delante de un edificio de cemento, de unos veinte pisos de altura. Cuando el conductor pasó la tarjeta de Jorge por la ranura y se la devolvió, Thomas interpretó que había llegado el momento de abandonar el vehículo.

Una vez que todos descendieron y el auto se alejó, Jorge apuntó a la escalera más cercana.

—El número 2792 está justo ahí, en la segunda puerta.

Minho emitió un silbido.

—Parece muy hogareño —ironizó.

Thomas estaba de acuerdo. El sitio era desagradable y los ladrillos grises cubiertos con aerosol lo ponían nervioso. No quería subir esos peldaños y descubrir quién esperaba en el interior.

—Tu idea, tú primero —dijo Brenda, y le dio un empujón desde atrás.

Tragó saliva con fuerza y subió lentamente por la escalera, con los otros tres pegados a sus espaldas. A juzgar por los escasos restos de pintura verde y descolorida, la puerta de madera torcida y resquebrajada, el apartamento parecía tener miles de años.

—Esto es una locura —murmuró Jorge—. Una completa locura.

Minho resopló.

—Thomas le dio una buena paliza una vez, puede hacerlo de nuevo.

—A menos que él salga y nos apunte con un arma —replicó Jorge.

—¿Se pueden callar? —dijo Thomas, que tenía los nervios de punta. Sin decir una palabra más, extendió la mano y golpeó la puerta. Unos desesperantes segundos después, se abrió.

Thomas descubrió enseguida que el chico de pelo negro que se hallaba frente a él era el mismo Gally del Área. No cabía ninguna duda. Pero su rostro estaba lleno de cicatrices y líneas blancas y finitas. Su ojo derecho parecía inflamado y la nariz, que había sido grande y ligeramente deformada antes del incidente de Chuck, estaba considerablemente torcida.

—Me alegra que vinieran —dijo con su voz áspera—. Porque el fin del mundo es inminente.

25

Gally retrocedió y abrió la puerta por completo.

—Pasen.

Al ver lo que le había hecho a Gally, Thomas sintió que lo invadía la culpa. No sabía cómo actuar ni qué decir. Solo hizo un gesto con la cabeza y se obligó a ingresar al apartamento.

Era una habitación sin muebles, oscura y ordenada, que olía a tocino. Había una manta amarilla colgada sobre el gran ventanal, que le daba al lugar un toque fantasmagórico.

—Tomen asiento —dijo Gally.

Lo único que deseaba Thomas era averiguar cómo se habían enterado los del Brazo Derecho de que él se encontraba en Denver y qué querían, pero su instinto le dijo que debía respetar las reglas antes de recibir alguna respuesta. Se acomodaron en el piso: él y sus amigos de un lado y Gally frente a ellos, como si se tratara de un juez. Bajo la luz tenue, la cara de Gally lucía horrible y tenía el ojo derecho inyectado de sangre.

—Ya conoces a Minho —dijo Thomas torpemente. Minho y Gally se hicieron un saludo seco con la cabeza—. Ellos son Brenda y Jorge. Son de CRUEL pero…

—Ya sé quiénes son —lo interrumpió Gally, que no parecía estar loco, más bien un poco adormecido—. Esos garlopos de CRUEL me devolvieron mi pasado. Y debería agregar que lo hicieron sin preguntarme —su mirada se posó en Minho—. Tú fuiste muy amable conmigo en la última Asamblea. Te lo agradezco —señaló con marcado sarcasmo.

Thomas se estremeció al recordarlo: Minho había arrojado a Gally al suelo, amenazándolo. Lo había olvidado.

–Había tenido un día difícil –respondió Minho. Su expresión no dejaba transparentar si hablaba en serio o si lo lamentaba un poco.

–Sí, bueno –repuso Gally–. Olvidémonos del pasado –afirmó, con una sonrisita que decía lo contrario.

Tal vez Minho no se arrepentía de nada, pero Thomas sí.

–Gally, lamento lo que hice –le dijo sosteniéndole la mirada. Quería que le creyera, que comprendiera que CRUEL era su enemigo común.

–¿*Tú* lo lamentas? Yo maté a Chuck. Está muerto por mi culpa.

Al escucharlo, Thomas no sintió alivio sino tristeza.

–No fue tu culpa –dijo Brenda.

–Eso es un montón de plopus –comentó Gally con frialdad–. Si yo hubiera tenido agallas, habría impedido que me dominaran. Pero dejé que lo hicieran porque creí que iba a matar a Thomas, no a Chuck. Jamás hubiera asesinado a ese pobre niño.

–Muy amable de tu parte –dijo Minho.

–¿De modo que deseabas verme muerto? –preguntó Thomas, sorprendido ante tanta sinceridad.

Gally lanzó una risita burlona.

–No te pongas sensible conmigo. Te odié más que a nadie en el mundo. Pero lo que sucedió en el pasado ya no tiene ninguna importancia. Tenemos que hablar del futuro. Del fin del mundo.

–Espera un segundo, muchacho –dijo Jorge–. Primero, nos vas a contar con todo detalle lo ocurrido, desde que te despacharon de CRUEL hasta que terminaste sentado aquí.

–Y también, ¿cómo y cuándo te enteraste de que veníamos? –agregó Minho– ¿Y quién era ese tipo extraño que nos entregó el mensaje?

Gally volvió a sonreír, lo cual hacía que su expresión fuera aún más escalofriante.

–Supongo que estar con CRUEL no te hace precisamente una persona confiada, ¿no?

—Ellos tienen razón —observó Thomas—. Dinos qué está ocurriendo. En especial, si quieres nuestra ayuda.

—¿*Su* ayuda? —recalcó Gally—. Yo no lo diría de esa manera, pero estoy seguro de que tenemos los mismos objetivos.

—Escucha —dijo Thomas—. Necesitamos un motivo para confiar en ti. Habla.

Después de una pausa prolongada, Gally comenzó.

—El tipo que les dio la nota se llama Richard. Es miembro del grupo el Brazo Derecho. Tiene gente en todos los pueblos y ciudades que quedan en este asqueroso planeta. Su misión es destruir a nuestros antiguos amigos (utilizar el dinero y la influencia de CRUEL en cosas que realmente sean importantes), pero no cuenta con los recursos para desbaratar una organización tan grande y poderosa. Quiere entrar en acción pero todavía le falta un poco de información.

—Escuchamos hablar de ellos —dijo Brenda—. ¿Y cómo te involucraste con el grupo?

—Ellos tienen un par de espías en el complejo principal de CRUEL y se contactaron conmigo para explicarme que si fingía estar demente, me enviarían lejos de allí. Yo habría hecho cualquier cosa para largarme de ese sitio. De todas maneras, el Brazo Derecho quería a una persona de adentro de la organización que conociera el funcionamiento del edificio, el sistema de seguridad, ese tipo de garlopa. Entonces atacaron el auto que me custodiaba y me trajeron aquí. Y con respecto a cómo supe de su llegada, recibimos un mensaje anónimo a través de Netblock. Supuse que lo habían mandado ustedes.

Thomas miró a Brenda buscando una explicación, pero ella se encogió de hombros.

—De modo que no fueron ustedes —continuó Gally—. Quizás alguien del cuartel general dio el alerta para intentar convocar a los cazadores de recompensas o algo así. Una vez que lo supimos, solo nos quedó ingresar en el sistema del aeropuerto para ver dónde había aparecido un Berg.

—¿Y nos trajiste aquí para hablar sobre la forma de destruir a CRUEL? —preguntó Thomas. Por más que eso no fuera ni remotamente posible, sintió renacer la esperanza.

Antes de contestar, Gally sacudió la cabeza con lentitud.

—Haces que todo suene tan sencillo. Pero, sí, eso es más o menos el nudo de la cuestión. Sin embargo, tenemos dos grandes problemas sobre nuestros hombros.

Brenda estaba impaciente.

—¿Qué? Dilo de una vez.

—Tranquila, mujer.

—¿Qué problemas? —lo apuró Thomas.

Gally le echó una mirada de enojo a Brenda y luego volvió la vista hacia Thomas.

—En primer lugar, corren rumores de que la Llamarada se está propagando de manera desenfrenada por toda esta ciudad miertera y que están llevando a cabo actos de corrupción de todo tipo para ocultarlo, porque los que están enfermos son los peces gordos del gobierno. Están ocultando el virus con la Felicidad, ya que disminuye la velocidad de la Llamarada y permite que la gente que la tiene se mezcle con los demás. Pero el virus sigue diseminándose. Yo creo que debe pasar lo mismo en todo el planeta. No hay forma de mantener alejada a esa bestia.

Thomas sintió el miedo en las entrañas. Lo aterraba la idea de un mundo invadido por hordas de Cranks. Le resultaba difícil imaginar hasta dónde podía empeorar la situación. Cuando eso sucediera, ser inmune no significaría nada.

—¿Cuál es el otro problema? —preguntó Minho, como si ese no fuera suficientemente malo.

—Le agradamos a la gente.

—¿Perdón? —dijo Brenda, confundida—. ¿Hablas de los Inmunes?

—Claro —repuso Gally y se inclinó hacia adelante—. Están desapareciendo. Los secuestran o huyen, se esfuman en el aire… nadie lo sabe. Un larchito me contó que los están reuniendo y los venden a CRUEL para que pueda proseguir con las Pruebas. Y si fuera necesario, empezar de nuevo. No sé si es cierto, pero en los últimos seis meses la población inmune de esta y otras ciudades ha descendido a la mitad sin dejar rastros. Eso está causando muchos dolores de cabeza. Denver los necesita más de lo que la gente imagina.

La ansiedad de Thomas se incrementó.

—¿Acaso la mayor parte de los ciudadanos no odia a los Munis? Es así como nos llaman, ¿no? Tal vez los estén matando o algo por el estilo —afirmó. Detestaba la otra posibilidad que se le estaba ocurriendo: que CRUEL los estuviera secuestrando y haciéndolos pasar por las mismas torturas que a él.

—Lo dudo —dijo Gally—. Mi larchito es una fuente confiable y esto huele a CRUEL hasta la médula. Estos problemas hacen una mala combinación. Aunque las autoridades digan lo contrario, la Llamarada se ha extendido por todos lados. Y los Inmunes están desapareciendo. Sea como sea, aquí no va a quedar nadie. Y quién sabe qué estará pasando en otras ciudades.

—¿Y qué tenemos que ver nosotros con todo esto? —preguntó Jorge.

Gally se mostró asombrado.

—¿Qué pasa? ¿No te importa que la civilización esté por llegar a su fin? Las ciudades se están desmoronando. En poco tiempo, tendremos un mundo lleno de locos que querrán comerte como almuerzo.

—Por supuesto que nos importa —replicó Thomas—. ¿Pero qué esperas de nosotros?

—Oigan, todo lo que sé es que CRUEL tiene una directiva: encontrar una cura. Y es muy obvio que eso nunca va a ocurrir. Si nosotros tuviéramos su dinero y sus recursos, podríamos usarlos para ayudar *de verdad*. Para proteger a los que están sanos. Pensé que tú estarías de acuerdo.

Por supuesto que lo estaba. Desesperadamente.

Al no recibir respuesta, Gally se encogió de hombros.

—No tenemos mucho que perder. Supongo que vale la pena intentar algo.

—Gally —dijo Thomas—, ¿supiste de Teresa y de otro grupo que también escapó hoy?

—Sí —repuso Gally—. A ellos también los encontramos y les transmitimos lo mismo que les estamos diciendo a ustedes. ¿Quién pensaste que era mi larchito?

—Teresa —susurró Thomas. Un destello de esperanza brilló en su interior. Seguramente, ella había recuperado todos esos recuerdos cuando le extrajeron el Neutralizador. ¿Acaso la operación habría hecho que cambiara de parecer? Su insistente frase *CRUEL es bueno*, ¿sería finalmente algo del pasado?

—Exacto. Dijo que no podía estar de acuerdo con que ellos comenzaran el ciclo otra vez. También mencionó algo acerca de que esperaba encontrarte. Pero hay una cosa más.

Thomas emitió un gruñido.

—Eso no suena muy bien.

Gally hizo un gesto de indiferencia.

—En estos tiempos lamentablemente es así. Cuando había salido a buscarlos, uno de los nuestros se topó con un extraño rumor. Dijo que estaba relacionado de alguna manera con todas esas personas que escaparon del cuartel general. No podría afirmar si lograron rastrearlos, pero daría la impresión de que adivinaron que ustedes vendrían a Denver.

—¿Por qué? —preguntó Thomas—. ¿Qué dice el rumor?

—Hay una gran recompensa por un tipo llamado Hans, que trabajó para CRUEL y ahora vive en Denver. Creen que ustedes están aquí para verlo a él. Y ellos lo quieren muerto.

26

Brenda se puso de pie.

—Nos vamos ya mismo. Dense prisa.

Jorge y Minho se levantaron. Mientras Thomas se unía a ellos, comprendió que Brenda había tenido razón: encontrar a Hans era la prioridad. Debía extraerles el dispositivo de rastreo de la cabeza. Si CRUEL también estaba detrás de Hans, tendrían que apurarse.

—Gally, ¿juras que todo lo que nos dijiste es cierto?

—Hasta el último detalle —respondió sin moverse del lugar—. El Brazo Derecho quiere entrar en acción. Están planeando algo en este mismo instante. Sin embargo, precisan información sobre CRUEL, y ¿quién mejor que tú para ayudarnos? Si también podemos conseguir la colaboración de Teresa y su grupo, sería mejor aún. Necesitamos reunir a la mayor cantidad de gente.

Thomas decidió confiar en Gally. Quizá nunca serían amigos, pero tenían un enemigo común, lo cual los colocaba en el mismo equipo.

—¿Qué hacemos si queremos ayudar? —preguntó finalmente—. ¿Regresamos aquí? ¿Vamos a otro lugar?

Gally sonrió.

—Vuelvan aquí. A cualquier hora antes de las nueve de la mañana. Es probable que esté aquí una semana más. No creo que hagamos otros traslados hasta entonces.

—¿Otros traslados? —indagó Thomas ardiendo de curiosidad.

—Ya te dije bastante. Si quieres más, regresa. Estaré aquí.

Thomas sacudió la cabeza y luego extendió la mano. Gally se la estrechó.

—Yo no te culpo de nada —dijo Thomas—. Durante la Transformación, viste lo que hice para CRUEL. Yo tampoco habría confiado en mí. Y sé que no quisiste matar a Chuck. Pero tampoco es necesario que nos demos un abrazo al vernos.

—El sentimiento es mutuo.

Sin embargo, cuando Thomas llegó a la puerta, Gally le dio un apretón en el hombro.

—El tiempo se está acabando, pero podemos hacer algo.

—Volveremos —dijo Thomas y salió detrás de sus amigos. El miedo a lo desconocido ya se había disipado. La esperanza había encontrado la forma de llegar a él y se había establecido en su interior.

No encontraron a Hans hasta el día siguiente.

Después de adquirir algo de ropa y comida, Jorge consiguió un hotel barato para pasar la noche. Thomas y Minho utilizaron la computadora de la habitación para navegar por Netblock, mientras Brenda y Jorge realizaban decenas de llamadas a personas que Thomas nunca había oído nombrar. Después de horas de trabajo, por fin dieron con una dirección a través de alguien que Jorge denominó "el amigo de un amigo del enemigo de un enemigo". Y, como ya era muy tarde, se fueron todos a dormir. Thomas y Minho se ubicaron en el piso y los otro dos se quedaron con las camas gemelas.

A la mañana siguiente se ducharon, desayunaron y se pusieron la ropa nueva. Luego consiguieron un taxi y se dirigieron directamente al lugar donde les habían dicho que vivía Hans: un edificio de apartamentos en condiciones apenas mejores que el de Gally. Subieron al cuarto piso y golpearon una puerta gris de metal. La mujer que contestó insistía en que no conocía a nadie con ese nombre, pero Jorge no se desalentó. Al rato, un hombre de pelo gris con una gran mandíbula se asomó.

—Déjalos pasar —dijo con voz ronca.

Luego de unos minutos, Thomas y sus tres amigos estaban sentados en la cocina alrededor de una mesa desvencijada, con toda su atención puesta en el hombre distante y hosco llamado Hans.

—Brenda, me alegro de que estés bien —comentó—. Tú también, Jorge. Pero no estoy de humor para conversar. Díganme a qué han venido.

—Creo que usted ya sabe la razón por la que estamos aquí —replicó Brenda y señaló a Thomas y a Minho—. También oímos que CRUEL pidió una recompensa por su cabeza. Tenemos que hacer esto rápido y después debe irse de aquí.

Hans pareció ignorar la última parte y observó a sus dos potenciales clientes.

—¿Todavía tienen los implantes?

Nervioso pero dispuesto a terminar con todo cuanto antes, Thomas asintió.

—Lo único que quiero es que me extraiga el dispositivo de control. No deseo recuperar la memoria. Aunque primero me gustaría saber cómo es la operación.

Indignado, Hans frunció el ceño.

—¿Qué tontería es esta? Brenda, ¿quién es este cobarde que trajiste a mi casa?

—No soy un cobarde —dijo Thomas antes de que ella pudiera responder—. Pero he tenido demasiada gente dentro de mi cabeza.

Hans levantó las manos y luego asestó un golpe en la mesa.

—¿Quién dijo que yo le haría algo a tu cabeza? ¿Y por qué piensas que me caes tan bien como para ayudarte?

—¿Hay alguna persona agradable en Denver? —masculló Minho.

—Estoy a punto de echarlos de mi casa.

—¡Cállense todos por un segundo! —gritó Brenda. Se inclinó hacia Hans y le habló muy suave—. Escuche, esto es importante. *Thomas* es importante y CRUEL hará lo que sea para ponerle las manos encima. No podemos arriesgarnos a que se le acerquen lo suficiente como para controlarlo. A Minho tampoco.

Hans le echó una mirada enfurecida a Thomas y lo escudriñó, como un científico examinando algún raro espécimen.

—A mí no me parece importante —agitó la cabeza y se puso de pie—. Denme cinco minutos para arreglar todo —dijo, y luego desapareció por una puerta lateral. Thomas se preguntó si el hombre lo habría reconocido. Si sabría lo que él había hecho para CRUEL antes del Laberinto.

Brenda se acomodó en la silla y suspiró.

—Eso no estuvo mal.

Seguro, pensó Thomas, *la parte mala está por venir.* Se sentía aliviado de que Hans fuera a ayudarlos pero, al mirar a su alrededor, se puso más nervioso. Iba a dejar que un extraño tocara su cerebro en un apartamento viejo y sucio.

Minho sonrió con ironía.

—Pareces asustado, Tommy.

—No te distraigas, muchacho —dijo Jorge—. Tú también pasarás por lo mismo. Ese viejo canoso dijo cinco minutos, de modo que prepárate.

—Cuanto antes, mejor —respondió Minho.

Thomas apoyó los codos en la mesa y la cabeza, que había comenzado a latirle, en las manos.

—¿Thomas? —susurró Brenda—. ¿Estás bien?

Él levantó la mirada.

—Solo necesito…

Las palabras se trabaron en su garganta y un dolor punzante surcó su espalda. Pero tan pronto como apareció, se evaporó. Sorprendido, se enderezó en la silla. Luego, con un espasmo, los brazos se estiraron hacia adelante y las piernas comenzaron a sacudirse. Su cuerpo tembloroso se retorció hasta deslizarse de la silla y desplomarse en el suelo. Lanzó un grito cuando su espalda chocó contra las baldosas duras y forcejeó para recuperar el control de sus miembros enardecidos. Pero no pudo. Los pies aporreaban el piso y las piernas martillaban contra las patas de la mesa.

—¡Thomas! —aulló Brenda—. ¿Qué te ocurre?

A pesar de haber perdido el control de su cuerpo, la mente de Thomas estaba lúcida. Por el rabillo del ojo, vio que Minho se hallaba en el piso junto a él tratando de calmarlo y Jorge se había quedado paralizado en el lugar con los ojos muy abiertos.

Thomas se esforzó por hablar, pero solo brotó saliva de su boca.

—¿Puedes oírme? —gritó Brenda, inclinándose sobre él—. Thomas, ¡¿qué tienes?!

De pronto, sus miembros se detuvieron bruscamente. Las piernas se enderezaron y dejaron de temblar; los brazos cayeron a ambos lados, inertes. No podía moverlos. Hizo mucha fuerza pero nada sucedió. Trató de hablar nuevamente, pero no consiguió articular palabra.

El rostro de Brenda dibujó una expresión cercana al horror.

—¿Thomas?

De golpe y sin que él le diera la orden, su cuerpo recobró el movimiento. Los brazos y las piernas cambiaron de posición… se estaba poniendo de pie como si se hubiera convertido en una marioneta. Intentó gritar pero no pudo hacerlo.

—¿Estás bien? —preguntó Minho.

Mientras continuaba actuando en contra de su voluntad, el pánico se fue instalando en su interior. Su cabeza se agitó y luego giró hacia la puerta por donde había salido su anfitrión. Las palabras empezaron a brotar de su boca, pero él no sabía de dónde provenían.

—No puedo… permitir… que lo haga.

27

Thomas combatió con desesperación para dominar sus músculos, pero una fuerza desconocida se había apoderado de su cuerpo.

—¡Thomas, ellos te controlan! —gritó Brenda—. ¡Pelea!

Indefenso, observó cómo su propia mano empujaba la cara de ella y la arrojaba al suelo. Jorge se acercó para protegerla, pero él estiró el brazo y le dio un puñetazo corto y veloz en la mandíbula. La cabeza de Jorge retrocedió con violencia y un hilo de sangre escapó del labio.

Otra vez, las palabras salieron de su boca a la fuerza.

—¡No puedo… permitir… que lo haga! —gritó y el esfuerzo le lastimó la garganta. Era como si hubiesen programado su cerebro con esa única frase y él no pudiera decir nada más que eso.

Brenda había vuelto a ponerse de pie. Minho estaba aturdido, su rostro revelaba una gran confusión. Con los ojos encendidos de furia, Jorge se limpiaba la sangre de la boca.

Un recuerdo brotó dentro de Thomas. Algo acerca de un programa que protegía el implante para impedir su extracción. Quería gritarles a sus amigos, pedirles que lo sedaran. Pero no podía. Apartando a Minho de un empujón, comenzó a caminar a los tumbos hacia la puerta. Cuando se acercó a la mesada de la cocina, extendió la mano y tomó un cuchillo que estaba apoyado allí. Empuñó el mango y cuanto más se esforzaba por soltarlo, mayor era la resistencia de sus dedos.

—¡Thomas! —exclamó Minho saliendo por fin del estupor—. ¡Defiéndete, hombre! ¡Saca a esos garlopos de tu cabeza!

Thomas se dirigió a Minho con el cuchillo en alto. Se odió por ser tan débil y no poder dominarse. Una vez más, intentó hablar, pero le resultó imposible. Su cuerpo haría lo que fuera para evitar que le extrajeran el implante.

—¿Acaso piensas matarme, garlopo? —preguntó Minho—. ¿Vas a lanzarme como Gally lo hizo con Chuck? Hazlo, entonces. Arrójalo.

Por un segundo, Thomas sintió terror al darse cuenta de que eso era exactamente lo que estaba por hacer, sin embargo su cuerpo retrocedió y apuntó hacia la dirección opuesta. En ese instante, Hans atravesó la puerta y se mostró azorado. Thomas supuso que el médico sería su objetivo principal, que la protección del implante atacaría a cualquiera que tratara de anularlo.

—¿Qué demonios es esto? —inquirió Hans.

—No puedo... permitir... que lo haga —repitió Thomas.

—Sabía que esto podía ocurrir —murmuró Hans y se dirigió al grupo—. ¡Chicos, vengan a ayudarme!

Thomas imaginó el mecanismo interno de su cerebro, como si tuviera instrumentos minúsculos operados por arañas diminutas. Apretó los dientes para combatirlo. No obstante, el puño empezó a elevarse blandiendo el cuchillo con fuerza.

—No pue... —antes de que consiguiera terminar la frase, alguien lo embistió de atrás y le arrebató el cuchillo de la mano. Cuando chocó contra el suelo, trató de incorporarse y se encontró con Minho.

—No voy a permitir que mates a nadie —dijo su amigo.

—¡Apártate de mí! —gritó Thomas, sin poder determinar si las palabras eran suyas o de CRUEL.

Pero Minho le había inmovilizado los brazos contra el piso.

—No voy a levantarme hasta que liberen tu mente —exclamó en medio de los jadeos.

Thomas deseaba sonreír, pero su rostro no acataba ni la orden más simple. Podía sentir la tensión en cada uno de sus músculos.

—No va a detenerse hasta que Hans lo opere —dijo Brenda—. ¿Hans?

El doctor se arrodilló junto a Thomas y a Minho.

—No puedo creer que alguna vez trabajé para esa gente. Para *ti* —señaló, lanzando la última palabra como si fuera una escupida y observándolo directamente a la cara.

Impotente, Thomas observó lo que ocurría a su alrededor. En sus entrañas, bullía el anhelo de relajarse, de ayudar a Hans en lo que fuera necesario. Entonces, algo se incendió en su interior obligándolo a arquear el torso hacia arriba. Su cuerpo corcoveó y forcejeó para liberar los brazos. Minho lo empujó hacia abajo, mientras trataba de mantenerse sobre su espalda. Pero aquello que estaba controlando a Thomas parecía soltar adrenalina dentro de él. Su fuerza superó a la de Minho y logró apartarlo de sí.

En un instante, Thomas estaba de pie. Tomó el arma del piso y se abalanzó sobre Hans apuntándole con la hoja del cuchillo. El hombre logró desviar el ataque con el brazo, pero un corte profundo apareció en su piel. Ambos rodaron por el suelo en una dura pelea. Thomas hacía todo lo posible para controlarse, pero seguía asestando cuchilladas al viejo, que las eludía.

—¡Sujétenlo! —gritó Brenda cerca de ellos.

Thomas vio que surgían unas manos y aferraban sus brazos. Alguien lo tomó del pelo y le dio un tirón hacia atrás. Aulló de agonía y luego, enceguecido, arremetió con el cuchillo. Pareció tranquilizarse al notar que Jorge y Minho lograban controlarlo y alejarlo de Hans. Cayó de espaldas y el cuchillo salió volando. Lo escuchó golpear en el piso y que alguien lo pateaba hacia el rincón más alejado de la cocina.

—¡No puedo permitir que lo haga! —gritó Thomas. A pesar de que sabía que no podía controlar su voluntad, estaba indignado consigo mismo.

—¡Cállate! —le contestó Minho en su propia cara, mientras Jorge y él hacían esfuerzos denodados para impedir que se liberara—. ¡Estás loco, hermano! ¡Ellos te están dominando!

Estaba desesperado por transmitirle a Minho que tenía razón, que él tampoco creía en absoluto lo que decía.

—¡Hans, sáquele eso de una buena vez! —gritó Minho.

—¡No! —aullaba Thomas—. ¡No! —se enroscaba y sacudía los brazos frenéticamente. Pero los cuatro juntos demostraron ser suficientes. Cada uno sujetó un miembro, lo alzaron del suelo y lo trasladaron fuera de la cocina por un pequeño corredor. Thomas lanzaba patadas al aire y golpeaba a su paso los cuadros de las paredes, que se hacían añicos contra el piso. Gritaba una y otra vez. No tenía más energía para resistir las fuerzas que brotaban de su interior. Su cuerpo batallaba contra los demás y decía lo que CRUEL le obligaba a decir. Se había dado por vencido.

—¡Por aquí! —señaló Hans arriba de él.

Ingresaron en un laboratorio pequeño y abarrotado de cosas, con una cama y dos mesas cubiertas de instrumental. Arriba del colchón desnudo colgaba una rústica versión de la máscara que habían visto en CRUEL.

—¡Colóquenlo en la cama! —exclamó Hans. Arrojaron a Thomas boca arriba, mientras él continuaba forcejeando—. Sujeten la pierna, que tengo que anestesiarlo.

Minho, que estaba agarrando una pierna, tomó las dos y utilizó su cuerpo para mantenerlas trabadas contra la cama. De inmediato, los pensamientos de Thomas volvieron al momento en que Newt y él habían tenido que hacer lo mismo con Alby en la Finca, luego de que el chico atravesara la Transformación.

Se escucharon sonidos metálicos. Hans estaba hurgando en un cajón.

—¡Manténganlo lo más quieto posible! —pidió al regresar.

A los gritos, Thomas realizó un último intento por liberarse. Un brazo logró escapar de la mano de Brenda y le pegó un golpe en la cara a Jorge.

—¡Detente! —chilló Brenda sujetándolo.

Thomas volvió a arquear el torso.

—¡No puedo… permitir que lo haga! —nunca había experimentado tanta frustración.

—¡Maldición, que no se mueva! —pidió Hans.

Brenda logró aferrar el brazo nuevamente y se apoyó contra él con la parte superior del cuerpo.

Thomas sintió un pinchazo agudo en la pierna. Era extraño estar luchando con tanta violencia para que algo no sucediera y, sin embargo, desear con toda el alma que se concretara.

Cuando la oscuridad comenzó a adueñarse de él y su cuerpo quedó inmóvil, por fin recuperó el dominio de sí mismo y pronunció unas pocas palabras.

—Odio a esos mierteros —y se desvaneció.

28

Perdido en una bruma oscura, Thomas volvió a soñar.

Tenía quince años y estaba sentado en una cama. Casi no había luz en la habitación, solo el brillo ámbar de una lámpara sobre el escritorio. Teresa estaba allí. Acercó una silla y se sentó cerca de él. Su expresión atormentada manifestaba una gran tristeza.

—Teníamos que hacer esto —dijo en voz baja.

Thomas estaba allí y, al mismo tiempo, no lo estaba. No recordaba los detalles de lo ocurrido, pero sabía que en su interior había suciedad y podredumbre. Los dos habían hecho algo horroroso. El Thomas que estaba soñando no lograba captar qué era. Algo espantoso que no resultaba menos repulsivo por haber sido obligados por la misma gente a la que se lo habían hecho.

—Teníamos que hacerlo —repitió ella.

—Lo sé —respondió Thomas con una voz más árida que el desierto.

Dos palabras brotaron en su mente: *la Purga*. Por un segundo, el muro que bloqueaba sus recuerdos se hizo más delgado y un hecho terrible se alzó del otro lado, amenazador.

Teresa continuó hablando.

—Tom, ellos querían que terminara así. Mejor morir que ir enloqueciendo de a poco durante años. Ahora ya se fueron. No teníamos alternativa ni una mejor manera de llevarlo a cabo. Ya está hecho y listo. Debemos entrenar a la gente nueva y continuar con las Pruebas. Llegamos muy lejos como para permitir que todo se desmorone.

Por un momento fugaz, Thomas la detestó. Sabía que ella estaba tratando de ser fuerte.

—Eso no significa que tenga que gustarme —y no le gustaba. Nunca antes se había odiado tanto a sí mismo.

Teresa asintió pero no dijo nada.

El Thomas que estaba soñando intentó invadir la mente de su ser más joven para explorar los recuerdos en ese espacio sin restricciones. Los Creadores originales, infectados por la Llamarada, purgados y muertos. Había innumerables voluntarios para tomar su lugar. Las dos Pruebas del Laberinto que se estaban realizando ya llevaban un año y daban nuevos resultados cada día. El armado del plano, lento pero seguro. El entrenamiento para los reemplazos.

Estaba todo allí a su alcance. Podía recobrar su pasado, pero después cambió de idea y le dio la espalda a todo eso. El pasado había quedado atrás. Solo tenían el futuro por delante.

Se hundió en las tinieblas del olvido.

Despertó aturdido y con un dolor sordo detrás de los ojos. El sueño todavía hacía vibrar su cerebro, aunque los detalles se habían vuelto borrosos. Sabía lo suficiente acerca de la Purga, que había sido el reemplazo de los Creadores originales. Después de un brote de la enfermedad, Teresa y él habían tenido que exterminar a todo el personal. No tuvieron otra opción: eran los únicos Inmunes entre los que quedaban. Juró no volver a pensar en eso.

Minho se hallaba sentado en una silla cerca de él, roncaba y su cabeza se balanceaba.

—Minho —susurró Thomas—. Hey, Minho, despierta.

—¿Mmm? —abrió los ojos despacio y tosió—. ¿Qué? ¿Qué pasa?

—Nada. Solo quiero saber qué pasó. ¿Hans logró anular el dispositivo? ¿Salió todo bien?

Minho agitó la cabeza mientras bostezaba.

—Sí… nos operó a los dos. Al menos, eso dijo. Viejo, te volviste loco. ¿Te acuerdas de algo?

—Claro que sí —una oleada de vergüenza lo hizo enrojecer—. Pero fue como si estuviera paralizado o algo así. Lo intenté, pero no logré impedir que me controlaran.

—Hermano, ¡trataste de rebanarme mis partes íntimas!

Thomas se echó a reír, algo que no había hecho en mucho tiempo, y se sintió muy feliz.

—Lástima que no lo hice. Habría salvado al mundo de futuros Minhitos.

—Recuerda que me debes una.

—Buena esa —respondió. Estaba en deuda con todos.

Brenda, Jorge y Hans entraron en la habitación. Los tres tenían rostros serios y la sonrisa se borró del rostro de Thomas.

—¿Acaso Gally pasó por aquí y les dio otra charla para levantarles el ánimo? —les preguntó, con un tono forzado de alegría—. Se los ve deprimidos.

—¿Desde cuándo estás tan feliz, muchacho? —repuso Jorge—. Hace unas pocas horas, intentabas acuchillarnos.

Thomas abrió la boca para disculparse, pero Hans lo hizo callar. Se inclinó sobre la cama y le examinó los ojos con una lucecita.

—Parece que tu mente se está recuperando muy bien. El dolor pronto desaparecerá. Tu operación fue un poco más complicada porque tenías un programa protector ante casos de extracción.

Thomas encaró a Brenda.

—¿Está todo bien?

—Funcionó —contestó ella—. A juzgar por el hecho de que ya no estás tratando de matarnos, podemos considerar que está desactivado. Y…

—¿Qué?

—Bueno, ya no podrás hablar o saber de Teresa y de Aris nunca más.

Tal vez el día anterior, Thomas habría sentido tristeza al oír eso, pero en ese momento lo único que experimentó fue tranquilidad.

—Me parece fantástico. ¿Todavía no hay problemas a la vista?

—No, pero ellos no pueden correr riesgos. Hans y su mujer van a marcharse, pero él quiere decirte algo antes.

Hans, que se había alejado hacia la pared para darles un poco de privacidad, se acercó cabizbajo.

—Ojalá pudiera ir con ustedes para ayudar, pero tengo a mi esposa. Ella es toda mi familia y, por lo tanto, mi preocupación principal. Quería desearles suerte. Espero que ustedes puedan hacer lo que yo no tuve el valor suficiente para intentar.

Thomas asintió. El cambio de actitud del hombre era evidente. Quizás el episodio reciente le había hecho recordar de lo que CRUEL era capaz.

—Gracias. Y si logramos detenerlos, regresaremos por ustedes.

—Ya lo veremos —murmuró Hans—. Hay muchas cosas que considerar —dijo y retornó a su puesto junto a la pared. Thomas estaba seguro de que el hombre cargaba oscuros recuerdos.

—¿Y ahora qué hacemos? —preguntó Brenda.

Él sabía que no tenían tiempo para descansar y ya había organizado en su cabeza los próximos pasos a seguir.

—Buscaremos al resto de la gente y la convenceremos de que se una al grupo. Después, volveremos a lo de Gally. Mi único logro en la vida fue armar un experimento fallido que atormentó a muchos chicos. Es hora de hacer algo diferente. Vamos a detener la operación en su totalidad antes de que repitan la experiencia con nuevos Inmunes.

Por primera vez en un rato largo, Jorge realizó un comentario.

—¿Quiénes? ¿Nosotros? ¿Qué estás diciendo, hermanito?

Con creciente determinación, Thomas desvió la mirada hacia el piloto.

—Tenemos que colaborar con el Brazo Derecho.

Nadie dijo una palabra.

—Está bien —acotó Minho finalmente—. Pero antes busquemos algo de comer.

29

Se dirigieron a una cafetería que les habían recomendado Hans y su mujer. Thomas nunca había estado en un sitio semejante. Al menos, no que recordara. Los clientes formaban una fila en la barra, elegían café y dulces y luego se encaminaban hacia una mesa o hacia la puerta. Observó a una mujer mayor que se levantaba nerviosamente el barbijo cada vez que sorbía su bebida. Junto a la entrada, uno de esos guardias de camisa roja elegía gente al azar y le hacía el análisis de la Llamarada con el dispositivo manual. Un extraño aparato metálico le cubría la boca y la nariz.

Mientras Jorge buscaba la comida y la bebida, los demás se sentaron en una mesa en la parte de atrás. Thomas no podía quitar la vista de un individuo de unos treinta y cinco o cuarenta años, que se hallaba en un banco cercano, frente a un gran ventanal que daba a la calle. Desde que ellos habían llegado, no había tocado su café y ya no salía humo de la taza. Encorvado, con los codos en las rodillas y las manos ligeramente enlazadas, el hombre tenía la mirada perdida en un punto indefinido al otro lado del salón.

Había algo perturbador en su expresión, como de vacío. Los ojos parecían estar flotando en su rostro y, sin embargo, había un dejo de placer en ellos. Cuando Thomas se lo comentó a Brenda, ella le susurró que era probable que estuviera bajo los efectos de la Felicidad y, si lo atrapaban, terminaría en la cárcel. Thomas sintió escalofríos. Esperó que el tipo se marchara rápido.

Jorge volvió con pasteles y tazas de café humeante. Los cuatro comieron y bebieron en silencio. A pesar de que todos estaban al tanto de lo urgente de la situación, Thomas se sintió feliz de poder descansar un poco y recuperar fuerzas.

Cuando terminaron, se levantaron para marcharse pero Brenda permaneció en el asiento.

—¿Les importaría esperar unos minutos afuera? —preguntó. Su mirada se dirigía a Jorge y a Minho.

—¿Perdón? —repuso Minho con tono exasperado—. ¿Más secretos?

—No. En absoluto. Lo prometo. Solo necesito un instante para decirle algo a Thomas.

Sorprendido y curioso a la vez, Thomas volvió a sentarse.

—Vete —dijo dirigiéndose a Minho—. Sabes que yo no te ocultaría nada. Y ella también lo sabe.

Su amigo refunfuñó, pero finalmente se fue con Jorge, y los dos se quedaron en la acera, junto a la ventana más cercana. Minho le hizo a Thomas una sonrisita tonta y agitó la mano para demostrar que no estaba muy feliz. Después de devolverle el saludo, le prestó atención a Brenda.

—¿Entonces? ¿Qué querías decirme? —preguntó.

—Sé que tenemos que apurarnos de modo que seré muy rápida. No hemos tenido oportunidad de estar solos y quería asegurarme de que ya no te quedara ninguna duda de que lo ocurrido en el Desierto no fue una actuación. Estaba allí con una misión, para ayudar a armar todo, pero realmente me sentí muy cerca de ti y eso me transformó. Y hay algunas cosas que creo que mereces saber. Sobre mí, sobre la Ministra Paige, sobre…

Thomas levantó la mano para interrumpirla.

—Por favor, no sigas.

Con una expresión de sorpresa, ella se echó hacia atrás.

—¿Cómo? ¿Por qué?

—No quiero saber nada. Ni una sola cosa más. Lo único que me importa es lo que vamos a hacer de ahora en adelante. No me interesan las cuestiones de mi pasado o del tuyo o de CRUEL. Nada. Y tenemos que ponernos en marcha.

—Pero…

—No, Brenda. Hablo en serio. Estamos acá, tenemos una meta y debemos concentrarnos en eso. Basta de palabras.

Ella le sostuvo la mirada en silencio y luego bajó los ojos hacia sus manos, que descansaban sobre la mesa.

—Entonces simplemente te voy a decir que sé que estás actuando bien, yendo en la dirección correcta. Y seguiré ayudándote todo lo que pueda.

Esperaba no haberla herido, pero hablaba en serio. A pesar de que era obvio que ella se moría de ganas de contarle algo, era hora de olvidar. Mientras él buscaba una respuesta, su mirada volvió al extraño hombre del banco. Había sacado de su bolsillo algo que Thomas no alcanzaba a ver y lo apretaba contra la parte interior del codo derecho. Mantuvo los ojos cerrados un instante prolongado y, cuando los abrió de nuevo, lucía un poco aturdido. Su cabeza se balanceó ligeramente hacia atrás hasta apoyarse contra la ventana.

El guardia de camisa roja ingresó a la cafetería y Thomas se inclinó para observar mejor. Camisa Roja enfiló hacia donde se encontraba el hombre drogado. Una mujer baja se acercó al guardia y le susurró algo al oído mientras movía las manos nerviosamente.

—¿Thomas? —dijo Brenda.

Él se llevó el dedo a los labios y le señaló el posible enfrentamiento. Ella se movió en el asiento para ver qué sucedía.

Camisa Roja pateó el pie del hombre, quien levantó la mirada sobresaltado. Ambos comenzaron a intercambiar frases, pero Thomas no alcanzaba a escuchar lo que decían. El desconocido, que hasta entonces había estado tan tranquilo, lucía asustado.

Brenda interrumpió la concentración de Thomas.

—Tenemos que salir de aquí. Ahora.

—¿Por qué? —preguntó. El aire se había vuelto más denso y quería saber qué iba a suceder.

Brenda ya estaba de pie.

—¡Date prisa!

Caminó con ímpetu hacia la salida y Thomas finalmente se dispuso a ir tras ella. Acababa de levantarse de su asiento, cuando Camisa Roja extrajo un arma, la apuntó sobre el tipo y se inclinó para colocar el dispositivo sobre su cara. De un manotazo, el hombre alejó el aparato y corrió hacia adelante al tiempo que le hacía un tacle al guardia. Paralizado, Thomas se quedó observando cómo el arma se deslizaba por el suelo y desaparecía debajo de la barra. Los dos hombres chocaron contra una mesa y cayeron al piso.

Camisa Roja comenzó a gritar. A través de la máscara protectora de metal su voz sonaba como la de un robot.

—¡Tenemos un infectado! ¡Hay que evacuar el edificio!

El lugar se convirtió en un caos: los gritos saturaron el aire mientras la gente se abalanzaba hacia la única salida.

30

Thomas deseó no haber esperado tanto. Debería haber escapado cuando tuvo la oportunidad. Una aglomeración de cuerpos se apiñó entre las mesas bloqueando la puerta. Aunque lo hubiera intentado, Brenda ya no habría podido volver atrás. Estaba atascado en la mesa, observando a los hombres que luchaban en el piso, entre golpes y forcejeos.

Comprendió que, aun cuando pudiera recibir alguna herida de la multitud que quería abandonar el lugar, no tenía nada que temer. Era inmune. El resto de las personas que se encontraban en la cafetería habían enloquecido al saber que el virus se hallaba tan cerca. Y era comprensible. Según las probabilidades, al menos una de ellas se había contagiado. Pero en tanto él lograra mantenerse apartado de la conmoción, estaría seguro.

Alguien golpeó la ventana, Thomas desvió la mirada y divisó a Brenda en la acera, al lado de Minho y de Jorge: ella le hacía señas desesperadas de que saliera. Pero él quería ver lo que estaba sucediendo.

Después de un rato, Camisa Roja consiguió inmovilizar al hombre contra el suelo.

—¡Se acabó! Ya vienen en camino —gritó con esa voz mecánica y escalofriante.

El infectado dejó de pelear y estalló en sollozos frenéticos. Y fue recién en ese momento que Thomas descubrió que toda la gente había desaparecido y que, en la cafetería, no quedaba nadie más que los dos hombres y él. Un silencio estremecedor se instaló en el lugar.

Camisa Roja le echó una mirada.

—¿Por qué sigues aquí? ¿Acaso tienes instintos suicidas? —preguntó sin esperar respuesta—. Si piensas quedarte, al menos sirve para algo. Tráeme el arma —ordenó y volvió su atención al prisionero.

Thomas sintió que estaba dentro de un sueño. Había visto mucha violencia pero eso era extrañamente diferente. Fue a buscar el arma, que había desaparecido debajo de la barra.

—Yo soy… inmune —balbuceó mientras se arrodillaba y estiraba la mano hasta tocar el frío metal. Tomó el arma y se encaminó hacia Camisa Roja.

El guardia no le dio las gracias. Sujetó la pistola y se levantó de un salto apuntando a la cara del hombre infectado.

—Esto es malo, muy malo. Sucede cada vez más seguido. Es fácil detectar cuando alguien está bajo los efectos de la Felicidad.

—Entonces *era* la Felicidad —murmuró Thomas.

—¿Lo sabías? —preguntó Camisa Roja.

—Bueno, desde que entré vi que tenía un aspecto extraño.

—¿Y no dijiste nada? —la piel que rodeaba su máscara se volvió casi del mismo color que la camisa—. ¿Estás loco?

Thomas se quedó desconcertado ante la repentina irritación del guardia.

—Lo… lo siento. En verdad no sabía qué estaba sucediendo.

El hombre se había hecho un ovillo en el piso y seguía sollozando. El guardia se alejó de él y miró a Thomas con severidad.

—¿No *sabías*? ¿Qué clase de…? ¿De dónde eres?

En ese momento, Thomas *realmente* deseó haber escapado.

—Soy… me llamo Thomas. No soy nadie. Yo solo… —buscó algo que decir, una justificación—. No soy de esta zona. Lo siento.

Camisa Roja le apuntó con el arma.

—Siéntate. Allá —exclamó e hizo un rápido ademán con la pistola hacia una silla cercana.

—¡Espera! ¡Te juro que soy inmune! —gritó Thomas con el corazón latiéndole a toda prisa—. Es por eso que…

—¡En la silla! ¡Ahora!

Las rodillas de Thomas se aflojaron y se desplomó en el asiento. Cuando echó un vistazo hacia la puerta, se calmó un poco al distinguir a sus amigos. No quería involucrarlos ni arriesgarse a que alguno de ellos saliera lastimado. Sacudió la cabeza para comunicarles que se mantuvieran al margen.

Camisa Roja ignoró a la gente que se hallaba en la entrada y se concentró en él.

—Si estás tan seguro de que eres un Muni, entonces no tendrás ningún problema en pasar ahora por el detector para demostrarlo, ¿no es cierto?

—No —respondió. La idea lo tranquilizaba. Quizás el guardia lo dejaba ir al comprobar que decía la verdad—. Hazlo, por favor.

El hombre guardó el arma y se aproximó a él. Recuperó el dispositivo y se inclinó para colocarlo en la cara de Thomas.

—Mira dentro de él, con los ojos abiertos —exigió—. Solo tomará unos segundos.

Thomas acató la orden pues quería terminar con eso lo antes posible. Contempló el mismo destello de luces coloridas que había visto en las puertas de la ciudad, sintió la misma ráfaga de aire y el pinchazo en el cuello.

Camisa Roja retiró el aparato y leyó la información en una pequeña pantalla.

—Bueno, mira tú. Después de todo, eras un maldito Muni. ¿Podrías explicarme cómo fue que llegaste a Denver y cómo es que no sabes absolutamente nada acerca de la Felicidad y de cómo detectar a un consumidor cuando lo tienes delante de la nariz?

—Trabajo para CRUEL —se le escapó sin pensarlo. Lo único que ansiaba era largarse de allí.

—Lo que acabas de decir es tan cierto como que el problema de drogas de este tipo no tiene nada que ver con la Llamarada. No despegues tu trasero de esa silla o empezaré a disparar.

Thomas tragó saliva. En realidad, no tenía miedo sino que estaba enojado consigo mismo por haberse metido en una situación tan ridícula.

—Está bien —repuso.

Pero Camisa Roja ya se había marchado. Los refuerzos habían llegado: cuatro personas cubiertas de pies a cabeza con un grueso plástico verde, que dejaba libre el rostro. En los ojos, llevaban enormes gafas protectoras y, debajo de ellas, la misma máscara que su compañero. Varias imágenes se arremolinaron en la mente de Thomas, pero una se fijó más: aquella vez que lo sacaron del Desierto, después de que la herida de bala se hubiese infectado. En ese Berg, todos usaban un equipo muy similar al de esas cuatro personas.

—¿Qué rayos…? —dijo uno de ellos con la misma voz mecánica—. ¿Capturaste a dos?

—No exactamente —replicó Camisa Roja—. Encontré a un Muni. Quiere contemplar el espectáculo.

—¿Un Muni? —repitió el otro hombre anonadado.

—Exactamente. Se quedó sentado mientras todos corrían como liebres hacia la salida. Afirma que quería ver lo que ocurría. Peor aún: dice que sospechaba que nuestro futuro Crank estaba bajo los efectos de la Felicidad y, en vez de comunicárselo a alguien, siguió bebiendo su café alegremente.

Todos observaron a Thomas, quien simplemente se encogió de hombros.

Camisa Roja retrocedió mientras los cuatro trabajadores con trajes protectores rodearon al hombre. Uno de los recién llegados aferraba con ambas manos un grueso objeto de plástico color azul. Tenía una extraña boquilla en el extremo y la apuntaba sobre el enfermo. La situación era horrorosa. Thomas indagó en su memoria, pero no recordó haber experimentado nada parecido.

—Señor, tiene que estirar las piernas —dijo el líder del grupo—. No se mueva y trate de relajarse.

—¡Yo no sabía! —gimió el hombre—. ¿Cómo podía saberlo?

—¡Es mentira! —gritó Camisa Roja desde un costado—. Nadie toma la Felicidad solo para divertirse.

—¡Me gusta cómo me hace sentir! —suplicó y Thomas sintió una gran pena por él.

—Hay muchas drogas más baratas que esa. Deje de mentir y cierre la boca —advirtió Camisa Roja mientras agitaba la mano como si ahuyentara una mosca—. A quién le importa. Acaben con este idiota.

El hombre infectado se enroscó con más fuerza y apretó las piernas contra el pecho.

—No es justo. ¡No lo sabía! Sáquenme de la ciudad. Prometo no regresar nunca más. En serio. ¡Lo juro! —aulló y volvió a lanzar esos sollozos atroces y frenéticos.

—Sí, no se preocupe, ellos lo sacarán —dijo Camisa Roja y, por alguna razón, miró a Thomas. Parecía sonreír detrás de la máscara, como si sus ojos brillaran de júbilo—. Muni, sigue mirando. Esto te gustará.

De repente, Thomas odió a Camisa Roja más que a nadie en el mundo. Apartó los ojos de él y se concentró en las cuatro personas de uniforme, que se habían agachado y se acercaban al pobre hombre.

—¡Estire las piernas! —repitió una de ellas—. O esto le dolerá terriblemente. ¡Hágalo ahora!

—No puedo. ¡Por favor, déjenme ir!

Con fuertes pisadas, Camisa Roja se aproximó al hombre apartando de su paso a uno de los trabajadores. Luego se inclinó y le colocó el extremo del arma sobre la cabeza.

—Estire las piernas o le pongo una bala en el cerebro y acabamos con esto de una vez. ¡Hágalo! —Thomas no podía creer la falta de compasión del guardia.

Gimiendo y con los ojos llenos de terror, el infectado soltó lentamente las piernas y las extendió mientras todo su cuerpo temblaba. Camisa Roja enfundó el arma y se apartó.

De inmediato, la persona que tenía el extraño objeto azul se ubicó detrás de la cabeza del prisionero y colocó la boquilla en la parte posterior del cráneo haciendo fuerza contra el pelo.

—No se mueva —dijo una voz femenina, que a través de la máscara, a Thomas le sonó todavía más espeluznante que la de los hombres—. O perderá algo.

Apenas tuvo tiempo de preguntarse qué significaba eso cuando ella oprimió un botón y una sustancia similar a un gel brotó de la boquilla. Era azul y viscosa, y se expandía con rapidez por la cabeza, las orejas y la cara del hombre. Este gritó, pero el sonido se congeló en el aire mientras el gel se desparramaba por encima de la boca y descendía por el cuello y los hombros. Al resbalar, la sustancia se endurecía e iba formando un caparazón traslúcido. En instantes, la mitad del cuerpo estaba rígido, envuelto en una lámina tirante de ese material, que se filtraba en cada hendidura de la piel y entre las arrugas de la ropa.

Thomas percibió que Camisa Roja lo estaba mirando.

—¿Qué pasa? —lo enfrentó.

—Bonito espectáculo, ¿no? —respondió el guardia—. Disfrútalo porque cuando termine, vendrás conmigo.

31

Thomas se sintió invadido por el desaliento. Un dejo de sadismo en los ojos de Camisa Roja le hizo desviar la mirada y volvió a concentrarse en el enfermo, justo cuando el gel azul llegaba a los pies y se solidificaba. Rodeado de ese revestimiento plástico y duro, el hombre yacía totalmente inmóvil. La mujer de la pistola de gel se puso de pie y Thomas comprobó que la herramienta ya no era más que una bolsa vacía. La dobló y se la metió en un bolsillo del overol verde.

—Retirémoslo de aquí —dijo ella.

Mientras los cuatro trabajadores se agachaban para levantarlo, Thomas volvió su atención a Camisa Roja, que observaba cómo se llevaban al cautivo. ¿Qué diablos habría querido decir con eso de que Thomas se iría con él? ¿Adónde? ¿Por qué? Si el guardia no hubiera estado armado, habría salido corriendo.

En el instante en que los demás llegaron a la puerta, Minho quiso entrar, pero Camisa Roja sacó el arma.

—¡Detente ya mismo! —gritó—. ¡Afuera!

—Estamos con él —dijo señalando a Thomas—. Y tenemos que marcharnos.

—Este no va a ningún lado —exclamó y luego hizo una pausa, como si se le hubiera ocurrido algo. Su mirada pasó de Thomas a Minho—. Espera un segundo. ¿Ustedes también son Munis?

El pánico explotó dentro de Thomas, pero Minho fue más veloz y salió disparando sin vacilar.

—¡Detente! —rugió el guardia, al tiempo que corría hacia la entrada.

Thomas se abalanzó sobre la ventana. Distinguió a Minho, Brenda y Jorge justo en el instante en que cruzaban la calle y desaparecían por la esquina. Camisa Roja había frenado fuera de la cafetería; decidió dejar ir a los otros y volvió a entrar. Su arma apuntaba directamente hacia Thomas.

—Por lo que acaba de hacer tu amiguito, tendría que dispararte en el cuello y mirarte agonizar. Agradece al cielo que los Munis sean tan valiosos. De lo contrario, lo haría igual solo para sentirme mejor. He tenido un día espantoso.

Después de todo lo que le había sucedido, Thomas no podía creer que se encontraba envuelto en una situación tan estúpida. Se sentía frustrado.

—Bueno, el mío tampoco fue muy bueno que digamos —masculló.

—Gracias a ti, conseguiré un buen pedazo de dinero. Eso es todo. Y para que lo sepas, no me agradas. Con solo mirarte, me doy cuenta.

—Entonces estamos de acuerdo —respondió Thomas, sonriendo.

—Eres un tipo gracioso. Pura sonrisa. Ya veremos qué piensas esta noche cuando el sol se haya puesto. Vamos —ordenó señalando la puerta con la pistola—. Y créeme, se me acabó la paciencia. Si intentas algo, te dispararé en la cabeza y le diré a la policía que actuabas como un infectado e intentabas huir. Es la política de tolerancia cero. Ni siquiera me harán preguntas. Como mucho, fruncirán el ceño.

Thomas permaneció quieto mientras evaluaba sus próximos movimientos. Era conciente de lo irónico de la situación: había logrado fugarse de CRUEL para terminar bajo las garras de un simple trabajador del gobierno.

—No me hagas decirlo dos veces —le advirtió Camisa Roja.

—¿Adónde vamos?

—Ya lo sabrás en su momento. Y yo seré un tipo rico. Ahora, muévete.

Thomas ya había recibido dos disparos y sabía muy bien lo dolorosos que eran. Si no quería pasar por eso otra vez, la única opción que le quedaba era seguir al guardia. Le echó una mirada de furia, enfiló hacia la puerta y se detuvo.

—¿En qué dirección? —preguntó.

–Hacia la izquierda. Con mucha calma, caminaremos tres cuadras y luego doblaremos a la izquierda. Hay un auto esperándonos allí. ¿Es necesario que te repita lo que sucederá si intentas algo?

–Le dispararás en la cabeza a un chico desarmado. Comprendido, claro como el agua.

–Ay, Dios. Cómo odio a los Munis. Muévete de una vez –exclamó, y apoyó la punta del arma en la espalda de Thomas.

Sin dirigirse la palabra, llegaron al final de la tercera cuadra y doblaron hacia la izquierda. El aire era sofocante y el sudor había humedecido hasta el último rincón del cuerpo de Thomas. Cuando levantó la mano para secarse la transpiración, Camisa Roja lo aporreó en la cabeza con la culata de la pistola.

–No hagas eso –dijo–. Puedo ponerme nervioso y perforarte el cerebro.

Thomas tuvo que recurrir a toda su fuerza de voluntad para no abrir la boca.

La calle estaba abandonada y había basura por doquier. Los afiches con advertencias de la Llamarada e imágenes de la Ministra Paige tapizaban la parte inferior de los edificios y las capas de pintura en aerosol se superponían unas a otras. Al llegar a una intersección, debieron esperar que pasaran algunos autos. En ese instante, Thomas divisó un cartel que parecía nuevo por la ausencia de graffiti. Y lo leyó.

Anuncio del Servicio Público

¡¡¡Detenga la propagación de la Llamarada!!!

Ayude a contener la enfermedad. Conozca los síntomas

antes de infectar a sus vecinos y seres queridos.

La Llamarada (virus Fuegovirus VC321xb47) es una enfermedad

infecciosa diseñada por el hombre y altamente contagiosa.

Fue liberada por accidente durante el caos que siguió a la

catástrofe de las llamaradas solares.

La enfermedad provoca la degeneración del cerebro,

que causa movimientos descontrolados, perturbaciones
emocionales y deterioro mental.
Ya es considerada una pandemia.
Los científicos están llevando adelante las últimas
fases de los análisis clínicos,
pero todavía no se ha implementado un tratamiento
efectivo para la Llamarada.
El virus es generalmente fatal y **puede propagarse** por
el aire. Ha llegado el momento de que los ciudadanos
se unan para prevenir el avance
de esta pandemia. Aprender a reconocer en uno mismo
y en los demás las Amenazas de Contagio Viral (ACV)
es el primer paso en la batalla contra la Llamarada.★

★Ante la presencia de algún sospechoso, informe de inmediato a las autoridades.

Continuaba explayándose acerca del período de incubación, de cinco
a siete días, y de los síntomas: cuestiones como irritabilidad y problemas
con el equilibrio eran signos de advertencia temprana; luego venían la
demencia, la paranoia y la agresión severa. Él había sido testigo de todos
ellos, pues se había cruzado con Cranks en más de una ocasión.

Camisa Roja le dio un ligero empujón y continuaron la marcha. Thomas
no podía apartar de su mente ese mensaje funesto. Que la Llamarada haya
sido diseñada por el hombre no solo lo horrorizaba sino que también re-
movía algo en su cerebro, un recuerdo que no lograba aferrar. A pesar de
que el afiche no lo decía en forma directa, sabía que había algo más y, por
primera vez en mucho tiempo, deseó tener la posibilidad de acceder al pasado solo por un segundo.

—Es allá adelante.

La voz de Camisa Roja lo devolvió al presente. A unos doce metros al
final de la cuadra, había un pequeño automóvil blanco estacionado. De

manera urgente, trató de pensar alguna forma de huir de allí. Si subía a ese vehículo probablemente sería el final. ¿Pero podría arriesgarse a recibir un disparo?

—Te deslizarás con cuidado en el asiento trasero —dijo el guardia—. Adentro, hay unas esposas y voy a mirar cómo te las colocas. ¿Crees que podrás hacerlo sin cometer ninguna estupidez?

Thomas no respondió. Deseó ansiosamente que Minho y los demás estuvieran cerca, que hubieran trazado un plan. Necesitaba algo o a alguien para distraer a su captor.

Llegaron hasta el auto y Camisa Roja sacó una tarjeta de acceso y la apoyó contra la ventanilla del asiento delantero. Las cerraduras se destrabaron y el sujeto le abrió la puerta trasera sin dejar de apuntarle.

—Entra despacio.

Thomas vaciló al tiempo que escudriñaba las calles en busca de alguien, de cualquier cosa. La zona estaba desierta pero, por el rabillo del ojo, percibió movimiento. Era un planeador casi tan grande como un automóvil. Dos cuadras más arriba, la máquina de la poli giró bruscamente y se dirigió hacia ellos. Al ir aproximándose, el zumbido aumentó de volumen.

—Dije que entraras —repitió Camisa Roja—. Las esposas están en la consola del centro.

—Se acerca una de esas máquinas de la poli —dijo Thomas.

—¿Y con eso qué? Está patrullando, ve estas cosas todo el tiempo. La gente que controla esos vehículos está de mi lado, no del tuyo. Mala suerte, grandulón.

Thomas suspiró: había valido la pena. ¿Dónde estaban sus amigos? Recorrió el lugar por última vez y luego caminó hacia la puerta abierta e ingresó al auto. Cuando levantó la vista hacia Camisa Roja, el sonido de fuertes disparos se extendió por el aire. En segundos, el guardia se tambaleaba hacia atrás en medio de fuertes sacudidas. Las balas golpearon contra su pecho y lanzaron chispas al chocar contra la máscara de metal. Dejó caer el arma y, al estrellarse contra la pared del edificio más cercano, se le cayó la máscara. Paralizado por el miedo, Thomas observó que el hombre se desplomaba a su lado.

De inmediato, todo concluyó. Thomas quedó paralizado, preguntándose si él sería el próximo. Oyó el zumbido incesante de la máquina, que planeaba frente a su puerta, y comprendió que era la que había provocado el ataque. Esos vehículos no llevaban tripulación pero estaban fuertemente armados. Desde un altavoz, brotó una voz familiar.

—Thomas, sal del auto.

Se estremeció. Reconocería esa voz en cualquier sitio.

Era Janson. La Rata.

32

Thomas no lograba ocultar el asombro. Titubeó un instante, pero después salió rápidamente del auto. La máquina de la poli se sostenía en el aire a unos dos metros de distancia. En uno de sus flancos, se había deslizado un panel que dejaba ver una pantalla desde donde lo observaba el rostro de Janson.

Se calmó al constatar que realmente era la Rata, pero no se hallaba en el vehículo. Era solo un video con su imagen. Thomas supuso que el hombre también podría verlo a él.

—¿Qué pasó? —preguntó aún embargado por la sorpresa y tratando de apartar la vista del hombre que yacía en el suelo—. ¿Cómo me encontraron?

La expresión de Janson era más sombría que nunca.

—Nos llevó una cantidad considerable de suerte y de esfuerzo, puedes creerme. Tienes que darme las gracias: acabo de salvarte de este cazador de recompensas.

Thomas lanzó una carcajada.

—De todos modos, son ustedes los que le pagan. ¿Qué quiere?

—Thomas, voy a ser sincero contigo. La única razón por la cual no fuimos a buscarte a Denver es porque el nivel de infección es astronómico. Este fue el medio más seguro para contactarte. Te pido encarecidamente que te entregues y completes los análisis.

Thomas quería gritarle. ¿Por qué habría de regresar a CRUEL? Pero el ataque a Camisa Roja —su cadáver yacía a pocos metros— estaba demasiado fresco en su mente. Tenía que hacer la jugada correcta.

—¿Por qué debería volver?

El rostro de Janson era totalmente inexpresivo.

—Hemos usado nuestra información para seleccionar un Candidato Final y eres tú. Te necesitamos. Todo descansa sobre tus hombros.

Por encima de mi cadáver, pensó Thomas. Si respondía eso no se libraría de la Rata. En cambio, ladeó la cabeza y fingió que lo estaba considerando.

—Lo pensaré —contestó.

—Eso espero —repuso la Rata e hizo una pausa—. Hay algo que me veo forzado a comentarte. Especialmente, porque creo que puede influir en tu decisión y hacerte comprender que debes hacer lo que te pedimos.

Thomas se había reclinado sobre el capó redondeado del automóvil. Toda esa odisea lo había agotado física y emocionalmente.

—¿Qué?

La Rata frunció el rostro de tal forma que se asemejó todavía más a un roedor. Daba la impresión de que se deleitaba dando malas noticias.

—Es acerca de tu amigo, Newt. Me temo que se encuentra en serios problemas.

—¿Qué tipo de problemas? —preguntó Thomas con un nudo en el estómago.

—Me consta que sabes muy bien que él tiene la Llamarada y que ya has visto algunos de sus efectos.

Thomas asintió mientras recordaba repentinamente la nota que llevaba en el bolsillo.

—Sí.

—Bueno, parece estar sucumbiendo a ella con mucha rapidez. El hecho de que hubieras contemplado síntomas de irritación y pérdida de la concentración antes de que te marcharas significa que irá hundiéndose velozmente en la locura.

Fue como si le asestaran una puñalada en el corazón. Thomas había aceptado que Newt no era inmune, pero creyó que pasarían semanas o, tal vez, meses, antes de que se pusiera realmente mal. Janson tenía razón: la presión de lo ocurrido parecía estar afectando a Newt con mucha rapidez. Y ellos lo habían dejado solo en las afueras de la ciudad.

—Podrías salvarlo muy fácilmente —dijo Janson en voz baja.

—Está disfrutando esto, ¿verdad? —preguntó Thomas—. Porque a menudo parece que encontrara mucho placer en toda la situación.

Janson sacudió la cabeza.

—Solo hago mi trabajo, Thomas. Quiero encontrar esta cura más que nadie. Excepto tú, quizás, antes de que te quitáramos los recuerdos.

—Váyase de una vez —dijo Thomas.

—Espero que vengas —repuso Janson—. Tienes la oportunidad de hacer grandes cosas. Lamento nuestras diferencias. Es necesario que te des prisa, el tiempo se está acabando.

—Lo pensaré —se obligó a decir una vez más. Lo irritaba tranquilizar a la Rata, pero fue lo único que se le ocurrió para ganar tiempo. Además, siempre existía la posibilidad de que acabara como Camisa Roja: acribillado por esa máquina de la poli que sobrevolaba a pocos metros de él.

Janson sonrió.

—Eso es todo lo que pido. Espero verte por acá.

La transmisión se cortó y el panel se cerró. Luego la máquina se elevó en el aire y salió volando, mientras el zumbido se fue apagando gradualmente. Thomas la observó desparecer por la esquina. Cuando se marchó, sus ojos se clavaron en el hombre muerto. Desvió la vista deprisa: era lo último que deseaba ver.

—¡Allí está! —gritó alguien.

Giró la cabeza y divisó a Minho que corría por la acera hacia él. Brenda y Jorge venían detrás. Thomas nunca había estado tan contento de encontrarse con alguien.

Al distinguir al guardia echado en la calle, Minho se detuvo de golpe.

—Shuck... ¿Qué le ocurrió? —preguntó observando a Thomas—. ¿Y tú? ¿Estás bien? ¿Tú hiciste eso?

Era absurdo, pero a Thomas le dieron ganas de reír.

—Claro, saqué mi ametralladora y lo hice volar en pedazos.

El rostro de Minho reveló que no apreciaba el sarcasmo, pero Brenda habló antes de que a él se le ocurriera una respuesta.

—¿Quién lo mató?

Thomas levantó la mano hacia el cielo.

—Una de esas máquinas de la poli. Apareció volando, le disparó hasta matarlo y, antes de que yo pudiera reaccionar, apareció la Rata en una pantalla. Intentó convencerme de regresar a CRUEL.

—Larcho —dijo Minho—, no puedes ni siquiera…

—¡Ten un poco de confianza en mí! —gritó Thomas—. Ni loco vuelvo, pero tal vez el hecho de que ellos me necesiten tanto podría ayudarnos en algún momento. De lo que sí tenemos que preocuparnos es de Newt. Janson piensa que está sucumbiendo a la Llamarada más rápido de lo normal. Tenemos que ir a verlo.

—¿Realmente dijo eso?

—Sí —respondió Thomas, que se sentía mal por haberle gritado a su amigo—. Y yo le creo. Tú viste cómo ha estado actuando Newt últimamente.

Minho lo miraba angustiado. Thomas recordó que Minho había conocido a Newt dos años antes que él, por lo tanto tenían una relación más cercana.

—Es mejor que vayamos a verlo —repitió Thomas—. Tenemos que hacer algo por él.

Minho hizo un gesto con la cabeza y apartó la mirada. Thomas quería sacar la nota de Newt del bolsillo y leerla allí mismo, pero le había prometido que esperaría hasta que fuera el momento indicado.

—Se está haciendo tarde —dijo Brenda—. Y ellos no dejan que la gente entre y salga de la ciudad por la noche. Ya es suficientemente difícil controlar la situación durante el día.

Por primera vez, Thomas notó que la luz había comenzado a extinguirse. Por encima de los edificios, el cielo estaba tornándose anaranjado.

Jorge, que se había mantenido callado, dijo:

—Tenemos problemas mucho mayores que ese. Algo extraño está sucediendo aquí, muchachos.

—¿De qué hablas? —preguntó Thomas.

—En la última media hora, toda la gente parece haberse esfumado, y las pocas personas que he visto no tenían muy buen aspecto.

—Esa escena en la cafetería logró dispersar a todo el mundo —señaló Brenda.

Jorge levantó los hombros.

—No sé. Esta ciudad me está poniendo los pelos de punta. Como si estuviera viva y a punto de liberar algo realmente repugnante.

Un extraño malestar se arrastró sigilosamente en el interior de Thomas, que volvió a pensar en Newt.

—Si nos apuramos, ¿podremos salir? ¿O escaparnos de alguna manera?

—Podemos intentarlo —dijo Brenda—. Pero en taxi, pues nos encontramos en el lado opuesto de la ciudad.

—Hagámoslo —propuso Thomas.

Empezaron a caminar por la calle. La expresión de Minho no era buena, y Thomas deseó que no fuera un presagio de que se avecinaban cosas terribles.

33

Marcharon durante una hora y no vieron ni un solo automóvil, mucho menos un taxi. Se toparon con algunas personas aisladas y con las máquinas de la poli, que emitían ese inquietante sonido en sus vuelos errantes. Cada dos o tres minutos, escuchaban algún ruido distante. Thomas recordó el Desierto: alguien hablando muy fuerte, un grito, una risa siniestra. Mientras la luz iba dejando paso a la oscuridad, comenzó a sentirse cada vez más asustado.

Finalmente, Brenda se detuvo para hablarles.

—Tendremos que esperar a mañana —anunció—. Esta noche no vamos a conseguir transporte y estamos muy lejos como para ir caminando. Debemos dormir para estar frescos por la mañana.

Thomas odiaba tener que admitir que ella estaba en lo cierto.

—Tiene que haber una forma de llegar hasta la nave —insistió Minho.

Jorge le dio un apretón en el hombro.

—Es inútil, hermanito. El aeropuerto está a unos dieciséis kilómetros. Y por el aspecto de esta ciudad, nos van a asaltar, disparar o dar una buena paliza por el camino. Brenda tiene razón, es mejor descansar e ir mañana a ayudarlo.

Minho aceptó la propuesta sin discutir. Lo que había dicho Jorge era incuestionable. La ciudad era inmensa, se había hecho de noche y no conocían bien el lugar.

—¿El hotel está cerca? —preguntó Thomas. Se convenció a sí mismo de que Newt podría arreglarse otra noche sin ellos.

Jorge señaló hacia su izquierda.

—Unas pocas cuadras.

Enfilaron en esa dirección.

Faltaba apenas una cuadra cuando Jorge se detuvo en seco con una mano en el aire y un dedo en los labios. Thomas se detuvo bruscamente: la señal de alarma erizó sus nervios.

—¿Qué pasa? —preguntó Minho.

Jorge caminó en círculo para examinar la zona que los rodeaba y Thomas lo imitó al tiempo que se preguntaba qué habría inquietado a su guía. La oscuridad se había instalado por completo y los pocos faroles de la calle no lograban atravesarla. El mundo que Thomas alcanzaba a percibir parecía hecho de sombras e imaginó cosas horribles que acechaban detrás de cada una de ellas.

—¿Qué pasa? —susurró Minho nuevamente.

—Me parece escuchar algo detrás de nosotros —replicó Jorge—. Un murmullo. ¿Alguien más…?

—¡Allí! —aulló Brenda, su voz sonó como un relámpago en el silencio—. ¿Vieron eso? —exclamó, apuntando hacia la izquierda.

Thomas hizo un esfuerzo pero no consiguió ver nada. Hasta donde alcanzaba su vista, las calles estaban desiertas.

—Alguien estaba saliendo de atrás de ese edificio y luego retrocedió de un salto. Les juro que lo vi.

—¡Hola! —gritó Minho—. ¿Quién anda ahí?

—¿Estás loco? —susurró Thomas—. Entremos al hotel.

—Cálmate, viejo. Si ellos quisieran dispararnos o algo así, ya lo habrían hecho.

Exasperado, Thomas suspiró largamente. No le gustaba el cariz que había tomado la situación.

—Debería haber dicho algo la primera vez que lo oí —dijo Jorge.

—Seguro que no es nada —intervino Brenda—. Y si hay algo, no sirve que permanezcamos acá. Vayamos al hotel.

—¡Hola! —gritó Minho otra vez e hizo sobresaltar a Thomas—. ¿Hay alguien ahí?

Thomas le dio un golpe en el hombro.

—Lo digo en serio, ¿puedes dejar de hacer eso?

Su amigo lo ignoró.

—¡Sal y da la cara!

Quien fuera que anduviera por allí no respondió. Minho se movió para cruzar la calle, pero Thomas lo sujetó del brazo.

—Ni lo sueñes. Es la peor idea del mundo. Está oscuro y podría ser una trampa. Vayamos a descansar y mañana estaremos más atentos.

Minho no opuso mucha resistencia.

—Está bien. Si quieres, pórtate como un cobarde, pero esta noche yo duermo en una de las camas.

Y diciendo eso subieron a la habitación. A Thomas le llevó un siglo conciliar el sueño; no dejaba de pensar en quién los habría estado siguiendo. Sin embargo, aunque sus pensamientos vagaran sin sentido, siempre regresaban a Teresa y a los demás. ¿Dónde se hallarían? ¿Podría haber sido ella la que estaba espiándolos? ¿O habrían sido Gally y el Brazo Derecho? Además, detestaba la idea de que se hubieran visto forzados a esperar una noche para ir a ver a Newt. ¿Y si le había ocurrido algo?

Un rato después, su mente se apaciguó, las preguntas se desvanecieron y se durmió.

34

A la mañana siguiente, Thomas se sorprendió de lo descansado que se sentía. Había dado vueltas toda la noche, pero al parecer, a cierta altura logró dormir profundamente y recobrar fuerzas. Después de una ducha caliente y prolongada, y del desayuno provisto por una máquina expendedora, estaba listo para enfrentar el día.

Preguntándose qué les depararía la ciudad en el camino al aeropuerto, abandonaron el hotel alrededor de las ocho de la mañana. Se cruzaron con algunas personas aquí y allá, pero muchas menos de las que habían visto durante el ajetreo del día anterior. Thomas tampoco notó ruidos extraños como los que habían oído por la noche.

—Les digo que acá pasa algo raro —insistió Jorge mientras buscaban un taxi—. Debería haber más gente por la calle.

Thomas observó a los escasos peatones que se hallaban a su alrededor. Ninguno lo miraba a los ojos. Mantenían la cabeza baja y algunos sostenían el barbijo contra la cara, como si temieran que un viento repentino se los fuera a arrancar. Iban a un ritmo acelerado y frenético, apartándose casi de un salto cuando otra persona se acercaba demasiado a ellos. Vio a una mujer examinando un cartel sobre la Llamarada, igual al que él había leído. Le trajo a la memoria lo vivido el día anterior y sintió que perdería la cordura.

—Démonos prisa para llegar a ese aeropuerto garlopo —refunfuñó Minho—. Este sitio me produce escalofríos.

—Deberíamos ir por allá —dijo Brenda estirando la mano—. Cerca de esas oficinas, tiene que haber taxis.

Atravesaron la calle y enfilaron por una más angosta que pasaba delante de lo que parecía ser un terreno baldío de un lado y un edificio viejo y destartalado del otro.

Minho se inclinó hacia Thomas y le habló en voz baja.

—Viejo, siento que estoy perdiendo la razón. Me asusta pensar en cómo puede estar Newt cuando lleguemos.

Thomas también tenía miedo, pero no quería admitirlo.

—No te preocupes. Estoy seguro de que debe estar bien.

—Buena esa. Y yo estoy seguro de que la cura para la Llamarada va a salir volando de tu trasero en cualquier momento.

—Quién sabe, tal vez ocurra. Aunque tendría un olor un poco raro —bromeó, pero a su amigo no le pareció muy gracioso el comentario—. Mira, no hay nada que podamos hacer hasta que lleguemos ahí y lo veamos —afirmó. A Thomas no le gustaba sonar tan insensible, pero las cosas ya eran bastante difíciles: no podían suponer lo peor.

—Gracias por tratar de levantarme el ánimo.

El terreno vacío que se hallaba a su derecha contenía los restos aislados de un antiguo edificio de ladrillos, completamente cubiertos de maleza. En el centro, se levantaban algunas paredes y, mientras caminaban, Thomas percibió un movimiento al final del muro. Se detuvo e instintivamente levantó la mano para frenar a Minho. Antes de que este pudiera inquirir qué estaba sucediendo, le hizo un ademán de que se quedara callado.

Brenda y Jorge lo notaron y permanecieron inmóviles. Thomas señaló en la dirección del movimiento y luego intentó ver mejor.

De espaldas a ellos, un hombre con el torso desnudo estaba encorvado, cavando con las manos como si estuviera tratando de encontrar bajo tierra algo que había perdido. Tenía los hombros llenos de rasguños de formas extrañas y una costra larga atravesaba el centro de la columna. *Sus movimientos son espasmódicos y... desesperados*, pensó Thomas. Los codos se movían hacia atrás como si arrancara algo del suelo. La altura de las hierbas le impedía distinguir qué era lo que estaba haciendo tan frenéticamente.

—Sigamos andando —le susurró Brenda desde atrás.

—El tipo está enfermo —murmuró Minho—. ¿Cómo puede estar tan desquiciado?

Thomas no tenía idea.

—Vámonos.

El grupo comenzó a caminar otra vez, pero Thomas no podía despegar los ojos de esa escena tan perturbadora. ¿Qué estaría haciendo?

Cuando llegaron a la esquina, Thomas se detuvo y los demás también. Era evidente que la extraña situación los molestaba a todos tanto como a él. Querían echar una última mirada.

Sin previo aviso, el loco dio un salto y se volvió hacia ellos. Tenía la boca y la nariz cubiertas de sangre. Thomas retrocedió y chocó contra Minho. Mostrando los dientes, esbozó una sonrisa repugnante y luego agitó las manos ensangrentadas. Thomas estaba a punto de gritarle cuando el tipo se agachó y retornó a su tarea. Afortunadamente, no podían ver de qué tarea se trataba.

—Este es un buen momento para retirarse —dijo Brenda.

Al sentir que unos dedos helados trepaban por su espalda y por sus hombros, Thomas supo que Brenda tenía razón. Todos salieron disparando y no disminuyeron la velocidad hasta haber atravesado dos cuadras.

Después de otra media hora de buscar un taxi, se hallaron finalmente camino al aeropuerto. Thomas quería hablar sobre lo que habían visto en el terreno baldío, pero no lograba expresarlo con palabras. Lo había conmovido hasta la médula.

Minho fue el primero en hacer un comentario.

—Ese tipo estaba comiéndose a una persona. Estoy seguro.

—Puede ser… —comenzó Brenda—. Quizá solo era un perro callejero —el tono que utilizó hizo que Thomas no le creyera ni por un segundo—. Aunque eso tampoco estaría bien.

—Eso no es algo que uno debería contemplar durante un agradable paseo en pleno día a través de una ciudad en cuarentena —protestó Minho.

Creo que Gally tiene razón. Este sitio está repleto de Cranks y pronto todos los habitantes de la ciudad comenzarán a matarse unos a otros.

Nadie respondió. El resto del viaje transcurrió en silencio.

No les llevó mucho tiempo pasar el puesto de seguridad y salir de los enormes muros que rodeaban la ciudad. Hasta los empleados se mostraron felices de que se marcharan.

El Berg estaba exactamente donde lo habían dejado, como el caparazón de un insecto gigante abandonado sobre el cemento caliente y húmedo. Todo estaba quieto a su alrededor.

—Apúrate y abre la escotilla —dijo Minho.

Sin inmutarse ante la orden, Jorge extrajo del bolsillo su pequeño control y oprimió unos botones. Las bisagras crujieron mientras la rampa de la escotilla descendía lentamente hasta tocar el suelo con un chirrido. Thomas había esperado que Newt bajara corriendo, feliz de verlos y con una gran sonrisa en el rostro. Sin embargo, al no percibir ningún movimiento ni adentro ni afuera, se sintió desolado.

—Algo anda mal —dijo Minho, que obviamente estaba tan triste como Thomas. Voló hasta la puerta y subió la rampa a toda velocidad.

—Es mejor que entremos —dijo Brenda—. Tal vez Newt se haya vuelto peligroso.

Thomas detestó esas palabras, pero sabía que ella tenía razón. Sin decir nada, fue detrás de Minho y penetró en la oscuridad y en el aire sofocante del Berg. En algún momento, se habían apagado todos los circuitos: no había aire acondicionado ni luces ni nada.

Jorge subió pegado a los talones de Thomas.

—Dejen que lo encienda o transpiraremos tanto que en un rato no seremos más que una pila de piel y huesos —comentó y se dirigió hacia la cabina.

Brenda se colocó al lado de Thomas y ambos se acomodaron en la penumbra de la nave. La única luz que entraba provenía de las ventanillas. Podían escuchar a Minho llamando a Newt en las profundidades del Berg, pero el chico no respondía. Thomas sintió que toda la esperanza que había alimentado comenzaba a disiparse.

—Yo voy por la izquierda —dijo señalando el pequeño pasillo que llevaba hacia el área común—. ¿Por qué no sigues a Jorge y buscas por allí? Esto es malo. Si todo estuviera bien, habría salido a recibirnos.

—Y la luz y el aire estarían encendidos —comentó Brenda. Le echó una mirada sombría y partió.

Thomas caminó por el pasillo hasta el salón principal. Minho estaba sentado en uno de los sillones mirando un pedazo de papel. Era la primera vez que Thomas veía una expresión glacial en el rostro de su amigo. El vacío de su interior se hizo más hondo y se esfumó el último vestigio de esperanza.

—Hey —dijo—. ¿Qué es eso?

Minho no respondió, continuaba observando atentamente el papel.

—¿Qué pasa?

Su amigo levantó la mirada hacia él.

—Ven a verlo por ti mismo —contestó, y se reclinó en el sofá como si estuviera a punto de echarse a llorar—. Se fue.

Thomas se adelantó y tomó la hoja.

Garabateado en marcador negro, decía:

Ellos lograron entrar. Me llevan a vivir con los otros Cranks. Es lo mejor. Gracias por ser mis amigos. Adiós.

—Newt —susurró Thomas. El nombre de su amigo quedó flotando en el aire como un anuncio de muerte.

35

Después de unos instantes, estaban todos sentados. El objetivo era discutir qué harían a continuación, pero en realidad no tenían nada que decir. Los cuatro permanecieron en silencio con los ojos clavados en el piso. Por alguna razón, Thomas no conseguía sacarse a Janson de la cabeza. ¿Acaso regresar sería una forma de salvar a Newt? Todo su ser se rebelaba contra la idea de volver, pero si lo hacía y lograba completar los análisis…

Minho rompió el amargo silencio.

—Quiero que los tres me escuchen bien —hizo una pausa para mirarlos uno por uno y luego continuó—. Desde que nos escapamos de CRUEL, lo único que he hecho es acatar lo que ustedes decían que debíamos hacer. Y no me quejé. Mucho —agregó y le hizo una sonrisa irónica a Thomas—. Pero ahora voy a tomar una decisión y ustedes van a hacer lo que yo diga. Y si alguien se echa atrás, se puede ir al diablo.

Thomas intuía lo que su amigo quería y estaba de acuerdo con él.

—Sé que tenemos metas más importantes —prosiguió Minho—. Debemos contactarnos con el Brazo Derecho, resolver qué haremos con CRUEL… toda esa garlopa de salvar al mundo. Pero primero iremos a buscar a Newt. Y este tema no admite discusión. Los cuatro volaremos hasta donde sea y sacaremos a Newt de allí.

—Lo llaman el Palacio de los Cranks —señaló Brenda. Cuando Thomas la miró, ella tenía la vista perdida en un punto indefinido—. Tiene que haberse referido a eso. Es probable que algunos Camisas Rojas hayan conseguido entrar al Berg, encontraron a Newt y descubrieron que estaba infectado. Le permitieron que dejara una nota. No tengo la menor duda de que fue así como pasó.

—Suena sofisticado —dijo Minho—. ¿Has estado ahí?

—No. Todas las grandes ciudades tienen uno. Es el sitio adonde envían a los enfermos para que vivan de manera tolerable hasta que llegue el Final. No es un lugar agradable para nadie. Allí, son los Inmunes quienes se encargan de todo y les pagan muy bien, ya que nadie que no lo sea se arriesgaría a contagiarse. Si quieren ir, tendríamos que pensarlo mejor. Se nos han agotado por completo las municiones, de modo que estaríamos desarmados.

A pesar de la descripción tan siniestra, en los ojos de Minho había un rayo de esperanza.

—Ya lo pensamos bastante. ¿Sabes dónde se encuentra el más cercano?

—Sí —contestó Jorge—. Mientras veníamos hacia aquí, pasamos por delante de él. Está en el extremo de este valle, hacia el oeste, frente a las montañas.

Minho dio una palmada.

—Entonces, vamos. Jorge, despega de una vez este pedazo de plopus.

Thomas esperaba que hubiera al menos alguna discusión o resistencia, pero no fue así.

—Me vendrá bien un poco de aventura, muchacho —dijo Jorge poniéndose de pie—. En veinte minutos estaremos allí.

Jorge cumplió su palabra. Aterrizó el Berg en el claro de un bosque increíblemente verde, que se extendía por la ladera de la montaña. Casi la mitad de los árboles estaban muertos, pero la otra mitad parecía estar reponiéndose de años de largas temporadas de calor. Thomas se entristeció al pensar que para cuando el mundo se recuperara de las llamaradas solares, ya estaría deshabitado.

Bajó de la rampa y observó el muro que rodeaba el Palacio de los Cranks, a unos cien metros de distancia. Estaba hecho con gruesas tablas de madera. El portón más cercano comenzaba a abrirse y dos personas aparecieron empuñando unos enormes Lanzadores de Granadas. Lucían exhaustos pero se pusieron lentamente en posición defensiva y apuntaron las armas. Era evidente que habían visto u oído la llegada del Berg.

—No es un buen comienzo —comentó Jorge.

Uno de los guardias gritó algo que Thomas no logró escuchar.

—Vayamos para allá y hablemos con ellos. Si tienen esos Lanzadores, deben ser Inmunes.

—A menos que los Cranks hayan tomado el lugar —sugirió Minho, pero luego le echó una mirada extraña a Thomas—. De cualquier forma, vamos a entrar y no nos iremos sin Newt.

Con la cabeza en alto, el grupo caminó despacio hasta el portón, asegurándose de no hacer ningún movimiento sospechoso. Lo último que deseaba Thomas era recibir el disparo de otra granada. Al aproximarse, notó que los hombres tenían un aspecto peor del que imaginaba. Estaban sucios, transpirados y cubiertos de rasguños y moretones.

Se detuvieron al llegar al portón y uno de los guardias se adelantó hacia ellos.

—¿Quiénes son ustedes? —preguntó. Tenía pelo negro, bigote y era unos cuantos centímetros más alto que su compañero—. No se parecen mucho a esos científicos tontos que vienen de vez en cuando.

Al igual que en el aeropuerto de Denver, Jorge se encargó de hablar.

—Muchacho, no podías saber que vendríamos. Somos de CRUEL y uno de los nuestros fue capturado y traído acá por error. Vinimos a recogerlo.

Thomas se quedó sorprendido. En realidad, lo que Jorge había dicho era técnicamente cierto.

El guardia no se mostró muy impresionado.

—¿Acaso creen que me importan ustedes y sus fascinantes trabajos para CRUEL? No son los primeros que caen por aquí con aires de superioridad y actúan como si fueran los dueños del lugar. ¿Quieren venir a divertirse con los Cranks? Será un placer. Especialmente, después de lo que ha estado ocurriendo últimamente —señaló y se corrió hacia el costado con un gesto exagerado de bienvenida—. Disfruten de su estadía en el Palacio de los Cranks. Si pierden un brazo o un ojo, no se admiten cambios ni devoluciones.

La tensión se podía oler en el aire. Preocupado ante la idea de que Minho pudiera enojar a esos tipos con algún comentario sarcástico, Thomas se adelantó:

—¿Qué quieres decir con eso de *lo que ha estado ocurriendo últimamente*? ¿Qué ha pasado?

El tipo se encogió de hombros.

—No es un sitio muy alegre, eso es todo lo que tienen que saber —comentó.

A Thomas no le gustaba cómo estaban saliendo las cosas.

—Bueno… ¿sabes si algún nuevo… *personaje* ingresó en los últimos dos días? ¿Tienes un registro? —decir *Crank* no le sonaba bien.

El otro guardia —bajo y fornido, con la cabeza rapada— se aclaró la garganta y escupió.

—¿A quién buscan? ¿Varón o mujer?

—Varón —respondió Thomas—. Se llama Newt. Un poco más alto que yo, pelo rubio, largo. Es rengo.

El hombre volvió a escupir.

—Podría saber algo. Pero entre saber y decir hay una gran diferencia. Ustedes, chicos, parecen tener mucho dinero. ¿Quisieran compartirlo?

Sintiendo renacer la esperanza, Thomas echó una mirada a Jorge, que estaba tenso de ira.

Minho se le adelantó.

—Tenemos dinero, cara de garlopo. Ahora dinos dónde está nuestro amigo.

El guardia apuntó el Lanzador hacia ellos con más ferocidad.

—Muéstrenme sus tarjetas de efectivo o esta conversación se terminó. Quiero por lo menos mil.

—Él tiene todo —dijo Minho y señaló a Jorge, mientras sus ojos taladraban al guardia—. Payaso codicioso.

Jorge sacó la tarjeta y la agitó en el aire.

—Tendrán que matarme para quitarme esto, y ustedes saben muy bien que no les servirá de nada sin mis huellas dactilares. Tendrás tu dinero, *hermano*. Ahora muéstranos el camino.

—Muy bien —dijo el hombre—. Síganme. Y recuerden: si alguna parte de sus cuerpos se llegara a desprender debido a un desafortunado encuentro con un Crank, les aconsejo abandonar dicha parte y salir corriendo a toda velocidad. A menos que se trate de una pierna, por supuesto.

Sin decir una palabra más, atravesó el portón abierto.

36

El Palacio de los Cranks era un sitio horrible y mugriento. El guardia bajito demostró ser muy conversador y, mientras se abrían paso a través del caos de ese espacio aterrador, les brindó mucha más información de la que Thomas jamás se hubiera atrevido a exigir.

Describió la aldea de los infectados como una enorme serie de círculos, unos dentro de otros, con las áreas comunes —cafetería, enfermería, recreación— ubicadas en el centro y rodeadas por hileras de viviendas de mala calidad. Los Palacios fueron concebidos como alternativas humanas: refugios para los enfermos hasta que la locura se apoderara de ellos. Después, los enviaban a localidades remotas que habían sido abandonadas durante la peor etapa de las llamaradas solares. Quienes construyeron esos palacios habían deseado proporcionarles a los ocupantes la última oportunidad de llevar una vida decente antes del fin. Existían complejos de ese tipo diseminados alrededor de la mayoría de las ciudades del mundo que aún permanecían en pie.

No obstante, las buenas intenciones no fueron suficientes. Llenar un espacio con personas que carecían de toda esperanza, que sabían que estaban a punto de caer en un horrible abismo de destrucción, dio como resultado uno de las zonas más espantosas y anárquicas que la humanidad alguna vez haya conocido. Como los residentes eran muy concientes de que no podía existir un verdadero castigo o consecuencias peores de las que ya enfrentaban, los índices de criminalidad crecieron de forma astronómica y esas urbanizaciones se convirtieron en el paraíso del libertinaje.

Mientras el grupo pasaba por delante de las casas —simples chozas que habían caído en el abandono—, Thomas imaginó lo horroroso que debería ser vivir en un paraje semejante. La mayoría de las ventanas de los edificios estaban destrozadas y el guardia les explicó que había sido una gran equivocación colocar vidrios en las aldeas. Se habían transformado en las armas más eficaces. La basura cubría las calles y, a pesar de que aún no habían visto a nadie, tenía la sensación de que los vigilaban desde las sombras. En la lejanía, oyó a alguien gritar obscenidades; después un aullido surgió desde otra dirección, que lo alteró todavía más.

—¿Por qué no cierran el complejo y listo? —preguntó Thomas, que fue el primero en hablar—. Quiero decir… si las cosas están tan mal.

—¿*Tan mal*? —observó el guardia—. Amigo, mal es un término relativo. Es la realidad. ¿Qué otra cosa puedes hacer con esta gente? No puedes permitir que convivan con los que están sanos en las ciudades fortificadas, ni arrojarlos en una zona llena de Cranks mucho más allá del Final y dejar que se los coman vivos. Y ningún gobierno ha alcanzado un grado tal de desesperación como para empezar a matar a las personas no bien se pescan la Llamarada. Así son las cosas. Y como nadie más vendría a trabajar acá, se ha convertido en una buena manera para que nosotros, los Inmunes, hagamos buen dinero.

Sus afirmaciones llenaron a Thomas de desconsuelo. El mundo se hallaba en un estado lastimoso. Tal vez él estaba siendo egoísta al no querer ayudar a CRUEL a concluir las Pruebas.

Desde que habían atravesado los portones de la aldea, el rostro de Brenda estaba fruncido por la indignación, y ya no pudo contenerse más.

—¿Por qué no dices la verdad de una buena vez? Permiten que los infectados deambulen por este sitio olvidado hasta que se encuentran tan mal que la conciencia de ustedes está lo suficientemente limpia como para librarse de ellos.

—Esa es más o menos la idea —respondió el guardia fríamente. A Thomas le resultó difícil odiar a ese tipo: solo sentía pena por él.

Continuaron la caminata delante de interminables hileras de casas sucias y ruinosas.

—¿Dónde está todo el mundo? —preguntó Thomas—. Pensé que este sitio estaría atestado de gente. ¿Y qué quisiste decir antes con eso de que algo ha estado ocurriendo últimamente?

Ante esa pregunta, fue el guardia del bigote quien respondió y resultó agradable escuchar una voz diferente.

—Algunos —los pocos afortunados— están vegetando en sus casas bajo los efectos de la Felicidad. Pero la mayoría está en la Zona Central, comiendo, jugando o metiéndose en algo raro. Nos están enviando demasiados infectados antes de que podamos despachar a los anteriores. A eso se le suma que, no sé cuál será el motivo, estamos perdiendo Inmunes a diestra y siniestra. La proporción disminuye día a día y en algún momento las cosas llegarán a su punto límite.

—¿Perdiendo Inmunes a diestra y siniestra? —repitió Thomas. Parecía que CRUEL estaba explotando todos los recursos a su alcance para llevar adelante más Pruebas. Aun cuando eso tuviera consecuencias peligrosas.

—Sí. En los dos últimos meses, han desaparecido casi la mitad de nuestros empleados. Sin dejar rastros, sin explicaciones. Lo cual hace que mi trabajo sea mil veces más duro.

Thomas profirió un gruñido.

—Solo queremos que nos mantengan alejados de la multitud y nos lleven a alguna zona segura hasta que encuentren a Newt.

—Me parece bien —añadió Minho.

El guardia hizo un gesto de indiferencia.

—No hay problema. Mientras me den el dinero…

Finalmente, los dos hombres se detuvieron a dos círculos de distancia de la Zona Central y le dijeron al grupo que esperara. Los cuatro se amontonaron en un espacio sombreado, detrás de una de las viviendas. El bullicio había aumentado y, al hallarse más cerca de donde se concentraba la población del Palacio, sonaba como si allí mismo se estuviera llevando a cabo una pelea monstruosa. Thomas detestó cada segundo que permaneció sentado, esperando, escuchando esos ruidos horrorosos y preguntándose incesantemente si el guardia regresaría alguna vez, solo o con Newt a la rastra.

Unos diez minutos después, dos personas salieron de una cabañita que se encontraba al otro lado del sendero. El corazón de Thomas comenzó a latir con más fuerza y, antes de constatar que su aspecto no era en absoluto amenazador, estuvo a punto de echarse a correr. Era una pareja que iba de la mano y, salvo porque estaban algo sucios y llevaban ropa vieja y arrugada, parecían bastante saludables.

Se aproximaron a los chicos y se detuvieron frente a ellos.

—¿Cuándo llegaron? —preguntó la mujer.

Thomas trató de encontrar qué decir pero Brenda se anticipó.

—Entramos con el último grupo. Estamos buscando a un amigo que estaba con nosotros. Se llama Newt: pelo rubio, rengo. ¿Lo han visto?

El hombre respondió como si acabara de escuchar la pregunta más tonta del mundo.

—Hay muchísima gente rubia por aquí, ¿cómo podremos distinguir quién es quién? Además, Newt, ¿de dónde han sacado ese nombre?

Cuando Minho abrió la boca para contestar, el ruido que provenía del centro del pueblo se acrecentó y todos desviaron la vista en esa dirección. El hombre y la mujer se miraron preocupados. Y sin decir una palabra, volvieron a meterse en su casa a toda prisa y cerraron la puerta con llave. Unos segundos después, una tabla de madera tapó la ventana y un trozo de vidrio golpeó contra el piso.

—Parecen tan felices como nosotros de estar acá —dijo Thomas.

Jorge resopló.

—Muy amistosos. Creo que voy a volver a visitarlos.

—Es obvio que no llevan aquí mucho tiempo —dijo Brenda—. No puedo imaginarme lo que deben sentir. Descubrir que estás infectado, que te manden a vivir con los Cranks, tener delante de tus ojos la imagen de ese ser en quien te convertirás.

Thomas agitó la cabeza. Sería el sufrimiento en su forma más pura.

—¿Dónde están esos guardias? —preguntó Minho con tono impaciente—. ¿Cuánto tiempo les puede llevar encontrar a alguien y decirle que sus amigos están aquí?

Diez minutos después, los dos hombres doblaron la esquina y todos se levantaron de un salto.

—¿Qué averiguaron? —inquirió Minho con urgencia.

El bajito se veía inquieto, movía los ojos de un lado a otro, como si hubiera perdido la osadía de antes. Thomas se preguntó si un viaje a lo que ellos llamaban la Zona Central, siempre lo pondría en ese estado.

Su compañero respondió.

—Después de hacer algunas indagaciones, creo que encontramos a su amigo. Luce como ustedes lo describieron y se dio vuelta cuando pronunciamos su nombre. Pero… —se interrumpió e intercambió una mirada incómoda con el otro guardia.

—¿Pero qué? —urgió Minho.

—Me pidió, y de manera muy específica, que les dijera que se larguen.

37

Para Thomas esas palabras fueron como un puñal en el corazón e imaginó cómo debía sentirse Minho.

—Llévanos hasta él —ordenó su amigo.

El guardia levantó las manos.

—¿Acaso no escucharon lo que acabo de decir?

—Tienes que terminar tu trabajo —insistió Thomas. Coincidía con Minho. No importaba lo que Newt había dicho: si se hallaban tan cerca, hablarían con él.

El guardia más bajo negó categóricamente.

—De ninguna manera. Nos pidieron que buscáramos a su amigo y eso hicimos. Ahora dennos el dinero.

—¿Acaso está aquí con nosotros? —preguntó Jorge—. Nadie verá un solo centavo hasta que estemos todos juntos.

Brenda no abrió la boca pero permaneció junto a Jorge, asintiendo para mostrar su apoyo. Thomas se tranquilizó al constatar que todos estaban de acuerdo en ir a verlo a pesar del mensaje que les había enviado.

Los dos guardias no se mostraron muy contentos y comenzaron a discutir entre ellos en voz muy baja.

—¡Oigan! —rugió Minho—. Si quieren ese dinero, ¡muévanse!

—Está bien —dijo finalmente el de bigote—. Síganos.

Enfilaron en la misma dirección por la que habían venido. Minho iba pegado a los guardias, seguido por el resto del grupo.

Al adentrarse en las profundidades del complejo, Thomas seguía creyendo que las cosas no podían empeorar, pero se equivocó. Las construcciones estaban más destartaladas; las calles, más sucias. Vio a mucha gente echada en la acera, con la cabeza apoyada sobre bolsas mugrientas o bollos de ropa. Observaban el cielo con ojos vidriosos, la mirada alegre y enajenada. *La Felicidad es un nombre muy adecuado*, pensó.

Los guardias marchaban hacia adelante moviendo los Lanzadores de un lado a otro para evitar que alguien se acercara a menos de tres metros de distancia. Pasaron junto a un hombre de aspecto destruido: la ropa rasgada, el pelo apelmazado y pegajoso, la piel cubierta de sarpullido, que se arrojó sobre un adolescente drogado y comenzó a pegarle.

Thomas se detuvo y se preguntó si deberían ayudar.

—Ni lo pienses —dijo el guardia de baja estatura, antes de que él pudiera proferir una palabra—. Sigan caminando.

—¿Pero acaso no es tu trabajo?

El otro guardia lo interrumpió con rudeza.

—Cierra la boca y deja que nosotros nos encarguemos de la situación. Si interviniéramos en cada pelea de hombres o de mujeres que vemos, no terminaríamos nunca. Probablemente ya estaríamos muertos. Esos dos pueden solucionar sus propios problemas.

—Solo llévennos adonde está Newt —dijo Minho sin alterar la voz.

Tratando de ignorar un aullido escalofriante que brotó súbitamente a sus espaldas, Thomas y los demás continuaron la marcha.

Por fin llegaron a una pared alta con un gran arco por el que se accedía a un espacio abierto lleno de gente. Un cartel en la parte superior anunciaba en letras brillantes que esa era la Zona Central. Thomas no alcanzó a descifrar qué ocurría en el interior, pero todos parecían estar muy atareados.

Los guardias aminoraron el paso y el de bigote se dirigió al grupo.

—Lo voy a preguntar una sola vez. ¿Están seguros de que quieren entrar ahí?

—Sí —respondió Minho con rapidez.

—Muy bien. Su amigo está en el bowling. Apenas lo señalemos, nos entregarán el dinero.

—Avancemos de una vez —gruñó Jorge.

Siguieron a los guardias a través del arco. Unos instantes después, se detuvieron para examinar el sitio.

La primera palabra que surgió en la mente de Thomas fue *loquero* y se dio cuenta de que era casi literalmente cierto.

Había Cranks por todos los rincones.

Pululaban dentro de un área circular de más de cien metros, que se encontraba bordeada por lo que al parecer habían sido tiendas, restaurantes y locales de entretenimiento. Casi todos estaban en ruinas y clausurados. La mayoría de los infectados no parecían tan idos como el tipo del pelo pegoteado que habían visto en la calle, pero se respiraba un clima de fervor. Para Thomas, la forma de actuar y los gestos de la gente parecían... exagerados. Con un brillo salvaje en la mirada, algunos reían histéricamente, mientras se daban fuertes palmadas en la espalda unos a otros. Estaban los que lloraban desconsoladamente: sollozaban en soledad tumbados en el suelo o caminando en círculo, con la cara entre las manos. En todos los rincones, se suscitaban pequeños enfrentamientos. Aquí y allá, se podía contemplar a hombres y mujeres de pie, inmóviles, gritando con todas sus fuerzas, los rostros enrojecidos y los cuellos rígidos.

Otros se apiñaban en grupos con los brazos cruzados y agitaban la cabeza de un lado a otro, como si estuvieran esperando un ataque inminente. Y, al igual que Thomas había visto en los anillos exteriores, algunos de los Cranks estaban perdidos en la nebulosa de la Felicidad: sentados o echados en el piso, sonriendo, abstraídos del caos circundante. Armas en mano, unos pocos guardias —ampliamente superados en número— daban vueltas por el lugar.

—Recuérdame no comprar ninguna propiedad en esta zona —bromeó Minho.

Thomas no consiguió reírse. La ansiedad lo carcomía y deseaba desesperadamente terminar con eso lo antes posible.

—¿Dónde queda el bowling? —preguntó.

—Por aquí —indicó uno de los guardias.

Pegado a la pared, se dirigió hacia la izquierda, mientras los demás lo seguían. Brenda caminaba junto a Thomas, sus brazos se rozaban a cada paso. Él quería tomarle la mano, pero la situación era tan impredecible que prefirió no hacer nada que lo distrajera.

La mayoría de los Cranks interrumpió sus actividades febriles al ver al pequeño grupo de recién llegados. Thomas mantenía la vista baja pues temía que, si llegaba a establecer contacto visual con los enfermos, estos se volvieran hostiles o intentaran hablarle. Mientras proseguían el recorrido, recibieron abucheos, silbidos, chistes e insultos groseros. Pasaron frente a un pequeño supermercado derruido y Thomas alcanzó a ver a través de las ventanas rotas que casi todos los estantes estaban vacíos. Había un consultorio y un negocio de comida rápida, pero ninguno de ellos tenía luz.

Alguien sujetó la camisa de Thomas a la altura del hombro. Cuando apartó la mano y giró para ver de quién se trataba, se encontró con una mujer. Tenía el pelo oscuro y desgreñado y un rasguño en el mentón, y su aspecto era bastante normal. Observó a Thomas con el gesto fruncido durante unos segundos, después abrió la boca tanto como pudo. A pesar de que los dientes necesitaban una buena cepillada, estaban en buen estado, y la lengua se veía inflamada y descolorida. Luego, la cerró.

—Quiero besarte —exclamó—. ¿Qué dices, Muni? —preguntó con una risa que parecía un cacareo maníaco lleno de resoplidos, y deslizó la mano suavemente por el pecho de Thomas.

Él retrocedió de un salto y siguió caminando. Los guardias ni siquiera se habían detenido para vigilar que estuviera todo en orden.

Brenda se inclinó hacia él.

—Eso debe haber sido lo más espeluznante que nos ocurrió hasta ahora —le murmuró.

Thomas simplemente asintió con la cabeza y continuó la marcha.

38

El recinto donde se hallaba el bowling no tenía puertas. A juzgar por la gruesa capa de óxido que cubría las bisagras, habían sido arrancadas y desechadas mucho tiempo atrás. Arriba de la entrada, había un gran letrero de madera, pero las palabras que alguna vez había exhibido se habían borrado, dejando en su lugar nada más que rayones descoloridos.

–Está allí adentro –dijo el guardia de bigote–. Ahora paguen lo que deben.

Minho pasó delante del hombre, se asomó por la abertura y estiró el cuello para ver el interior. Luego miró a Thomas.

–Se encuentra en el fondo –dijo con cara de preocupación–. Está oscuro, pero estoy seguro de que es él.

Thomas descubrió que había estado tan angustiado por encontrar a su viejo amigo que no había considerado qué harían a continuación. ¿Por qué les habría dicho que se largaran?

–Queremos nuestro dinero –insistió el guardia.

Jorge ni se inmutó.

–Les daré el doble si me garantizan que regresaremos sanos y salvos al Berg.

Una vez que los dos hombres se consultaron entre sí, le tocó el turno de hablar al más bajo de los dos.

–El triple. Y queremos la mitad ahora para estar seguros de que no nos están tomando el pelo.

–Es un trato.

Mientras Jorge sacaba su tarjeta y la apoyaba sobre la del guardia para transferir el dinero, Thomas experimentó una morbosa satisfacción al descubrir que estaban utilizando el dinero de CRUEL.

–Esperaremos aquí mismo –dijo el guardia cuando terminaron la tarea.

—Vamos —repuso Minho e ingresó al edificio.

Thomas miró a Brenda, que tenía el ceño fruncido.

—¿Qué pasa? —le preguntó.

—No lo sé —respondió—. Tengo un mal presentimiento.

—Sí, ambos lo tenemos.

Ella le sonrió levemente y le tomó la mano. Esta vez, Thomas la aceptó con agrado. De inmediato, entraron al salón con Jorge detrás.

Como tantas veces había ocurrido desde que le borraron la memoria, Thomas tenía en su mente imágenes de cómo debería haber sido un bowling y cómo funcionaba, pero no podía recordar que alguna vez hubiera jugado a los bolos. El recinto en el cual ingresaron era muy distinto de lo que había esperado.

Las pistas se hallaban completamente destruidas y la mayor parte de las tablas de madera, arrancadas o rotas. Los espacios estaban sembrados de mantas y bolsas de dormir, donde la gente se recostaba a echarse una siesta o simplemente a mirar el techo en estado de aturdimiento. Brenda le había contado a Thomas que solo los ricos podían pagar la Felicidad, de modo que se preguntó cómo las personas se atrevían, en un sitio semejante, a revelarles a los demás que estaban consumiéndola. Se imaginó que no pasaría mucho tiempo antes de que alguien decidiera hacer lo que fuera necesario para apoderarse de la droga.

En los huecos donde solían estar los bolos, ardían varias fogatas, lo cual no resultaba demasiado seguro. Pero había al menos una persona sentada delante de cada hoguera ocupándose de ella. El olor a madera quemada flotaba en la oscuridad y la humareda asfixiaba el aire.

Minho apuntó hacia la pista más lejana del lado izquierdo, a unos treinta metros de distancia. En ese rincón, no había muchas personas —la mayoría se congregaba en las pistas centrales— pero Thomas divisó a Newt de inmediato a pesar de la luz escasa. Reconoció los destellos de su largo pelo rubio frente a la luz del fuego y la forma tan característica de su cuerpo encorvado. Se encontraba de espaldas a ellos.

—Allá vamos —dijo Thomas a Brenda con un suspiro.

Nadie los molestó mientras atravesaban el laberinto de personas que dormitaban en las mantas. Thomas miraba bien dónde ponía el pie, pues no deseaba pisar a algún Crank y recibir una mordida en la pierna.

Cuando se hallaban a unos tres metros de Newt, el rugido de su voz resonó como un eco entre las paredes oscuras del salón.

—Malditos larchos, ¡les dije que se largaran!

Minho se detuvo de golpe y Thomas casi chocó con él. Brenda le apretó más fuerte la mano y después se soltó. En ese instante él descubrió cuánto había transpirado. El sonido de las palabras que brotaron de Newt fue la revelación de que todo se había terminado. Su amigo ya nunca sería el de antes: solo le quedaban días negros por vivir.

—Es necesario que hablemos —dijo Minho acercándose unos pasos hacia él. Al hacerlo tuvo que pasar por encima de una mujer muy delgada, que estaba echada de costado.

—No te acerques más —repuso Newt con voz suave pero amenazadora—. Esos matones me trajeron acá por un motivo. Pensaron que era un maldito Inmune escondido en ese Berg miertero. No se imaginan cómo se sorprendieron al comprobar que la Llamarada estaba comiéndome el cerebro. Cuando me arrojaron en este nido de ratas, dijeron que se trataba de un deber cívico.

Al ver que Minho se quedaba en silencio, Thomas no quiso dejarse abrumar por las palabras de Newt, y le respondió.

—¿Por qué crees que estamos aquí? Lamento que hayas tenido que quedarte en la nave, que te hayan atrapado y que te trajeran a este lugar. Pero podemos sacarte de acá. A nadie le importa una garlopa quién entra y quién sale.

Despacio, Newt giró hasta quedar frente a ellos. A Thomas se le hizo un nudo en la garganta: el chico sostenía un Lanzador en las manos. Tenía muy mal aspecto, como si hubiera estado durante tres días completos corriendo, peleando y despeñándose por acantilados. Sin embargo, a pesar de la furia que anidaba en sus ojos, la locura todavía no lo había invadido por completo.

—¡Shuck! —dijo Minho. Dio un paso hacia atrás y casi pisó a la mujer que se encontraba junto a sus talones—. Tranquilo. Podemos hablar sin que me apuntes en la cara con un arma. ¿Y cómo conseguiste esa garlopa?

—La robé —respondió Newt—. Se la saqué a un guardia que no me hacía… feliz.

Las manos de Newt mostraron un ligero temblor, lo cual inquietó a Thomas. Los dedos de su amigo se movían nerviosamente alrededor del disparador.

—No estoy… bien —confesó—. En serio, shanks, les agradezco que vinieran a buscarme. De verdad. Pero acá se termina toda esta maldita cuestión. Ahora vuelven a atravesar esa puerta, se dirigen al Berg y se van volando de aquí. ¿Entendieron?

—No, Newt, no entiendo —contestó Minho con un creciente tono de frustración—. Arriesgamos nuestras cabezas para venir a este sitio, eres nuestro amigo y te vamos a llevar a casa. Si quieres quejarte y llorar mientras tu mente enloquece, no hay problema. Pero lo harás con nosotros, no con estos Cranks mierteros.

De repente, Newt se levantó de un salto y Thomas se tambaleó hacia atrás. Elevó el Lanzador y lo apuntó hacia Minho.

—¡Minho, yo soy un Crank! ¡Yo también lo soy! ¿Por qué no puedes meterte eso en tu maldita cabeza? Si tuvieras la Llamarada y supieras lo que te va a ocurrir, ¿querrías que tus amigos se quedaran a tu lado observándote? ¿Eh? ¿Te gustaría? —terminó de hablar a los gritos y temblando cada vez más.

Minho no dijo nada y Thomas supo por qué. Él mismo se esforzaba por encontrar las palabras adecuadas pero su mente estaba en blanco. La mirada colérica de Newt se volvió hacia él.

—Y tú, Tommy —dijo el chico, bajando la voz—. ¿Con qué cara vienes acá a pedirme que me vaya con ustedes? ¿Cómo te atreves? Te miro y me dan ganas de vomitar.

Atónito, Thomas permaneció en silencio. Nunca le habían dicho algo tan doloroso. Jamás.

39

—¿De qué estás hablando? —preguntó Thomas confundido.

Newt no respondió. Se quedó observándolo con los ojos endurecidos, los brazos temblorosos y el Lanzador apuntado directamente sobre su pecho. Pero después se calmó y su rostro se suavizó. Bajó el arma y miró hacia el piso.

—No entiendo —insistió Thomas por lo bajo—. ¿Por qué dices eso?

Newt volvió a levantar la mirada.

—Lo lamento, chicos. En serio. Quiero que me escuchen. Cada segundo que pasa, estoy peor. No me queda mucha cordura. Por favor, váyanse.

Cuando Thomas abrió la boca para discutir, Newt elevó las manos en el aire.

—¡No! Basta de hablar. Solo… váyanse. Por favor. Les suplico que hagan una sola cosa por mí. Les ruego con todo mi corazón, como nunca lo hice antes. Conocí a un grupo de personas que son muy parecidas a mí y están planeando fugarse a Denver en unas horas. Voy a ir con ellos.

Hizo una pausa y Thomas tuvo que recurrir a toda su voluntad para mantenerse callado. ¿Por qué querrían escaparse a Denver?

—No espero que lo entiendan, pero ya no puedo estar con ustedes. Ya es suficientemente difícil para mí ahora y sería terrible si supiera que ustedes tienen que ser testigos de mi decadencia. Y lo peor de todo, si llegara a lastimarlos. Mejor despidámonos de una maldita vez y prométanme que solo recordarán los buenos tiempos.

—No puedo hacer eso —dijo Minho.

—¡Shuck! —gritó Newt—. ¿Tienen alguna idea de lo duro que me resulta mantenerme calmado? Ya dije mi parte y listo. ¡Ahora váyanse! ¿Me escucharon? *¡Lárguense de acá!*

Thomas sintió un golpe en el hombro: varios Cranks se habían congregado detrás de él. La persona que lo había tocado era un hombre alto, de pecho ancho, pelo largo y grasiento. Estiró la mano nuevamente y apoyó con fuerza la punta del dedo en el pecho de Thomas.

—Me parece que nuestro nuevo amigo les pidió que lo dejaran tranquilo —dijo el tipo, mientras se pasaba la lengua por los labios como una serpiente.

—Esto no es asunto tuyo —replicó Thomas. Podía percibir el peligro, pero no le importó: en su cabeza solo había espacio para Newt—. Él era nuestro amigo mucho antes de venir aquí.

El hombre se pasó la mano por el pelo grasoso.

—Ese chico ahora es un Crank y nosotros también. Eso lo convierte en asunto nuestro. Ya déjenlo en paz.

Antes de que Thomas pudiera responder, Minho comenzó a hablar.

—Hey, lunático, quizás la Llamarada te haya tapado los oídos. Esto es entre Newt y nosotros. *Lárgate.*

Con el ceño fruncido, el hombre les enseñó un largo fragmento de vidrio que llevaba en el puño, del que goteaba sangre.

—Esperaba que se resistieran —gruñó—. Este lugar es muy aburrido.

Como un relámpago, extendió el brazo hacia Thomas y lo atacó con el vidrio filoso. Thomas se agachó y levantó las manos para desviar el embate. Pero antes de que el arma lo alcanzara, Brenda se interpuso y, de un golpe, alejó la mano del Crank. El vidrio salió volando por el aire. En segundos, Minho se abalanzó sobre él y lo arrojó al piso. Ambos aterrizaron encima de la mujer —la misma que Minho había esquivado antes—, que se puso a chillar como una loca al tiempo que se sacudía y pateaba. Pronto, los tres se enredaron en una lucha libre.

—¡Deténganse! —gritó Newt— ¡Ya mismo!

Inmóvil, Thomas esperaba la oportunidad de entrar en acción para ayudar a Minho. Pero luego distinguió a Newt, con la mirada desencajada por la furia, sosteniendo su Lanzador en posición de ataque.

–Dejen de pelear o empiezo a disparar sin fijarme quién es el maldito miertero que recibe el impacto.

El hombre del pelo grasiento se apartó del tumulto y se puso de pie mientras le pegaba una patada en las costillas a la mujer, que lanzó un gemido. Minho se incorporó con la cara llena de rasguños.

El sonido eléctrico de la carga del Lanzador tiñó el aire justo cuando Thomas percibió el olor a quemado. Entonces Newt oprimió el gatillo. La granada explotó contra el pecho de Pelo Pringoso y unas estelas de luz envolvieron su cuerpo. Aullando, se desplomó en el piso. En medio de las sacudidas, sus piernas se mantenían rígidas y de su boca chorreaba espuma.

Thomas no podía creer lo que estaba sucediendo. Observó a Newt con los ojos muy abiertos, contento por lo que había hecho y de que no les hubiera disparado ni él ni a Minho.

–Le pedí que se detuviera –dijo Newt en un susurro. Luego dirigió el arma hacia Minho con brazos temblorosos–. Ahora váyanse, larchos. No más discusiones. Lo siento.

Minho llevó las manos hacia arriba.

–¿Vas a dispararme, viejo amigo?

–Váyanse –dijo Newt–. Lo pedí de buena manera. Ahora es una orden. Esto es muy duro para mí. Márchense.

–Newt, vayamos afuera…

–¡Basta! –rugió aproximándose más y apuntando con más firmeza–. ¡Lárguense de aquí!

Thomas aborreció lo que estaba contemplando: el estado salvaje en que se encontraba Newt. Le temblaba el cuerpo y sus ojos habían perdido toda huella de cordura. Se estaba volviendo completamente loco.

–Vamos –dijo Thomas, una de las palabras más tristes que había pronunciado en toda su vida–. Larguémonos.

La mirada de Minho se desvió abruptamente hacia él. Parecía tener el corazón destrozado.

–No hablas en serio.

Thomas solo asintió con la cabeza. Minho echó los hombros hacia adelante y bajó los ojos.

–Shuck. ¿Cómo fue que el mundo se transformó en esta garlopa? –las palabras salieron con dificultad, graves y llenas de dolor.

–Lo siento –dijo Newt. Las lágrimas corrían por sus mejillas–. Voy a… dispararles, si no se van. Ahora.

Thomas no pudo soportar más. Tomó a Brenda de la mano, a Minho del brazo y comenzó a empujarlos hacia la salida, pasando por encima de los cuerpos y zigzagueando a través de las mantas. Minho no se resistió. Supo que Jorge iba detrás. No se detuvo. Siguió andando. Atravesó el vestíbulo, enfiló hacia las puertas y salió a la Zona Central y hacia la caótica multitud de Cranks.

Lejos de Newt, su amigo, y de su mente enferma.

40

No había rastros de los guardias que los habían escoltado hasta allí, pero había más Cranks que cuando entraron al bowling. Y casi todos parecían estar esperándolos. Era probable que hubiesen oído el sonido del Lanzador y los gritos de Pelo Pringoso. O tal vez alguien había ido a contar las novedades. De cualquier manera, Thomas sintió que todas las personas que lo miraban estaban más allá del Final y ávidas de alimento humano.

—Miren a estos payasos —exclamó alguien.

—Sí, ¡son realmente hermosos! —repuso otro—. Vengan a jugar con los Cranks. ¿O pronto se unirán a nosotros?

Siguieron caminando hacia el arco de la entrada a la Zona Central. Thomas había soltado el brazo de Minho, pero mantenía aferrada la mano de Brenda. Tenía que evitar el contacto visual con la muchedumbre. Lo único que veía era locura, envidia y sed de sangre grabadas en infinitos rostros heridos y destrozados. Quería correr pero tenía la sensación de que si lo hacía, los Cranks los atacarían como una manada de lobos.

Llegaron al arco y pasaron debajo sin detenerse. Thomas los guió a lo largo de la calle principal y a través de los círculos de casas destartaladas. Los sonidos sobrecogedores de risas dementes y gritos salvajes los acompañaron en su caminata. Cuanto más se separaban del ruido, más relajado se sentía. No se atrevía a preguntarle a Minho cómo se hallaba. Además, conocía la respuesta.

Estaban atravesando otra serie de casas ruinosas, cuando se oyeron un par de gritos y, a continuación, el sonido de pasos.

—¡Corran! ¡Corran!

Thomas se detuvo bruscamente justo cuando los dos guardias aparecieron corriendo por el recodo de una calle. No se detuvieron y siguieron a toda prisa hacia el círculo más alejado del pueblo. Ya no llevaban encima los Lanzadores.

—¡Hey! —gritó Minho—. ¡Regresen!

El guardia de bigote miró hacia atrás.

—¡Idiotas, les dije que corrieran! ¡Vamos!

Thomas no dudó. Sabiendo que era la única opción, salió detrás de ellos a toda carrera. Minho, Jorge y Brenda lo imitaron. Al mirar hacia atrás, divisó a un grupo de Cranks que los perseguían. Eran al menos doce. Parecían frenéticos, como si hubieran apretado un botón y todos hubiesen llegado a la locura extrema al mismo tiempo.

—¿Qué ocurrió? —preguntó Minho, con la respiración entrecortada.

—¡Nos arrastraron fuera de la Zona! —explicó el hombre más bajo—. Juro por Dios que nos iban a comer vivos. Escapamos por poco.

—¡No se detengan! —agregó el otro guardia. De repente, ambos se desviaron en otra dirección, hacia un callejón escondido.

Los cuatro continuaron hacia la salida que los conduciría hasta el Berg. Con los abucheos y silbidos a sus espaldas, Thomas se arriesgó a echar otro vistazo a sus perseguidores: ropa rasgada, pelo pegoteado, rostros cubiertos de lodo. Pero no habían logrado ganar terreno.

—¡No pueden alcanzarnos! —gritó, justo cuando el portón exterior surgió delante de sus ojos—. ¡Apúrense, falta muy poco! —y corrió más rápido que nunca, más aún que en el Laberinto. Imaginar que esos Cranks consiguieran atraparlos lo llenaba de horror.

El grupo logró atravesar el portón. No se preocuparon por cerrarlo; se dirigieron directamente hacia el Berg, cuya escotilla se abrió después de que Jorge oprimiera unos botones en el control.

Thomas subió ágilmente la rampa y se arrojó en el interior. Sus amigos se deslizaron en el piso a su alrededor. La rampa comenzó a crujir a medida que se elevaba. Aunque la banda de Cranks no lograría llegar a tiempo, continuaban corriendo y gritando tonterías. Uno de ellos se agachó, tomó una piedra y la arrojó. Cayó a seis metros de distancia.

El Berg se elevó en el aire justo en el momento en que la puerta se cerró.

Mientras ellos se recuperaban, Jorge piloteó la nave a poco más de diez metros de altura. Desde el suelo, los Cranks no representaban amenaza alguna, pues no tenían armas.

Thomas, Minho y Brenda observaron a la multitud enfurecida y delirante. Les costaba creer que esa situación fuera real.

—Mírenlos —dijo Thomas—. Quién sabe qué estaban haciendo unos meses atrás. Tal vez vivían en un apartamento y trabajaban en alguna oficina. Ahora, están persiguiendo gente como si fueran animales salvajes.

—Te voy a decir qué estaban haciendo hace unos meses —repuso Brenda—. Llevaban una vida miserable, muertos de miedo de contagiarse la Llamarada, sabiendo que era algo inevitable.

Minho se mostró sorprendido.

—¿Cómo puedes preocuparte por *ellos*? ¿Acaso no recuerdas con quién estuvimos recién? Con mi *amigo*, Newt.

—No había nada que pudiéramos hacer —gritó Jorge desde la cabina.

Thomas se estremeció ante la falta de compasión. Minho encaró al piloto.

—Garlopo, mejor cállate la boca y vuela de una vez.

—Haré lo que pueda —dijo Jorge con un suspiro. Tocó algunos controles y el Berg se puso en movimiento.

Como si se hubiera derretido, Minho se derrumbó en el suelo.

—¿Qué pasará cuando se le acaben las granadas? —preguntó en forma general, con la mirada perdida.

Thomas no supo qué responder, no encontraba la manera de expresar la tristeza que sentía. Se echó al lado de Minho y permaneció allí, sin decir palabra, mientras el Berg se elevaba cada vez más alto y se alejaba del Palacio de los Cranks.

Newt ya no estaba con ellos.

41

Un rato después, Thomas y Minho fueron a sentarse a un sofá del área común, mientras Brenda ayudaba a Jorge en la cabina.

Con más tiempo para pensar, la cruda realidad de lo que había sucedido golpeó fuerte a Thomas. Desde que él había llegado al Laberinto, Newt siempre había estado a su lado. Hasta ese instante, no había caído en la cuenta de lo amigos que eran. Le dolía el corazón. Intentó recordarse a sí mismo que Newt no estaba muerto. Pero, de alguna manera, eso era peor: su amigo estaba enloqueciendo, rodeado de Cranks sedientos de sangre. La idea de no verlo nunca más era insoportable.

Finalmente, Minho comenzó a hablar con tono desanimado.

–¿Por qué lo hizo? ¿Por qué no quiso regresar con nosotros? ¿Por qué me apuntó el arma en la cara?

–Él nunca hubiera apretado el gatillo –señaló Thomas, aunque no estaba seguro de eso.

Minho sacudió la cabeza.

–¿Notaste cómo se transformaron sus ojos? Estaba desquiciado. Si hubiera seguido insistiendo, me habría quemado. Está loco. Es un completo chiflado.

–Quizás no sea tan malo después de todo.

–¿Perdón? –preguntó Minho mirándolo fijo.

–Cuando sus mentes se pierden, dejan de ser ellos mismos. Tal vez, el Newt que conocemos ya se fue y el que está no es capaz de percibir lo que le sucede. De modo que tampoco sufre.

Minho casi se mostró ofendido con la explicación.

–Valoro tu buena intención, shank, pero no creo que sea así. Él siempre estará allí, aullando en su interior, trastornado y sufriendo cada segundo miertero que dure la enfermedad. Atormentado como si lo hubieran enterrado vivo.

Esa imagen le arrancó a Thomas las ganas de hablar y volvieron a quedar en silencio. Con la mirada clavada en el suelo, Thomas experimentaba todo el horror del destino que le había tocado a Newt, hasta que el Berg aterrizó bruscamente en el aeropuerto de Denver.

—Me parece que llegamos— dijo y se frotó la cara con las dos manos.

—Creo que ahora entiendo a CRUEL un poco más —señaló Minho distraídamente—. Después de ver de cerca esos ojos, la locura. No es lo mismo cuando se trata de alguien que conoces hace mucho tiempo. Vi morir a muchos amigos, pero no puedo imaginarme nada peor que la Llamarada, viejo. Si pudiéramos encontrar una cura…

No terminó la frase pero Thomas sabía muy bien qué estaba pensando. Cerró los ojos durante un segundo. Nada era blanco o negro. Todo era incierto y siempre lo sería.

Permanecieron callados durante un rato. Luego se les unieron Brenda y Jorge.

—Lo siento mucho —murmuró ella.

Minho masculló algo y Thomas asintió y la miró largamente, intentando comunicarle con los ojos lo mal que se sentía. Jorge permaneció sentado con la vista baja.

Brenda se aclaró la garganta.

—Sé que es duro, pero tenemos que pensar qué vamos a hacer.

Minho se puso de pie violentamente y la señaló con la mano.

—Brenda, tú puedes pensar toda la garlopa que se te ocurra. Nosotros acabamos de dejar a nuestro amigo con un montón de psicópatas —exclamó y se alejó furioso.

Los ojos de Brenda se posaron en Thomas.

—Perdón.

—Está bien —dijo, y se encogió de hombros—. Minho estuvo con Newt dos años antes de mi llegada al Laberinto. Necesita tiempo.

—Muchachos, estamos muy agotados —dijo Jorge—. Tal vez deberíamos tomarnos unos días para descansar y reflexionar.

—Claro —murmuró Thomas.

Brenda se inclinó hacia él y le apretó la mano.

—Ya se nos ocurrirá algo.

—Hay un solo lugar por donde comenzar —comentó Thomas—. Lo de Gally.

—Quizá tengas razón —dijo, y volvió a tomarle la mano. Luego la soltó y se levantó—. Vamos, Jorge. Preparemos algo de comer.

Los dos se alejaron dejando a Thomas a solas con su tristeza.

Después de una comida espantosa, durante la cual nadie pronunció más de dos palabras, cada uno se fue por su lado. Thomas vagaba por el Berg, sin dejar de pensar en Newt. Se le oprimía el corazón al reflexionar sobre lo que sería la vida de su amigo y el poco tiempo que le quedaba.

El sobre.

Por un instante, Thomas se quedó aturdido, luego corrió al baño y cerró la puerta. ¡La carta! En medio del caos del Palacio de los Cranks, se había olvidado por completo de ella. Newt le había dicho que sabría cuándo había llegado el momento de leerla. Tal vez tendría que haberlo hecho antes de dejarlo en aquel sitio repugnante. Si esa no había sido la ocasión apropiada, ¿entonces cuál sería?

Extrajo el sobre del bolsillo, lo rasgó y sacó la hoja de papel. Las luces tenues que enmarcaban el espejo iluminaron el mensaje con un cálido resplandor. Eran dos frases cortas:

Mátame. Si alguna vez fuiste mi amigo, por favor, mátame.

Esperando que las palabras cambiaran, Thomas las leyó una y otra vez. Pensar que su amigo había estado tan asustado como para haber tenido la previsión de escribir eso le daba náuseas. Y recordó lo enojado que se había mostrado Newt específicamente con él, en el bowling. Había querido evitar el destino inexorable de convertirse en un Crank.

Y Thomas le había fallado.

42

Decidió no contarles a los demás acerca del mensaje de Newt. No veía qué utilidad podía tener. Era hora de seguir adelante y lo hizo con una frialdad desconocida.

Pasaron dos noches, descansando y haciendo planes. Ninguno de ellos conocía demasiado la ciudad ni tenía buenos contactos. Las conversaciones siempre volvían a Gally y al Brazo Derecho. Ese grupo quería detener a CRUEL. Y si era cierto que la organización pensaba retomar las Pruebas con nuevos Inmunes, entonces Thomas y sus amigos tenían los mismos objetivos que el Brazo Derecho.

Gally. Debían volver a buscar a Gally.

En la mañana del tercer día, Thomas se duchó y luego se reunió con los demás para desayunar algo rápido. Tras dos días de estar sentados, era obvio que todos estaban ansiosos por salir. El plan consistía en ir al apartamento de Gally y empezar desde allí. Habían estado un poco preocupados por lo que Newt les había comentado —que algunos Cranks iban a fugarse del Palacio e ir a Denver— pero no habían tenido señales de ellos desde el aire.

Cuando estuvieron listos, los cuatro se juntaron en la escotilla.

—Dejen que yo hable nuevamente —dijo Jorge.

—Y cuando estemos adentro, buscaremos un taxi —sugirió Brenda.

—Bueno —masculló Minho—. Cortemos esta charla miertera y vámonos ya.

Thomas no podría haberlo expresado mejor. Ponerse en movimiento era lo único que sofocaría la desesperación que sentía por Newt y su mensaje fatal.

Jorge pulsó un botón y la inmensa rampa de la escotilla comenzó a descender. La puerta solo se había abierto por la mitad cuando divisaron a tres personas delante del Berg. En el momento en que el borde golpeó el piso con estruendo, Thomas comprendió que no se trataba de un comité de bienvenida.

Dos hombres y una mujer. Llevaban las mismas máscaras protectoras metálicas que Camisa Roja. Ellos empuñaban pistolas y ella sostenía un Lanzador. Sus caras estaban sucias y sudorosas y parte de la ropa estaba rasgada, como si para llegar allí hubieran tenido que abrirse paso a través de un ejército. Thomas deseó que fuera gente de seguridad, actuando con extrema cautela.

—¿Qué es esto? —preguntó Jorge.

—Cállate la boca, Muni —dijo uno de los hombres. Su voz mecánica hacía que sus palabras sonaran más siniestras—. Bajen con mucho cuidado o se arrepentirán. No intenten nada raro.

Thomas echó una mirada más allá de los agresores y se asombró al comprobar que ambos portones que conducían a Denver estaban abiertos de par en par y dos personas yacían sin vida en el angosto pasadizo que llevaba a la ciudad.

—Idiota, si comienzas a disparar eso, caeremos encima de ti como fieras —le advirtió Jorge—. Tal vez logres bajar a uno, pero igual los venceremos.

Thomas se dio cuenta de que era una amenaza inútil.

—No tenemos nada que perder —repuso el hombre—. Puedes hacer lo que quieras. Estoy seguro de que antes de que alguien logre dar un paso, voy a bajar a dos de ustedes —levantó el arma unos centímetros, apuntando a la cara de Jorge.

—Está bien —dijo Jorge y puso las manos sobre la cabeza—. Por ahora, tú ganas.

Minho emitió un gruñido.

—Eres un payaso con agallas —exclamó, y también levantó las manos—. Les conviene no descuidarse. Es lo único que les diré.

Thomas comprendió que no les quedaba otra opción que seguirles el juego. Con las manos en alto, fue el primero en descender por la rampa.

Los condujeron hacia la parte trasera del Berg, donde los esperaba una camioneta destartalada con el motor encendido. Una mujer con máscara protectora estaba sentada al volante y otros dos hombres con Lanzadores se hallaban en el asiento de atrás.

Uno de sus captores abrió la puerta lateral y les hizo una señal con la cabeza para que ingresaran.

–Adentro. Un movimiento en falso y comenzarán a volar las balas. Como ya les dije, no tenemos nada que perder. Y se me ocurren varias cosas mucho peores que privar al mundo de un par de Munis.

Sin dejar de evaluar sus posibilidades, Thomas ingresó en la parte trasera de la camioneta. *Cuatro contra seis*, pensó. Y ellos estaban armados.

–¿Quién les paga por robar Inmunes? –preguntó, mientras sus amigos se sentaban junto a él. Quería que alguien le confirmase lo que Teresa le había contado a Gally, que secuestraban a los Munis y los vendían.

Nadie respondió.

Las tres personas que los habían recibido al salir de la nave también se metieron en el vehículo y cerraron las puertas. Luego, apuntaron las armas hacia ellos.

–En el rincón, hay una pila de capuchas negras –indicó el líder del grupo–. Pónganselas. Y no me va a caer nada bien si pesco a alguno de ustedes espiando durante el camino. No nos gusta develar nuestros secretos.

Thomas suspiró: no tenía sentido discutir. Tomó una de las capuchas y la deslizó sobre la cabeza. El motor rugió y la camioneta arrancó de una sacudida dejándolo en la más completa oscuridad.

43

Fue un viaje sin sobresaltos, pero interminable. Y si había algo que Thomas no necesitaba era tener más tiempo para pensar. En especial, sin poder mirar a su alrededor. Cuando finalmente se detuvieron, ya se sentía mareado.

Apenas se abrió la puerta lateral de la camioneta, estiró instintivamente la mano para quitarse la capucha.

—No lo hagas —advirtió el líder con brusquedad—. No te atrevas a sacarte eso hasta que te avisemos. Ahora bajen, despacio y sin movimientos raros. No tenemos ganas de matarlos.

—Ya veo que eres un tipo recio —respondió Minho—. Eso es sencillo cuando uno tiene a seis personas armadas. ¿Por qué no…?

Su voz fue interrumpida por un golpe seco, y luego un gruñido sonoro.

Unas manos sujetaron a Thomas y lo arrastraron fuera del vehículo con tanta fuerza que casi se cae. Cuando recuperó el equilibrio, la misma persona lo empujó para llevarlo a otro sitio. Le costaba mucho mantener el paso.

Se quedó en silencio, mientras era conducido escaleras abajo y luego por un largo pasillo. Cuando se detuvieron escuchó el roce de una tarjeta de acceso, el clic de una cerradura y una puerta que se abría. El aire se llenó de murmullos, como si decenas de personas esperaran en el interior.

Le dieron un empujón y se tambaleó hacia adelante. De inmediato, se quitó la capucha de la cabeza justo cuando la puerta se cerraba detrás de él.

Thomas y sus amigos se encontraban en una habitación enorme atestada de gente que, en su mayoría, estaba sentada en el suelo. En el techo, unas luces débiles iluminaban las decenas de rostros que los contemplaban, algunos sucios, casi todos con rasguños y moretones.

Una mujer se acercó hacia ellos.

—¿Cómo andan las cosas allá afuera? —preguntó. Su cara arrugada expresaba temor y ansiedad—. Nosotros llevamos aquí unas horas, pero ya se había desatado el caos. ¿Se ha puesto peor?

—Nos encontrábamos en las afueras de la ciudad y nos atraparon en la entrada —respondió Thomas, y más gente se aproximó para escucharlo—. ¿Qué quieres decir con eso de que se había desatado el caos? ¿Qué pasó?

Ella bajó la mirada.

—Sin previo aviso, el gobierno declaró estado de emergencia. Después la policía, las máquinas de la poli, los detectores de la Llamarada, todos se esfumaron. Al parecer, al mismo tiempo. Cuando intentábamos entrar al edificio municipal, fuimos atrapados por estas personas. No tuvimos tiempo de reaccionar y averiguar qué estaba sucediendo.

—Nosotros éramos guardias del Palacio de los Cranks —dijo otro hombre—. Mucha gente como nosotros ha estado desapareciendo en forma extraña, de modo que, hace unos días, decidimos dejar todo y venir a Denver. También nos atraparon en el aeropuerto.

—¿Cómo puede ser que todo se haya puesto mal tan de repente? —preguntó Brenda—. Estuvimos acá tres días atrás.

El hombre lanzó una risa corta y amarga.

—La ciudad está plagada de idiotas que creen que han estado controlando el virus. Ha sido una agonía lenta y prolongada, pero al final todo explotó en nuestra propia cara. El mundo no tiene solución, el virus es demasiado fuerte. Algunos lo vimos venir desde hace mucho tiempo.

La mirada de Thomas recorrió el lugar. Al ver a Aris, se quedó helado.

—Minho, fíjate —dijo, dándole un codazo y señalando con la mano.

El chico del Grupo B ya había esbozado una sonrisa y se dirigía raudo hacia ellos. Detrás de él, Thomas divisó a un par de chicas que habían estado con Aris en el Laberinto. Quienesquiera que fueran las personas que los habían atrapado sabían hacer su trabajo.

El chico se acercó a Thomas y lo miró como si fuera a darle un abrazo, pero después le extendió la mano y Thomas se la estrechó.

—Me alegro de que estén bien —dijo.

—Lo mismo digo —repuso Thomas. Al ver el rostro familiar de Aris, descubrió que ya se había disipado aquella sensación amarga que le había quedado tras lo ocurrido en el Desierto—. ¿Dónde están los demás?

—La mayoría ya no está con nosotros. Otro grupo los apresó —dijo con amargura.

Antes de que Thomas pudiera procesar sus palabras, vio a Teresa. Tuvo que aclararse la garganta para librarse del nudo que súbitamente se le había formado.

—¿Teresa? —dejó escapar con dificultad.

—Hola, Tom —lo saludó—. Estoy tan feliz de verte, de saber que estás bien —comentó con los ojos húmedos por las lágrimas.

—Sí, yo también —por un lado, la odiaba y deseaba gritarle por haberlos abandonado en el cuartel general de CRUEL; pero por el otro, la había extrañado.

—¿Adónde fueron ustedes? —preguntó ella—. ¿Cómo lograron llegar hasta Denver?

—¿Qué quieres decir con eso de *adónde fuimos*? —indagó, confundido.

Ella lo miró fijo durante varios segundos.

—Tenemos mucho de qué hablar.

—¿Qué estás tramando ahora? —preguntó, entornando los ojos.

—No estoy… —comenzó a decir con voz desafiante—. Es obvio que hubo algunos malentendidos. Mira, la mayor parte de nuestro grupo fue capturado ayer por diferentes cazadores de recompensas. Es probable que ya hayan sido vendidos a CRUEL. Incluyendo a Sartén. Lo siento.

La imagen del cocinero surgió en la mente de Thomas. No estaba seguro de poder enfrentar la pérdida de otro amigo.

Minho se inclinó hacia ellos.

—Veo que estás tan alegre como siempre. ¡Cómo me agrada volver a disfrutar de tu luminosa presencia!

Teresa lo ignoró por completo.

—Tom, ellos nos van a trasladar pronto. Te pido por favor que vengas a hablar conmigo. A solas. Ahora.

Se odió a sí mismo por desear hablar con ella y trató de ocultar el entusiasmo.

—La Rata ya me dio su discurso solemne. No me digas que estás de acuerdo con él y crees que debería regresar a CRUEL.

—No tengo idea de lo que estás hablando —hizo una pausa como si estuviera reprimiendo su orgullo—. Por favor.

Thomas la observó un rato sin saber bien qué sentía. Brenda se encontraba muy cerca y era evidente que no estaba contenta de ver a Teresa.

—¿Vienes? —insistió y apuntó hacia un rincón alejado—. No hay mucho que hacer acá, salvo esperar. ¿Estás demasiado ocupado como para hablar conmigo?

Thomas tuvo que contenerse para no poner los ojos en blanco. Señaló un par de sillas vacías en el extremo opuesto de la gran habitación.

—Vamos, pero que sea rápido.

44

Thomas se sentó con la cabeza contra la pared y los brazos cruzados. Teresa se ubicó frente a él. Mientras se alejaban, Minho le había advertido que no creyera una sola de sus palabras.

—Bueno —dijo Teresa.

—¿Bueno qué?

—¿Por dónde empezamos?

—Esto fue idea tuya. Decide tú. Si no tienes nada que decir, concluimos acá.

Teresa suspiró.

—Tal vez podrías comenzar por no ser tan duro conmigo y dejar de actuar como un idiota. Sé que hice ciertas cosas en el Desierto, pero tú también sabes por qué las hice: para salvarte. En ese entonces, no sabía que todo estaba relacionado con Variables y Paradigmas. Podrías confiar en mí y hablarme como a una persona normal.

Antes de responder, Thomas dejó que el silencio flotara un poco en el aire.

—Está bien. Pero me dejaron en CRUEL, lo que demuestra…

—¡Tom! —gritó ella como si hubiera recibido una bofetada—. ¡Nosotros *no* te abandonamos! ¿Qué estás diciendo?

—¿Qué estás diciendo *tú*? —insistió, completamente confundido.

—¡No te dejamos! Salimos detrás de ustedes. ¡Fueron *ustedes* quienes nos abandonaron!

Thomas se quedó mirándola.

—¿Realmente piensas que soy tan estúpido?

—En las instalaciones de CRUEL solo se hablaba de que tú, Newt y Minho se habían fugado y estaban en algún lugar del bosque circundante. Los buscamos pero no hallamos rastros de ustedes. Desde ese momento, he tenido la esperanza de que hubieran logrado llegar a la civilización. ¿Por qué piensas que me emocioné tanto al verte con vida?

Thomas sintió que se despertaba en él ese enojo que le resultaba tan familiar.

—¿Cómo puedes esperar que crea eso? Es probable que supieras perfectamente lo que la Rata intentó decirme: que me necesitaban, que yo soy el "Candidato Final".

Teresa dejó caer los hombros.

—Crees que soy la persona más malvada del mundo, ¿no es cierto? Si hubieras recuperado tus recuerdos, como se suponía que lo harías, verías que soy la misma de antes. Lo que hice en el Desierto fue para salvarte y he estado intentando desde entonces compensarte por lo hecho.

A Thomas se le estaba haciendo difícil mantener el enojo, pues ella no parecía estar fingiendo.

—Teresa, ¿cómo esperas que te crea?

Ella levantó la mirada hacia él. Tenía los ojos vidriosos.

—Te juro que sé poco acerca del Candidato Final: esa cuestión fue desarrollada cuando ya estábamos en el Laberinto, de modo que no conservo recuerdos. Pero sí me enteré de que CRUEL no va a interrumpir las Pruebas hasta no tener el plano. Thomas, están preparándose para otra serie de experimentos. Comenzarán a examinar más Inmunes si las Pruebas no resultan suficientes. Y no puedo pasar otra vez por eso. Me fui para encontrarte. Eso es todo.

Thomas no respondió. Una parte de él deseaba creerle. Fervientemente.

—Lo siento tanto —agregó ella con un suspiro. Desvió la mirada y se pasó la mano por el pelo. Después de varios segundos, volvió los ojos hacia él—. Todo lo que puedo decirte es que estoy destrozada por dentro. Deshecha. Realmente creí que una cura sería posible y sabía que ellos necesitaban de ti para conseguirla. Pero ahora es diferente. Aun con los recuerdos recuperados, ya no pienso como antes. Las cosas nunca van a terminar.

Thomas no tenía nada que decir. Examinó el rostro de Teresa y percibió un dolor desconocido hasta entonces. Estaba diciendo la verdad.

Ella siguió hablando sin esperar que él contestara.

—Entonces me prometí a mí misma que haría lo que fuera necesario para reparar mis errores. Primero quería salvar a mis amigos y, de ser posible, a otros Inmunes. Y mira el éxito que tuve…

Thomas buscó las palabras adecuadas.

—Bueno, a nosotros no nos fue mucho mejor.

Teresa arqueó las cejas.

—¿Esperaban detenerlos?

—¿Qué importancia puede tener eso ahora que estamos por regresar a CRUEL?

Ella esperó un rato para responder. Thomas habría dado cualquier cosa por estar dentro de su mente, y no como antes. Por un instante, se sintió triste al pensar que habían compartido infinitas horas juntos que ya no recordaba. Alguna vez, habían sido amigos íntimos.

Finalmente, ella habló:

—Si existiera algo que pudiéramos hacer, espero que encuentres la manera de volver a confiar en mí. Sé que podemos convencer a Aris y a los demás de que nos ayuden. Ellos piensan igual que yo.

Thomas sabía que debía tener cuidado. Era extraño que, justo ahora que ella había recobrado los recuerdos, estuviera de acuerdo con él acerca de CRUEL.

—Ya veremos qué ocurre —concluyó él.

Ella frunció el ceño con firmeza.

—No confías en mí, ¿verdad?

—Ya veremos qué ocurre —repitió. No podía soportar la expresión dolida que había en el rostro de Teresa. Se puso de pie y se alejó, odiándose a sí mismo porque, después de todo lo que ella le había hecho, todavía le importaba.

45

Cuando Thomas regresó, encontró a Minho sentado con Brenda y Jorge. Su amigo no parecía muy feliz de verlo.

—¿Y qué te dijo esa traidora miertera?

Thomas se sentó a su lado. Varios desconocidos se habían congregado alrededor de ellos y estaban escuchando.

—¿Entonces? —lo apuró Minho.

—Dijo que la razón por la cual se fugaron fue porque habían descubierto que la gente de CRUEL estaba dispuesta a empezar todo de nuevo. Que estaban recolectando Inmunes, como nos contó Gally. Me juró que les habían hecho creer que nosotros ya habíamos escapado, y que nos buscaron —Thomas hizo una pausa pues sabía que a Minho no le gustaría lo que venía a continuación—. Y que quiere ayudarnos.

Minho sacudió la cabeza.

—Eres un tonto. No deberías haber hablado con ella.

—Gracias —repuso Thomas y se frotó la cara. Minho tenía razón.

—Detesto tener que entrometerme, *muchachos* —dijo Jorge—. Pueden pasarse el día discutiendo esas tonterías, pero no sirve de nada a menos que podamos largarnos de este agradable rinconcito, sin importar de qué lado esté cada uno.

En ese mismo instante, se abrió la puerta de la habitación e ingresaron tres de sus captores con grandes bolsas. Detrás de ellos, apareció otro con un Lanzador y una pistola. Recorrió el recinto para ver si había algún problema, mientras los primeros comenzaron a distribuir lo que había en el interior de las bolsas: pan y botellas de agua.

—¿Por qué siempre nos metemos en estos líos? —preguntó Minho—. Al menos antes podíamos culpar a CRUEL de todo lo que nos sucedía.

—Bueno, en realidad todavía podemos —murmuró Thomas.

Minho lanzó una sonrisa burlona.

—Menos mal. Esos malditos garlopos…

A medida que la gente comenzó a comer, un silencio incómodo fue envolviendo la habitación. Si pretendían continuar con la charla, tenían que susurrar.

Minho le dio un leve codazo.

—Solo uno de ellos está armado —murmuró—. Y no parece tan terrible. Estoy seguro de que puedo encargarme de él.

—Quizás —respondió Thomas en voz muy baja—. Pero no hagas ninguna tontería. Además del Lanzador tiene una pistola. Y, hazme caso, no te agradaría recibir un disparo de ninguno de los dos.

—Sí, claro, tú hazme caso a mí esta vez —dijo Minho guiñándole el ojo, ante lo cual Thomas simplemente suspiró. Las posibilidades de realizar un ataque exitoso eran escasas.

Los secuestradores se acercaron a ellos. Thomas recogió un pan y una botella de agua, pero cuando el hombre intentó entregarle pan a Minho, él lo apartó con el brazo.

—¿Por qué habría de aceptar algo de ti? Seguramente está envenenado.

—Por mí puedes morirte de hambre —replicó el hombre y siguió de largo.

Había dado tan solo unos pocos pasos cuando Minho se puso de pie de un salto y le hizo un tacle al hombre que sostenía el Lanzador. Thomas retrocedió justo en el momento en que el arma se deslizaba de sus manos lanzando una descarga. La granada salió disparada hacia el techo y explotó en un despliegue de fuegos artificiales. Minho se abalanzó sobre su secuestrador, que continuaba en el piso, y comenzó a golpearlo mientras luchaba por asir la pistola con la mano libre.

Por unos segundos, todos se paralizaron. Pero antes de que Thomas pudiera reaccionar, la situación explotó. Los otros tres guardias dejaron caer las bolsas para atrapar a Minho, pero enseguida seis personas se arrojaron encima de ellos y los derribaron. Jorge ayudó a Minho a mantener al guardia inmovilizado contra el piso y le aplastó el brazo con el pie hasta que por fin el hombre soltó la pistola. Minho la pateó hacia el otro lado del recinto y una mujer la levantó. Thomas notó que Brenda había tomado el Lanzador.

—¡Deténganse! —gritó ella, apuntando hacia los secuestradores.

Minho se incorporó cuando Thomas alcanzó a ver que el tipo que estaba en el piso tenía el rostro cubierto de sangre. La gente arrastró a los otros tres guardias junto a su compañero y los colocó boca arriba y en fila, uno al lado del otro.

Todo había sucedido con tanta rapidez que Thomas seguía inmóvil, pero de inmediato se puso a trabajar.

—Tenemos que hacerlos hablar —dijo—. Hay que apurarse antes de que lleguen más refuerzos.

—¡Deberíamos dispararles en la cabeza! —gritó un hombre—. Matarlos y largarnos de aquí —afirmó y varios dieron voces de aprobación.

El grupo se había transformado en una turba enardecida. Si quería información, Thomas tendría que actuar rápidamente antes de que la situación se descontrolara. Se encaminó hacia la mujer que sostenía el arma y la convenció de que se la entregara. Luego se arrodilló junto al tipo que le había dado el pan y le apoyó el arma en la sien.

—Voy a contar hasta tres. Comienzas a decirme qué planea hacer CRUEL con nosotros y dónde ibas a encontrarte con ellos o aprieto el gatillo. Uno…

El hombre no vaciló.

—¿CRUEL? No tenemos nada que ver con ellos.

—Estás mintiendo. Dos…

—¡No, lo juro! ¡No forman parte de esto! Por lo menos, que yo sepa.

—¡No me digas! ¿Entonces podrías explicarme por qué andas secuestrando a personas inmunes?

El hombre miró de soslayo a su amigo, y luego respondió con la vista fija en Thomas.

—Trabajamos para el Brazo Derecho.

46

—¿Qué quieres decir con eso de que trabajan para el Brazo Derecho? —preguntó Thomas. No tenía sentido.

—No entiendo qué me estás preguntando —dijo el hombre—. Trabajo para el maldito Brazo Derecho. ¿Por qué te resulta tan difícil de entender?

Confundido, Thomas apartó el arma y se sentó.

—¿Entonces por qué andas capturando Inmunes?

—Porque se nos da la gana —agregó sin quitar los ojos del arma—. No hay nada más que debas saber.

—Dispárale y pasa al siguiente —gritó alguien entre la multitud.

Thomas se inclinó sobre el hombre una vez más y presionó la pistola contra la sien.

—Teniendo en cuenta que yo sostengo el arma, eres increíblemente valiente. Voy a contar nuevamente hasta tres. Dime por qué ellos habrían de querer Inmunes o pensaré que estás mintiendo. Uno...

—Niño, tú sabes que no miento.

—Dos...

—No vas a matarme. Puedo verlo en tu mirada.

El hombre lo había puesto en evidencia. Thomas no podía dispararle en la cabeza a un extraño. Levantó el arma con un suspiro.

—Si trabajas para ese grupo, se supone que estamos en el mismo bando. Cuéntanos qué está sucediendo.

El captor se incorporó lentamente y lo mismo hicieron sus tres amigos. El de la cara ensangrentada gruñó por el esfuerzo.

—Si quieres respuestas —dijo uno—, entonces tendrás que preguntarle al jefe. Nosotros no sabemos nada.

—En serio —acotó el que se hallaba al lado de Thomas—. No somos importantes.

Brenda se aproximó con el Lanzador.

—¿Y cómo llegamos a tu jefe?

El hombre levantó los hombros.

—No tengo la menor idea.

De un resoplido, Minho le arrebató el arma a Thomas.

—Suficiente garlopa para mí —exclamó y apuntó el arma al pie del hombre—. Bien, no te mataremos, pero si no empiezas a hablar ya mismo, dentro de tres segundos te van a arder los dedos terriblemente. Uno…

—Ya lo dije, no sabemos nada —la cara del tipo estaba atravesada por la furia.

—Muy bien —comentó Minho y disparó la pistola.

Atónito, Thomas contempló al hombre que se sujetaba el pie y gemía del dolor. Minho le había disparado en el dedo más pequeño. La parte del zapato y el mismo dedo habían desparecido y en su lugar había una herida que sangraba.

—¿Cómo pudiste hacer eso? —gritó la mujer que se encontraba en el piso al lado del herido. Extrajo una pila de servilletas de sus pantalones y las apoyó con fuerza contra el pie.

Thomas no podía creer que Minho realmente lo hubiera hecho, pero sintió respeto por su amigo. Él nunca habría apretado el gatillo y, si no conseguían respuestas en ese mismo instante, jamás lo harían. Le echó una mirada a Brenda, quien se encogió de hombros como muestra de que estaba de acuerdo. Con expresión inescrutable, Teresa observaba a cierta distancia.

Minho insistió.

—Bueno, mientras ella intenta hacer algo con ese pobre dedo, es mejor que alguien se largue a hablar. Dígannos qué está sucediendo o vamos a perder otro dedo —agitó el arma hacia la mujer y después hacia los otros dos guardias—. ¿Para qué están secuestrando gente?

—Ya les dijimos, no sabemos nada —respondió la mujer—. Ellos nos pagan y nosotros hacemos lo que nos piden.

—¿Y tú? —preguntó Minho dirigiendo el arma hacia uno de los hombres—. ¿Deseas decir algo… conservar un dedo o tal vez dos?

El tipo agitó los brazos.

—Te juro por mi madre que no sé nada. Pero…

De inmediato, pareció arrepentirse de la última palabra. Echó una mirada rápida a sus amigos y su rostro palideció.

—¿Pero qué? Lárgalo ya. Sé que ocultas algo.

—Nada.

—¿Es necesario que sigamos jugando a este juego? —preguntó Minho y colocó el arma directamente contra su pie—.Ya me harté de contar.

—¡Espera! —gritó el guardia—. Está bien, escucha.Algunos de ustedes podrían venir con nosotros y preguntarles directamente. No sé si les permitirán hablar con el que está a cargo, tal vez sí. No voy a dejar que me saquen un dedo sin una buena razón.

—Muy bien —dijo Minho mientras retrocedía y le indicaba al hombre que se pusiera de pie—. Eso no estuvo tan mal.Vayamos a visitar a tu jefe.Tú, mis amigos y yo.

Un coro de voces estalló en la habitación. Nadie quería quedarse y tampoco pensaban expresarlo de manera discreta.

La mujer que estaba con los guardias se levantó y comenzó a gritar. La multitud hizo silencio.

—¡Estarán mucho más seguros aquí! Créanme. Si todos intentamos llegar al sitio adonde tenemos que ir, les puedo asegurar que la mitad no lo logrará. Si estos tipos quieren ver al jefe, dejen que ellos arriesguen su cuello. Una pistola y un Lanzador no servirán de nada allá afuera. Pero aquí adentro, no hay ventanas y podemos trabar la puerta.

Cuando terminó, otra catarata de quejas inundó el lugar. La mujer se volvió hacia Minho y Thomas, y les habló por encima del alboroto.

—Escuchen, allá afuera es muy peligroso. Si fuera ustedes, no llevaría más que un par de personas. Cuantos más sean, más llamarán la atención —se interrumpió para examinar el salón—.Y yo no me demoraría mucho. Por lo que veo, esta gente se está impacientando. Pronto, no habrá forma de contenerlos. Y afuera…

Contrajo los labios con fuerza y luego prosiguió.

—Hay Cranks por todos lados. Matan a cualquiera que se interponga en su camino.

47

Cuando Minho apuntó el arma al techo y disparó, Thomas dio un salto. El ruido de la multitud se extinguió en el más completo silencio.

Minho no tuvo que proferir una sola palabra. Le hizo un gesto a la mujer para que hablase.

—Fuera de aquí, reina la locura. Todo sucedió muy rápido. Como si los Cranks hubieran estado al acecho esperando la señal para atacar. Esta mañana, dominaron a la policía y abrieron las puertas. Algunos del Palacio también se unieron a ellos. Ahora están diseminados por todos lados —luego hizo una pausa y se tomó unos segundos para responder algunas miradas—. Les aseguro que el exterior no es nada agradable y les juro que nosotros somos los buenos. No sé qué es lo que ha planeado el Brazo Derecho, pero sí sé que una parte de ese plan incluye sacarnos a todos de Denver.

—¿Entonces por qué nos tratan como prisioneros? —gritó alguien.

—Solo estoy haciendo aquello para lo que me contrataron —volvió la atención hacia Thomas y continuó—. Es una idea estúpida marcharse de aquí pero, como ya les dije, si van a hacerlo es mejor que no sean más de dos personas. Si esos Cranks divisan un grupo grande de carne fresca deambulando por los alrededores, será el fin. Con o sin armas. Y quizás al jefe no le agrade que aparezca una multitud. Si nuestros guardias ven venir una camioneta llena de desconocidos, es probable que empiecen a disparar.

—Iremos Brenda y yo —exclamó Thomas. No sabía que diría algo así hasta que brotó de su boca.

—Ni hablar —repuso Minho sacudiendo la cabeza—. Voy contigo.

Minho tenía un temperamento explosivo. Brenda pensaba antes de actuar y eso era lo que necesitaban para salir de allí con vida. Además, Thomas no quería perderla de vista. Así de simple.

—Iré con ella. Nos fue bastante bien en el Desierto. Podemos hacerlo.

—¡Ni lo sueñes, viejo! —exclamó Minho. Thomas podía jurar que su amigo se sentía herido—. No deberíamos separarnos. Tendríamos que ir los cuatro, será más seguro.

—Minho, necesitamos que alguien se quede aquí para hacerse cargo de la situación —dijo Thomas y hablaba en serio. Tenían una habitación llena de gente que podría ayudarlos a destruir a CRUEL—. Y, aunque odio tener que decirlo, hay otra cuestión más. ¿Y si nos pasara algo a nosotros? Quédate acá y ocúpate de que nuestros planes se lleven a cabo. Minho, ellos tienen a Sartén. Y quién sabe a cuántos más. Dijiste una vez que yo debería ser el Encargado de los Corredores. Bueno, déjame serlo hoy. Confía en mí. Como dijo la mujer: cuantos menos seamos, mayores posibilidades tendremos de pasar desapercibidos.

Thomas posó los ojos en Minho y esperó una respuesta, que tardó un rato en llegar.

—Está bien —dijo finalmente—. Pero si mueres, no voy a ponerme contento.

—Buena esa —comentó Thomas asintiendo con la cabeza. No había evaluado cuánto significaba que Minho todavía creyera en él. Le daba el valor que le faltaba para hacer lo que tenía por delante.

El hombre que había sugerido que podrían llevarlos a ver a su jefe terminó siendo el guía. Se llamaba Lawrence y, a pesar de lo que había en el exterior, parecía impaciente por salir de esa habitación atestada de gente furiosa. Destrabó la puerta y les hizo una seña a Thomas y a Brenda para que lo siguieran: Thomas con la pistola y Brenda con el Lanzador.

Retomaron el largo pasillo y Lawrence se detuvo frente a la puerta de salida. La luz débil del techo iluminó el rostro del hombre y Thomas pudo ver que estaba preocupado.

—Bueno, tenemos que tomar una decisión. Si vamos caminando, tardaremos un par de horas, pero es más probable que lleguemos. Es más fácil esconderse a pie, que con la camioneta.

—Velocidad versus cautela —señaló Thomas y le echó una mirada a Brenda—. ¿Qué opinas?

—Camioneta —respondió ella.

—Sí —concordó Thomas. La imagen del Crank del día anterior con la cara bañada en sangre se había convertido en una obsesión—. La idea de andar caminando por allá afuera me aterra. Sin dudarlo, me quedo con la camioneta.

Lawrence hizo un gesto afirmativo.

—Bueno, entonces eso haremos. Mantengan la boca cerrada y las armas listas. Lo primero que tenemos que hacer es entrar en el vehículo y trabar las puertas. Está justo delante de la puerta. ¿Vamos?

Thomas arqueó las cejas, miró a Brenda y ambos asintieron. Estaban más listos que nunca.

Lawrence metió la mano en el bolsillo, sacó varias tarjetas de acceso y destrabó todos los cerrojos que estaban alineados en la pared. Con las tarjetas apretadas en el puño, apoyó el cuerpo contra la puerta y la abrió poco a poco. Afuera, un farol solitario relucía débilmente en la oscuridad. Thomas se preguntó cuánto tiempo más aguantaría la electricidad antes de cortarse, como ocurriría a la larga con los demás servicios. En pocos días, Denver podría ser una ciudad fantasma.

A unos seis metros, distinguió la camioneta estacionada en un callejón angosto. Lawrence asomó la cabeza, miró a ambos lados y volvió a meterla.

—Al parecer, está despejado. Vámonos.

Los tres salieron sigilosamente. Thomas y Brenda corrieron hacia la camioneta mientras Lawrence aseguraba la puerta. Thomas estaba alerta y lleno de energía. Por la ansiedad, no dejaba de mirar la calle una y otra vez, seguro de que en cualquier momento aparecería un Crank volando por el aire. Sin embargo, a pesar de que alcanzó a oír el sonido lejano de una risa maníaca, el lugar se encontraba desierto.

Los seguros del vehículo se destrabaron. Brenda abrió la puerta y se deslizó en el interior al mismo tiempo que Lawrence. Thomas se unió a ellos en el asiento delantero y cerró la puerta. De inmediato, el conductor trabó los seguros y encendió el motor. Estaba a punto de acelerar cuando se escuchó un fuerte estallido sobre sus cabezas y el vehículo se sacudió con un par de golpes secos. Luego, silencio. Unos segundos después, el sonido sordo de una tos.

Alguien había saltado sobre el techo de la camioneta.

48

Las manos de Lawrence se aferraron con fuerza al volante y la camioneta salió despedida hacia adelante. Thomas observó por las ventanillas traseras, pero no vio nada. De alguna manera, la persona que se hallaba arriba del vehículo había logrado afirmarse.

En el momento en que Thomas volvió a mirar hacia el frente, una cara comenzó a descender por el parabrisas delantero, observándolos boca abajo. Era una mujer. El viento azotó su pelo mientras Lawrence salía a toda velocidad por el callejón. Cuando los ojos de la mujer se toparon con los de Thomas, ella esbozó una sonrisa. Sus dientes estaban sorprendentemente perfectos.

—¿De qué está agarrada? —gritó Thomas.

—Quién sabe. Pero no puede durar mucho —respondió Lawrence con voz tensa.

Sin dejar de mirar a Thomas, la mujer liberó una de sus manos, la apretó en un puño y empezó a golpear el vidrio. *Bum, bum, bum.* La sonrisa amplia, los dientes brillantes bajo la luz del farol.

—¿Podrías deshacerte de ella de una vez? —exclamó Brenda.

—Está bien —dijo Lawrence y aplastó los frenos.

La mujer voló por el aire, con los brazos girando como un molino y las piernas abiertas, y se estrelló contra el piso.

Thomas apretó los ojos y luego hizo un esfuerzo para ver qué había sido de ella. De manera asombrosa, ya se estaba poniendo de pie sin dejar de temblar. Recobró el equilibrio y se volvió despacio hacia ellos: las luces delanteras de la camioneta iluminaron con intensidad todo su cuerpo. Ya no sonreía. Los labios se habían contraído en un gruñido feroz y un gran hematoma enrojecía el costado de su rostro. Los ojos volvieron a dirigirse hacia Thomas y él se estremeció.

Lawrence aceleró el motor. Parecía que la mujer iba a arrojarse frente al vehículo, para detenerlo, pero en el último segundo retrocedió y los observó pasar. Thomas no podía dejar de contemplarla; la Crank tenía el ceño fruncido y la mirada despejada, como si comprendiera lo que acababa de hacer. Como si todavía quedara algo de la persona que alguna vez había sido.

Todo eso fue muy duro para él.

—Era una mezcla de persona sana y loca a la vez —comentó.

—Puedes dar gracias de que haya sido solo una —masculló Lawrence.

Brenda le dio un apretón a Thomas en el brazo.

—Es duro contemplarlo. Sé lo que significó para Minho y para ti ver lo que le había sucedido a Newt.

Thomas no contestó, y apoyó su mano sobre la de ella.

Al llegar al final del callejón, Lawrence dio un volantazo hacia la derecha y accedió a una calle más grande. Más adelante, se veían grupitos de gente desparramados por el área. Algunos parecían estar peleando pero la mayoría escarbaba entre la basura y comía algo que Thomas no podía distinguir bien qué podría ser. Rostros atormentados y espectrales los miraban pasar.

Dentro de la camioneta nadie hablaba, como si eso evitara alterar a los Cranks.

—No puedo creer que haya sucedido con tanta rapidez —dijo Brenda finalmente—. ¿Piensas que habían planeado tomar Denver? ¿Realmente podían *organizar* algo semejante?

—Es difícil saberlo —respondió Lawrence—. Hubo indicios: comenzaron a desaparecer ciudadanos y representantes del gobierno, y se descubrieron cada vez más infectados. Pero parece que una enorme cantidad de esos imbéciles estaban escondidos, esperando el momento apropiado para atacar.

—Sí —dijo Brenda—. Da la impresión de que los Cranks superaron en número a la gente sana. Una vez que el equilibrio se rompe, todo el sistema se desmorona.

—¿A quién le importa cómo ocurrió? —dijo Lawrence—. La cuestión es que es así. Miren alrededor. Este sitio se ha convertido en una pesadilla —señaló, y disminuyó la velocidad para dar una curva pronunciada que los condujo a un largo callejón—. Casi llegamos. Ahora tenemos que ser más cuidadosos —apagó las luces y volvió a acelerar.

Mientras recorrían las calles de la ciudad, el día se fue oscureciendo cada vez más hasta que Thomas no pudo ver más que sombras largas y amorfas. No podía evitar imaginar que, de repente, alguno daría un salto y se arrojaría sobre la camioneta.

—Tal vez no deberías conducir tan rápido.

—No te preocupes —repuso el hombre—. He viajado miles de veces por este camino. Lo conozco como la palma…

Thomas salió proyectado hacia delante y luego volvió bruscamente hacia el asiento gracias al cinturón de seguridad. Habían chocado contra algo, que había quedado atascado debajo del vehículo. Por el sonido, parecía ser algo metálico. La camioneta se sacudió un par de veces y luego se detuvo.

—¿Qué fue eso? —susurró Brenda.

—No lo sé —replicó Lawrence en voz aún más baja—. Tal vez un cubo de basura o algo así. Casi me muero de miedo.

Avanzó lentamente y un chirrido estridente impregnó el aire. A continuación, un golpe sordo, otro estallido y todo quedó en silencio.

—Ya se desenganchó —murmuró Lawrence aliviado. Después siguió andando, pero más despacio.

—Quizá deberías encender las luces nuevamente —sugirió Thomas, impresionado por lo rápido que latía su corazón—. No se ve nada.

—Sí —añadió Brenda—. De todos modos, estoy segura de que si había alguien allí tuvo que oír el estruendo.

—Supongo que sí —acotó Lawrence y las encendió.

El callejón se iluminó con un rocío de luz blanca y azulada que, comparado con la oscuridad anterior, parecía brillar más que el sol. Thomas entornó los ojos ante el resplandor y luego los abrió totalmente: un soplo de horror se arremolinó en su interior. A unos seis metros delante de ellos, unas treinta personas, amontonadas, bloqueban todo el camino.

Sus rostros estaban pálidos y demacrados, llenos de arañazos y moretones. De sus cuerpos colgaba ropa sucia y rasgada. Permanecían de pie, imperturbables, con la mirada fija en las luces del vehículo. Parecían cadáveres resucitados de entre los muertos.

Thomas se estremeció por los escalofríos que helaban todo su cuerpo.

La multitud comenzó a separarse, de manera sincronizada. Fueron abriendo un gran espacio en el centro, mientras retrocedían hacia los costados del callejón. Después, uno de ellos agitó el brazo para indicarle a la camioneta que podía seguir adelante.

—Estos Cranks son terriblemente educados —susurró Lawrence.

49

—Tal vez todavía no estén más allá del Final —repuso Thomas, aunque la afirmación le resultó ridícula incluso a él—. O quizá no se encuentren de humor para que una camioneta los arrolle.

—Bueno, acelera —dijo Brenda—. Antes de que cambien de opinión.

Para tranquilidad de Thomas, Lawrence le hizo caso y el vehículo se disparó hacia adelante sin reducir la velocidad. Alineados contra las paredes, los Cranks los observaban fijamente. Al ver de tan cerca los rasguños, la sangre, los moretones y los ojos desquiciados, Thomas volvió a estremecerse.

Estaban aproximándose al final del grupo cuando sonaron varios estallidos. La camioneta dio unos tumbos, giró con violencia hacia la derecha y se incrustó contra el muro del callejón, apretando a dos Cranks contra la pared. A través del parabrisas, Thomas contemplaba horrorizado los aullidos de agonía y los puños ensangrentados que martillaban el frente del vehículo.

—Maldición —bramó Lawrence mientras ponía marcha atrás.

Entre chirridos y sacudidas, retrocedieron varios metros. Los dos Cranks cayeron al suelo y de inmediato fueron atacados por aquellos que se hallaban próximos a la camioneta. Invadido por un terror nauseabundo, Thomas desvió la mirada con rapidez. Otros Cranks comenzaron a golpear el vehículo con los puños. Al mismo tiempo, los neumáticos giraban y chirriaban sin lograr adherirse al suelo. La combinación de ruidos se asemejaba a una pesadilla.

—¿Qué pasa? —exclamó Brenda.

—¡Les hicieron algo a los neumáticos! O a los ejes. ¡No sé!

Lawrence intentaba una y otra vez dar marcha atrás, pero apenas se movieron unos centímetros. Una mujer de pelo desgreñado se acercó a la ventanilla de Thomas. Sostenía con ambas manos una pala inmensa, que descargó con toda su furia contra el vidrio, pero este no cedió.

—¡Tenemos que largarnos de aquí ya! —gritó Thomas. Impotente, no se le ocurrió qué más decir. Se habían comportado como unos estúpidos al permitirse caer en una trampa tan obvia.

Lawrence continuaba acelerando, pero solo lograba sacudirse hacia adelante y hacia atrás. Desde el techo llegaron una serie de golpes reconocibles: había alguien allí arriba. Los Cranks ya rodeaban todo el vehículo y atacaban las ventanillas con todo lo que tenían a mano, desde palos de madera hasta sus propias cabezas. La mujer con la pala no se daba por vencida y golpeaba una y otra vez el cristal. Después de la quinta o sexta vez, una rajadura fina atravesó la ventanilla.

El pánico iba en aumento y Thomas sintió que se le obstruía la garganta.

—¡Va a romper el vidrio!

—¡Sácanos de acá! —chilló Brenda al mismo tiempo.

La camioneta se movió unos centímetros, lo suficiente como para que la mujer errara el siguiente golpe. Desde arriba, alguien aplastó una maza contra el parabrisas y una tela de araña enorme y blanca se dibujó en él.

Otra vez, la camioneta dio unos tumbos hacia atrás. El hombre que empuñaba la maza se desplomó sobre el capó antes de golpear nuevamente el vidrio y aterrizó en la calle. Un Crank con un tajo profundo en la cabeza calva arrancó la herramienta de su mano y aporreó dos veces más el vehículo, hasta que otro grupo comenzó a luchar con él para quitarle la maza. Las rajaduras del parabrisas nublaban casi por completo la visión desde el interior de la camioneta.

Desde atrás, les llegó el sonido de vidrios rotos. Un brazo había ingresado por un orificio de la ventana trasera y los bordes irregulares rasgaban su piel. Thomas se desabrochó el cinturón y se deslizó hacia esa parte de la camioneta. Tomó lo primero que encontró: un instrumento largo de plástico con un cepillo en un extremo y una punta filosa en el otro, era un pico para la nieve. Gateó hasta la fila de asientos del medio. Descargó la herramienta en el brazo del Crank una vez, dos, tres veces. Aullando, este retiró el brazo mientras los trozos de vidrio caían en el pavimento.

—¿Quieres el Lanzador? —le preguntó Brenda.

—¡No! —gritó Thomas—. Es demasiado grande para usar aquí adentro—. ¡Busca la pistola!

La camioneta dio unos tumbos hacia adelante y luego volvió a detenerse. Thomas se golpeó la cara contra uno de los asientos del medio y el dolor se extendió por la mejilla y el mentón. Observó a un hombre y a una mujer desprendiendo los vidrios partidos de la ventanilla rota. A medida que el agujero se agrandaba, mayor era la cantidad de sangre que chorreaba por los costados de la ventana.

—¡Aquí tienes! —gritó Brenda.

Él tomó el arma, apuntó y disparó una vez, luego otra más y los Cranks se desplomaron en el piso. Los aullidos de agonía quedaron ahogados por los chirridos de los neumáticos, el exceso de trabajo del motor y los embates de los Cranks.

—¡Creo que estamos perdidos! —rugió Lawrence—. ¡No sé qué diablos hicieron!

Thomas lo miró: su rostro estaba empapado de sudor. En el centro de la tela de araña del parabrisas, se había formado un agujero. Las grietas proliferaban en todas las demás ventanillas: ya resultaba casi imposible distinguir lo que sucedía en el exterior. Brenda sostenía el Lanzador, lista para dispararlo si la situación se tornaba completamente desesperada.

La camioneta se movió hacia atrás, después hacia adelante y otra vez hacia atrás. Parecía que Lawrence había logrado controlarla un poco más y se sacudía menos. Dos pares de brazos se introdujeron por el gran hueco de la parte de atrás y Thomas lanzó otros dos disparos. Se oyeron gritos y la cara de una mujer, retorcida y repugnante, con los dientes cubiertos de mugre, apareció en la ventana.

—Chico, déjanos entrar —dijo con un tono casi inaudible—. Solo queremos comida. Danos algo de comer. *¡Déjame entrar!*

Profirió las últimas palabras a los gritos y empujó la cabeza a través de la abertura como si realmente pensara que podía pasar por ella. A pesar de que Thomas no quería dispararle, levantó la pistola por si lograba entrar de alguna manera. Pero la camioneta volvió a sacudirse y la mujer se cayó. Los bordes de la ventana destrozada quedaron cubiertos de sangre.

Thomas se afirmó esperando que el vehículo retrocediera nuevamente. No obstante, después de una frenada corta y violenta, la camioneta adelantó algo más de un metro en la dirección correcta. Y luego otro poco más.

—¡Creo que lo conseguí! —aulló Lawrence.

Nuevamente hacia adelante, casi tres metros. Los Cranks aguantaban lo mejor que podían. El breve período de silencio que siguió después de que se rezagaran, no duró mucho. Enseguida, los gritos y los golpes volvieron a comenzar. Blandiendo un cuchillo largo, un hombre introdujo el brazo por el hueco de la ventanilla trasera y empezó a lanzar cuchilladas ciegamente hacia todos lados. Thomas levantó la pistola y apretó el gatillo. ¿Cuántos había matado? ¿Tres? ¿Cuatro? ¿*Realmente* lo había hecho?

Con un último chirrido, terrible e interminable, la camioneta salió disparada hacia adelante y ya no se detuvo. Sufrió algunas sacudidas al chocar contra los Cranks que se interponían en su camino, y luego se niveló y comenzó a levantar velocidad. Thomas echó una mirada por el vidrio trasero y vio cuerpos que se desplomaban del techo hacia la calle. Unos pocos Cranks intentaron darles caza, pero pronto los dejaron atrás.

Thomas se desplomó en el asiento, apoyó la espalda y se quedó observando el techo abollado. Tratando de retomar el control de sus emociones, inhaló varias veces de manera profunda. Percibió vagamente que Lawrence apagaba la única luz que no estaba destrozada, realizaba dos curvas más y se deslizaba a través de la puerta abierta de un garaje, que se cerró apenas estuvieron dentro.

50

Cuando la camioneta se detuvo y Lawrence apagó el motor, el universo de Thomas quedó envuelto en el silencio. Solo escuchó el rumor de la sangre que fluía por su cabeza. Cerró los ojos e intentó disminuir el ritmo de la respiración. Durante un par de minutos, ninguno abrió la boca hasta que Lawrence rompió el mutismo.

—Están afuera, alrededor de nosotros, esperando que salgamos.

Thomas se incorporó y miró hacia adelante. Del otro lado de las ventanillas rotas, la oscuridad era total.

—¿Quiénes? —preguntó Brenda.

—Los guardias del jefe. Ellos saben que esta es una de sus camionetas pero no se acercarán hasta que no bajemos y puedan vernos. Tienen que confirmar quiénes somos. Supongo que debe haber unas veinte armas apuntándonos.

—¿Y qué hacemos? —indagó Thomas. Todavía no estaba preparado para otra confrontación.

—Salimos despacito. Me reconocerán de inmediato.

Thomas se arrastró por encima de los asientos.

—¿Bajamos todos al mismo tiempo o debería ir uno de nosotros primero?

—Yo bajo primero y les digo que está todo bien. Cuando golpee la ventanilla, ya pueden salir —respondió Lawrence—. ¿Listos?

—Supongo —dijo Thomas con un suspiro.

—Sería horrible —agregó Brenda— que nos dispararan después de haber pasado por todo esto. Estoy segura de que en este preciso instante parezco una Crank.

Lawrence abrió su puerta y Thomas esperó ansioso la señal. El golpeteo en el chasis lo sobresaltó, pero estaba listo.

Brenda abrió la puerta despacio y descendió. Forzando la vista para ver en la negrura, Thomas la siguió. El lugar estaba completamente a oscuras.

Se escuchó un fuerte chasquido y el recinto quedó bañado instantáneamente por una luz blanca y brillante. Thomas se llevó las manos al rostro y apretó los ojos. Luego, las usó como visera y entornó la vista. Montado en un trípode, un reflector enorme apuntaba directamente a ellos. Solo pudo distinguir dos siluetas a ambos lados del aparato. Recorrió el lugar y comprobó que, como Lawrence lo había anunciado, había al menos otras doce personas que sostenían todo tipo de armas.

—Lawrence, ¿eres tú? —exclamó un hombre y el eco de su voz resonó a través de los muros de hormigón. Era imposible adivinar quién había hablado.

—Sí, soy yo.

—¿Qué le pasó a nuestra camioneta y quién es esta gente? No me digas que metiste infectados aquí adentro.

—En el callejón, no muy lejos de aquí, nos atacó un grupo enorme de Cranks. Y ellos son Munis. Me obligaron a que los trajera aquí. Quieren ver al jefe.

—¿Por qué? —preguntó la misma persona.

—Dicen que…

El hombre lo interrumpió súbitamente.

—No, quiero que ellos mismos me lo digan. Den sus nombres y expliquen por qué forzaron a uno de los nuestros a venir aquí y a destrozar uno de los escasos vehículos que aún nos quedaban. Y es mejor que tengan una buena razón.

Thomas y Brenda intercambiaron miradas para decidir quién debía hablar y Brenda le hizo una seña para que fuera él.

Thomas desvió los ojos hacia el reflector y se dirigió a la persona que se hallaba a la derecha, suponiendo que era la que había hablado.

—Me llamo Thomas. Ella es Brenda. Conocemos a Gally, estuvimos con él en CRUEL y, hace unos días, nos habló del Brazo Derecho y de lo que ustedes estaban haciendo. Nos comprometimos a colaborar, pero no de esta forma. Solo deseamos saber qué están planeando y por qué están secuestrando a gente inmune. Creí que esa era la forma de actuar de CRUEL.

El tipo comenzó a reírse.

—Les permitiré que vean al jefe, solo para que se saquen de la cabeza esa condenada idea de que nosotros podríamos llegar a ser algo parecido a CRUEL.

Thomas hizo un gesto de indiferencia.

—Bueno. Vayamos a ver a tu jefe —señaló. El disgusto que el hombre había demostrado por CRUEL le pareció sincero. No obstante, no estaba claro por qué habían tomado a toda esa gente.

—Hijo, espero que estés diciendo la verdad —dijo el tipo—. Lawrence, tráelos adentro. Que alguien revise la camioneta para ver si hay armas.

Thomas se mantuvo en silencio mientras ascendían por una vieja escalera de metal y atravesaban un sucio pasillo con una sola bombilla y el empapelado roto. Unos minutos después, arribaron a un amplio espacio que, cincuenta años atrás, podría haber sido un perfecto salón de conferencias. Ahora, solo tenía una mesa desvencijada con sillas de plástico esparcidas al azar.

Había dos personas sentadas en el extremo más lejano de la mesa. Thomas distinguió a Gally, a la derecha. Lucía cansado y desaliñado. El chico le hizo un saludo ligero y esbozó una pequeña sonrisa, un surco poco agraciado en su cara destrozada. Junto a él, había un hombre corpulento, más gordo que musculoso. Los brazos de la silla blanca de plástico donde se hallaba sentado, apenas lograban contener su circunferencia.

—¿Este es el cuartel general del Brazo Derecho? —preguntó Brenda—. Perdonen mi desilusión.

Cuando Gally respondió, la sonrisa se había borrado de su rostro.

—Ya no llevo la cuenta de la cantidad de veces que nos hemos mudado. Pero gracias por el elogio.

—¿Cuál de ustedes es el jefe? —indagó Thomas.

Gally hizo un movimiento de cabeza señalando a su compañero.

—Pescado, Vince está a cargo. Y sé más respetuoso. Él ha arriesgado su vida porque cree que el mundo tiene que cambiar.

Thomas levantó las manos en un gesto conciliatorio.

—No fue con mala intención. Pero por la forma en que te comportaste en tu apartamento, pensé que serías la persona que dirigía todo esto.

—Bueno, no lo soy. Es Vince.

—¿Y Vince habla? —preguntó Brenda.

—¡*Basta*! —rugió el hombre grandote con una voz profunda y atronadora—. Toda la ciudad está invadida por Cranks. No tengo tiempo para charlas infantiles. ¿Qué quieren ustedes?

Thomas trató de esconder la ira que había comenzado a arder en su interior.

—Una sola cosa: saber por qué nos capturaron. Por qué están secuestrando gente para CRUEL. Gally nos dio mucha esperanza, pensamos que estábamos en el mismo bando. Imagínense nuestra sorpresa al descubrir que el Brazo Derecho actuaba como la gente a la que se suponía que estaba combatiendo. ¿Cuándo dinero van a recibir por vender seres humanos?

—Gally —dijo el hombre a modo de respuesta, como si no hubiese oído una sola palabra de lo que Thomas había dicho.

—¿Sí?

—¿Podemos confiar en estos dos?

Gally evitó enfrentar la mirada de Thomas.

—Sí —asintió—. Podemos.

Vince descansó sus brazos macizos sobre la mensa y se inclinó hacia adelante.

—Entonces, no perdamos más tiempo. Hijo, esta es una operación idéntica y no pensamos sacar un solo centavo. Estamos reuniendo Inmunes para imitar a CRUEL.

Thomas se mostró sorprendido.

—¿Por qué rayos querrían hacer algo así?

—Vamos a utilizarlos para ingresar a su cuartel general.

51

Thomas observó al hombre durante unos segundos. Si CRUEL era realmente responsable por las desapariciones de los otros Inmunes, la idea era tan simple que casi se echó a reír.

—Eso podría funcionar.

—Me alegra que lo apruebes —comentó Vince con expresión indescifrable. Thomas no alcanzó a distinguir si había un dejo de sarcasmo en su voz—. Tenemos un contacto y ya está hecho el trato para venderlos. Es nuestra forma de acceso. Debemos detener a esa gente. Impedir que desperdicien todavía más recursos en un experimento inútil. Si el mundo va a sobrevivir, tienen que usar lo que poseen para ayudar a la gente que está viva y dejar que continúe la raza humana en una dirección que sea razonable.

—¿Piensas que existe alguna remota posibilidad de que encuentren una cura? —preguntó Thomas.

Vince lanzó una risa contenida, larga y grave, que hizo vibrar el pecho de Thomas.

—Si hubieses llegado a creer eso solo por un segundo, no estarías frente a mí, ¿no te parece? No habrías escapado ni estarías reclamando venganza, como supongo que *realmente* estás haciendo. Sé lo que has tenido que soportar, Gally me contó todo —hizo una pausa—. No, nosotros ya desistimos de su… *cura* hace mucho tiempo.

—No queremos vengarnos —aclaró Thomas—. No es una cuestión personal. Por eso me gusta que ustedes hablen de utilizar los recursos de ellos para algo distinto. ¿Qué saben sobre lo que CRUEL está llevando a cabo?

Vince volvió a reclinarse en su asiento y la silla crujió con el movimiento.

—Acabo de contarte un secreto que protegemos con nuestra propia vida. Ahora es tu turno de devolver la confianza. Si Lawrence y su gente hubieran sabido quién eras, te habrían traído acá de inmediato. Te pido disculpas por el trato violento.

—No tienes que disculparte —repuso Thomas. Aunque sí le molestó la idea de que el Brazo Derecho lo habría tratado distinto que a los demás de haber sabido quién era él—. Solo quiero conocer el plan.

—No vamos a seguir adelante hasta que compartas lo que tú sabes. ¿Qué puedes ofrecernos?

—Cuéntale —susurró Brenda, dándole un codazo—. Para eso vinimos.

Tenía razón. Desde que había recibido la nota de Gally, su instinto le había dicho que podía confiar en él, y había llegado la hora de participar. Sin ayuda, nunca regresarían al Berg ni lograrían nada importante.

—Está bien —dijo—. CRUEL piensa que puede completar la cura, que está por lograrlo. Yo soy la última pieza que les falta. Juran que es la verdad, pero ellos han manipulado y mentido tanto que se ha vuelto imposible distinguir qué es cierto y qué no. ¿Quién puede saber cuáles son ahora sus objetivos, cuán desesperados están o qué estarían dispuestos a hacer?

—¿Cuántos más hay allá? —preguntó Vince.

Thomas meditó unos segundos.

—Menos de cuatro y están esperando en el sitio donde Lawrence nos atrapó. Somos muy pocos, pero tenemos un profundo conocimiento de la organización. ¿Ustedes cuántos son?

—Mira, Thomas, esa es una pregunta difícil de contestar. Si quieres saber cuántas personas se han unido al Brazo Derecho desde que comenzamos a reunirnos y a juntar fuerzas años atrás, entonces son más de mil. Pero si preguntas cuántas andan todavía por aquí, sanas y salvas, dispuestas a acompañarnos hasta el final… Bueno, entonces, lamentablemente, estamos hablando de unos pocos centenares.

—Entre ustedes, ¿hay algunos que sean inmunes? —preguntó Brenda.

—Casi ninguno. Yo mismo no lo soy y, después de lo que se vio en Denver, estoy totalmente seguro de que ya debo tener la Llamarada. Con un poco de suerte, la mayoría de nosotros *aún* no tiene el virus, pero, en un mundo que se está cayendo a pedazos, es algo inevitable. Y queremos estar seguros de que se haga algo para rescatar lo que queda de la hermosa raza humana.

—¿Podemos sentarnos? —dijo Thomas, y señaló un par de sillas.

—Por supuesto.

Tan pronto como tomó asiento, comenzó con la serie de preguntas que había acumulado en su cabeza.

—¿Qué es exactamente lo que planean hacer?

Vince volvió a lanzar su risa estruendosa.

—Tranquilízate, hijo. Dime qué tienes para ofrecer y después te contaré mis planes.

Thomas se dio cuenta de que estaba sentado en el borde de la silla y apoyado en la mesa. Se relajó y se echó hacia atrás.

—Mira, tenemos mucha información acerca del cuartel general de CRUEL y de cómo funcionan las cosas allá. Y algunas personas de nuestro grupo han recobrado sus recuerdos. Pero lo más importante es que CRUEL *quiere* que yo regrese. Y creo que tenemos que encontrar la forma de utilizar eso en nuestro favor.

—¿Nada más? —preguntó Vince—. ¿Es todo lo que tienes?

—Siempre dije que no llegaríamos muy lejos sin ayuda. Y sin armas.

Vince y Gally intercambiaron una mirada de complicidad. Thomas supo que había tocado un punto sensible.

—¿Qué pasa?

Vince les echó una mirada, primero a Brenda y luego a Thomas.

—Tenemos algo que es infinitamente mejor que armas.

Thomas se inclinó hacia adelante otra vez.

—¿Y qué sería?

—Conocemos la forma de asegurarnos de que nadie pueda usar armas.

52

–¿**C**ómo? –preguntó Brenda antes de que Thomas pudiera abrir la boca.

–Dejaré que Gally les explique eso –dijo Vince e hizo una seña al chico.

–Bien, piensen en el Brazo Derecho –comenzó Gally poniéndose de pie–. Estas personas no son soldados. Son contadores, porteros, albañiles, maestros. CRUEL tiene su pequeño ejército propio, entrenado con un armamento muy costoso y sofisticado. Aun cuando lográramos encontrar el mayor cargamento de Lanzadores del mundo y el resto del equipo que ellos utilizan, estaríamos en completa desventaja.

Thomas no entendía adónde quería llegar.

–¿Y entonces cuál es el plan?

–La única manera de equilibrar el juego es asegurarnos de que no usen armas. En ese caso, tendríamos alguna posibilidad.

–¿Piensan robar el complejo? –preguntó Brenda–. ¿Detener un cargamento? ¿Qué?

–No, nada de eso –respondió Gally, sacudiendo la cabeza. A continuación, una expresión de excitación infantil cubrió su rostro–. No se trata de *cuántos* consigas reclutar para la causa, sino de *quiénes*. De todos aquellos que se nos han unido, hay una mujer que es fundamental.

–¿Quién? –inquirió Thomas.

–Se llama Charlotte Chiswell. Era la ingeniera principal de la compañía más grande del mundo de fabricantes de armas. Al menos, del armamento de avanzada que utiliza tecnología de segunda generación. Cada pistola, cada Lanzador, todo lo que imaginen que usa CRUEL proviene de allí, y su funcionamiento depende de sistemas electrónicos y de computación ultra modernos. Charlotte ha descubierto la manera de lograr que sus armas se vuelvan inútiles.

—¿En serio? —exclamó Brenda dubitativa. A Thomas también le parecía una idea difícil de creer, y escuchó con atención la explicación de Gally.

—Todas sus armas tienen el mismo chip y ella dedicó los últimos meses a descifrar la forma de reprogramarlos a distancia, de interferir el sistema. Finalmente lo logró. Una vez que comience, le tomará unas horas y, para que funcione, habrá que colocar un pequeño dispositivo dentro del edificio. De modo que nuestra gente hará ese trabajo cuando entregue a los Inmunes. Si da resultado, nosotros tampoco tendremos armas, pero al menos la lucha será equitativa.

—Y es posible que tengamos una ventaja —agregó Vince—. Los guardias y la gente de seguridad están tan entrenados en el uso de esas armas que deben ser como una parte más de su cuerpo. Estoy seguro de que ya no son tan buenos en el combate cuerpo a cuerpo, en la pelea de verdad, con cuchillos, bates y palas, maderas, piedras y puños —sonrió con picardía—. Será una riña a la vieja usanza. Y pienso que podemos vencerlos. Si no lo hiciéramos de esta manera y si sus armas funcionaran, nos aplastarían antes de comenzar.

Thomas recordó el combate que habían mantenido con los Penitentes en el Laberinto. Había sido exactamente como Vince lo acababa de describir. La evocación le produjo un escalofrío, aunque seguramente sería peor tener que enfrentar armas auténticas.

Y si daba resultado, eso significaría que tendrían una posibilidad. Una oleada de entusiasmo lo invadió.

—¿Y cómo lo harán?

Vince hizo una pausa.

—Tenemos tres Bergs. Vamos a entrar con unas ochenta personas, las más fuertes del grupo. Entregaremos a los Inmunes a nuestro contacto dentro de CRUEL, colocaremos el dispositivo, que será la tarea más ardua, y cuando comience a funcionar, abriremos un hoyo en la pared con explosivos para que ingresen todos los demás. Una vez que las instalaciones estén bajo nuestro poder, Charlotte nos ayudará a volver a poner en funcionamiento las armas necesarias para mantener el control. Eso es lo que haremos o moriremos en el intento. Si no hay más remedio, volaremos el sitio.

Thomas reflexionó sobre el plan. Su grupo podría ser esencial en un asalto semejante. Especialmente aquellos que tenían sus recuerdos intactos. Conocían muy bien el trazado del complejo de CRUEL.

Como si hubiera leído la mente de Thomas, Vince continuó hablando.

—Si lo que Gally dijo es verdad, tú y tus amigos serán una gran ayuda para nuestro equipo, ya que algunos conocen el lugar a la perfección. Y, por más viejas o jóvenes que sean, todas las personas cuentan.

—Nosotros también tenemos un Berg —añadió Brenda—. A menos que los Cranks lo hayan hecho pedazos. Está justo fuera de los muros de Denver, en el sector noroeste. El piloto está con nuestros otros amigos.

—¿Dónde se encuentran sus naves? —preguntó Thomas.

Vince agitó la mano hacia el fondo de la habitación.

—En esa dirección. Sanas y salvas. La hora se aproxima. Nos encantaría tener otra semana más o dos para seguir haciendo planes, pero no tenemos otra opción. El dispositivo de Charlotte está listo. Las primeras ochenta personas también. Podemos dedicar un par de días a intercambiar información, hacer los últimos preparativos y luego ponernos en movimiento. No hay mucho más qué decir. Simplemente entramos y lo hacemos.

Al escucharlo definir las cosas de esa manera, Thomas sintió que todo era más real.

—¿Confías en que el plan saldrá bien?

—Hijo, presta atención —dijo Vince con expresión grave—. Durante años no escuchamos hablar más que de la misión de CRUEL, que cada centavo, cada hombre y cada recurso, todo debía dedicarse a la causa de encontrar una cura para la Llamarada. Nos dijeron que habían encontrado Inmunes, y si podíamos descubrir por qué sus mentes no sucumbían al virus, ¡entonces el mundo estaría a salvo! Entretanto, la educación, la seguridad, los medicamentos para el resto de las enfermedades conocidas por el hombre, la ayuda humanitaria, el mundo entero se viene abajo para que CRUEL pueda hacer lo que le dé la gana.

—Entiendo —dijo Thomas—. Sé muy bien a qué te refieres.

Vince no podía dejar de hablar y desparramaba ideas que obviamente llevaban años agitándose en su interior.

—Hubiera sido mejor dedicarnos a detener la *propagación* de la enfermedad en vez de intentar *curarla*. Pero ellos absorbieron todo el dinero y a los mejores. Y no solo eso, nos dieron falsas esperanzas y nadie se preocupó como correspondía. Pensaron que la cura mágica al final los salvaría. Pero si esperamos más tiempo, no habrá más gente a quien salvar.

Vince lucía cansado. La habitación quedó en silencio mientras él permanecía sentado observando a Thomas, a la espera de alguna reacción. Pero Thomas estaba de acuerdo con todo lo que el hombre había explicado.

Un rato después, Vince volvió a hablar.

—La gente que se encargará de vender a los Inmunes no tendría problemas en colocar el dispositivo una vez que esté adentro, pero sería mucho más fácil si el aparato ya estuviera en su lugar al momento de su llegada. Tener a los Inmunes nos permitirá entrar en el espacio aéreo y obtener el permiso para aterrizar, pero… —se interrumpió y miró a Thomas levantando las cejas, como si esperara que él agregara lo que resultaba obvio.

—Ahí es donde entro yo.

—Sí —dijo Vince con una sonrisa—. Creo que es ahí donde entras tú.

53

Thomas sintió una calma insospechada en su interior.

—Pueden dejarme a unos pocos kilómetros del complejo y el resto lo haré caminando. Diré que regresé para concluir las Pruebas. Por lo que he visto y oído, me recibirán con los brazos abiertos. Muéstrenme qué debo hacer para colocar el dispositivo.

Otra sonrisa genuina iluminó el rostro de Vince.

—Voy a pedirle a Charlotte que lo haga ella misma.

—Pueden obtener ayuda e información de mis amigos: Teresa, Aris y los demás. Brenda también sabe mucho —agregó. La decisión de Thomas fue rápida e incuestionable: había aceptado la peligrosa tarea. Era la mejor oportunidad que tenían.

—Muy bien, Gally —dijo Vince—. ¿Cuál es nuestro siguiente paso? ¿Cómo haremos esto?

El antiguo enemigo de Thomas se puso de pie y lo miró.

—Voy a traer a Charlotte para que te explique todo acerca del dispositivo. Luego te llevaremos al hangar donde se encuentran los Bergs, un piloto te llevará cerca del cuartel general de CRUEL y te hará descender. Entretanto, los demás terminaremos de preparar el equipo principal de ataque. Más vale que tu actuación sea convincente. Para que no resulte sospechoso, deberíamos esperar un par de horas antes de entrar con los Inmunes.

—Todo saldrá bien —afirmó Thomas, mientras respiraba profundamente para tranquilizarse.

—Bueno. Cuando te marches, traeremos a Teresa y a los demás hasta aquí. Espero que no te moleste hacer otra pequeña excursión a través de la ciudad.

Charlotte era una mujer callada, menuda y muy dedicada a su tarea. Le mostró a Thomas el funcionamiento del dispositivo de desactivación de manera breve y eficiente. Era tan pequeño que cabía dentro de la mochila que le proporcionaron, junto con un poco de comida y ropa extra para la fría caminata que tendría que realizar. Una vez que el aparato estuviera colocado y activado, buscaría las señales de cada una de las armas y se conectaría con ellas. Luego, neutralizaría el sistema. Le demandaría alrededor de una hora anular todas las armas de CRUEL.

Muy sencillo, pensó Thomas. *La parte difícil será, una vez dentro de las instalaciones, colocar el dispositivo sin levantar sospechas.*

Gally decidió que Lawrence sería el encargado de llevar a Thomas y al piloto al hangar abandonado donde guardaban los Bergs. Y desde allí volarían directamente al cuartel general de CRUEL. Aunque nuevamente viajarían en camioneta por las calles de Denver, esta vez tomarían el camino más directo, que iba por una de las autopistas más importantes. Además, ya había amanecido y, por alguna razón, eso hizo que Thomas se sintiera un poco mejor.

Estaba ayudando a reunir los últimos suministros para el trayecto, cuando apareció Brenda. Le hizo un saludo con la cabeza y una leve sonrisa.

—¿Me vas a extrañar? —preguntó Thomas en tono de broma, pero deseaba verdaderamente que ella dijera que sí.

Brenda puso los ojos en blanco.

—No hables así, parece como si ya estuvieras dándote por vencido. Antes de que te des cuenta, todos estaremos juntos, riéndonos de los viejos tiempos.

—Hace muy pocas semanas que nos conocemos —agregó él y volvió a sonreír.

—Como sea —dijo ella. Lo sujetó del cuello y le habló al oído.

—Me enviaron a esa ciudad en el Desierto para buscarte y fingir que era tu amiga. Pero quiero que sepas que *realmente* eres mi amigo. Tú...

Él se apartó para poder ver su rostro una vez más, pero su expresión le resultó indescifrable.

—¿Qué?

—Solamente… no dejes que te maten.

Sin saber qué responder, Thomas tragó saliva.

—¿Entonces? —dijo ella.

—Cuídate tú también —fue todo lo que logró articular.

Brenda se estiró y le dio un beso en la mejilla.

—Eso es lo más dulce que me has dicho —dijo ella, con gesto irónico y sonriendo al mismo tiempo.

Su sonrisa echaba un poco de luz en la vida de Thomas.

—Controla que ellos no hagan lío —añadió—. Asegúrate de que todos los planes tengan sentido.

—Lo haré. Nos veremos en un día o dos.

—Está bien.

—Te prometo que no dejaré que me maten si tú tampoco lo haces.

Thomas la envolvió en un último abrazo.

—Es un trato.

.

54

El Brazo Derecho les entregó una camioneta nueva. Lawrence era el conductor y la mujer que oficiaría de piloto se ubicó al lado de él, en el asiento del acompañante. Hablaba poco y no parecía muy amistosa. Lawrence tampoco estaba de buen humor, probablemente porque había pasado de ser distribuidor de alimentos para inmunes a chofer en una ciudad atestada de Cranks. Por segunda vez.

El sol brillaba sobre los edificios de una ciudad totalmente distinta a la de la noche anterior. Por algún motivo, la luz hacía que el mundo pareciera un lugar más seguro.

Thomas había recuperado su pistola, completamente cargada, y la había guardado en la cintura de sus jeans. A pesar de que sabía bien que, si les tendían otra emboscada, doce balas no serían de gran ayuda, le daba cierta tranquilidad.

—Bueno, recuerden el plan —dijo Lawrence quebrando el silencio.

—¿Y cuál era el plan? —preguntó Thomas.

—Llegar al hangar con vida.

A Thomas le pareció bien.

Volvieron a quedarse en silencio. Solo se oía el ruido del motor y de los baches del camino. Thomas comenzó a pensar en todas las cosas horribles que podrían salir mal durante los días que tenían por delante, pero de inmediato hizo un gran esfuerzo por bloquear su mente y concentrarse solo en la ciudad en ruinas que veía desde la ventanilla.

Como hasta ese momento había divisado a muy pocas personas aisladas y a la distancia, se preguntó si la mayoría de los habitantes se habría acostado tarde por temor a ser atacados de noche o… porque ellos mismos habrían salido a atacar.

El sol se reflejaba en las ventanas altas de los imponentes rascacielos: los edificios parecían extenderse interminablemente en todas las direcciones. La camioneta anduvo por el centro de la ciudad, a lo largo de una calle ancha salpicada de autos abandonados. Thomas distinguió a algunos Cranks en el interior de los vehículos, que espiaban por las ventanillas como si estuvieran agazapados y listos para atacar.

Después de un par de kilómetros, Lawrence tomó una carretera larga y recta que conducía a una de las puertas de la ciudad. Había muros de cemento a ambos lados del camino, que seguramente habían sido construidos en épocas mejores para impedir que el ruido de los innumerables automóviles molestara a los ciudadanos, cuyos hogares se encontraban cerca de la autopista. Parecía imposible que alguna vez hubiera existido un mundo semejante, donde no se vivía cada día con temor a morir.

—Este es un camino muy directo —dijo Lawrence—. El hangar debe ser el sitio más protegido que tenemos, de modo que lo único que hay que hacer es llegar allí. En una hora, estaremos en el aire sanos y salvos.

—Buena esa —comentó Thomas, aunque, después de la noche anterior, le sonó demasiado fácil. La piloto no salía de su mutismo.

Habían recorrido unos cinco kilómetros cuando Lawrence comenzó a disminuir la velocidad.

—¿Qué diablos…? —murmuró.

Cuando Thomas volvió su atención a la ruta, notó la presencia de varios automóviles que daban vueltas en círculo.

—Intentaré sobrepasarlos —dijo Lawrence para sí mismo.

Thomas no contestó, pues sabía muy bien que cualquier suceso imprevisto solo significaba problemas.

Lawrence aceleró nuevamente.

—Nos llevaría una eternidad retroceder y tomar otra ruta. Voy a tratar de seguir adelante.

—No hagas ninguna estupidez —dijo la mujer repentinamente—. Nunca llegaríamos al hangar si tenemos que caminar.

Al aproximarse, Thomas se inclinó hacia adelante para observar qué estaba pasando. Junto a una montaña de algo imposible de identificar, unas veinte personas arrojaban escombros, se golpeaban y se empujaban. A treinta metros de distancia, los autos giraban violentamente y chocaban unos con otros. Era un milagro que todavía no hubieran lastimado a ninguno de los que estaban en la ruta.

—¿Qué intentas hacer? —preguntó Thomas. Ya casi se encontraban sobre la muchedumbre y Lawrence no reducía la velocidad.

—¡Tienes que detenerte! —gritó la mujer.

Lawrence ignoró la orden.

—No. Voy a continuar.

—¡Nos vas a matar!

—No nos pasará nada. ¡Quédate callada!

Se acercaron al grupo de gente y Thomas se movió hacia el costado de la camioneta, para ver mejor. Los Cranks estaban destrozando unas inmensas bolsas de basura y extrayendo del interior viejas cajas de alimentos, carne podrida y restos de comida. Apenas alguno conseguía tomar algo, venía otro e intentaba arrebatárselo. Volaban los golpes, los rasguños y los arañazos. Un hombre tenía un corte profundo debajo del ojo y una mancha de sangre chorreaba por su rostro, como lágrimas rojas.

Con un chirrido, la camioneta viró violentamente y Thomas miró hacia adelante. Los vehículos eran modelos antiguos, despintados y abollados. Se habían detenido, pero tres de ellos estaban en hilera, enfrentando a la camioneta que venía en dirección contraria. Lawrence giró levemente el volante para dirigirse hacia el espacio más grande que había quedado entre el auto de la derecha y el del centro. Luego, como un relámpago, el coche de la izquierda se adelantó y giró abruptamente para tratar de interceptar a la camioneta antes de que lograra pasar.

—¡Sujétense! —rugió Lawrence y pisó el acelerador.

Thomas se aferró al asiento. Los vehículos que se encontraban a ambos lados no se movieron, pero el tercero enfiló directo hacia ellos. Thomas supo que no tenían posibilidad de salvarse. Quiso gritar que se detuviera, pero era demasiado tarde.

El frente de la camioneta ya había comenzado a entrar en el espacio libre, cuando el tercer auto se incrustó en la parte trasera del lado izquierdo. Thomas salió despedido y golpeó contra el travesaño que separaba las dos ventanillas laterales, que se hicieron añicos con un crujido terrible. Los vidrios volaron por el aire y la camioneta comenzó a girar en círculos. Thomas rebotaba por los asientos mientras intentaba sujetarse de algo. El aire se colmó de chirridos de neumáticos y de metal contra metal.

El ruido cesó recién cuando la camioneta se estrelló contra el muro de cemento.

Herido y apaleado, él quedó de rodillas en el piso. Se incorporó a tiempo para ver a los tres vehículos alejándose. El rugir de sus motores se fue desvaneciendo a medida que se perdían por la carretera larga y recta, por donde Thomas había venido. Echó un vistazo a Lawrence y a la piloto: ambos se hallaban bien.

Después, ocurrió algo muy extraño. Thomas miró por la ventana y, a seis metros de distancia, distinguió a un Crank maltrecho que lo observaba. Le tomó un segundo darse cuenta de que ese era su amigo.

Newt.

55

Newt tenía muy mal aspecto. Parte del pelo había sido arrancado de su cabeza, que estaba llena de marcas hinchadas y enrojecidas. Su cara estaba cubierta de rasguños y moretones. Una camisa destrozada colgaba de su cuerpo débil y los pantalones estaban manchados de lodo y sangre. Parecía que se había entregado a los Cranks, uniéndose a sus filas en cuerpo y alma.

Sin embargo, miraba a Thomas como si lo reconociera.

Lawrence estaba hablando; recién entonces Thomas procesó sus palabras.

—Estamos bien. La camioneta está destrozada, pero con un poco de suerte nos llevará unos kilómetros más hasta el hangar.

Puso marcha atrás y el vehículo retrocedió con dificultad desde la pared de cemento. El silencio mortal que sobrevolaba la ruta se quebró con el crujido del plástico y del metal y con el chirrido de los neumáticos. Cuando comenzaron a alejarse por el camino, Thomas sintió un fuerte deseo.

—¡Frena! —gritó—. ¡Detén la camioneta! ¡Ahora!

—¿Qué? —exclamó Lawrence—. ¿De qué estás hablando?

—¡Solo detén la maldita camioneta!

Lawrence clavó los frenos al tiempo que Thomas se ponía de pie con dificultad y se dirigía hacia la puerta. Antes de salir el conductor lo sujetó de la camisa y lo empujó hacia adentro.

—¿Qué demonios haces? —aulló.

Thomas no iba a permitir que nada lo detuviera. Extrajo la pistola de los pantalones y le apuntó a Lawrence.

—Suéltame. ¡Déjame ir!

Lawrence obedeció y levantó las manos en el aire.

—Está bien, muchacho. ¡Cálmate! ¿Qué te ocurre?

Thomas se apartó de él.

—Mi amigo está allí afuera y quiero ver si está bien. Si hay algún problema, volveré corriendo a la camioneta. Estate listo para escapar de aquí apenas regrese.

—¿Piensas que eso que está allá todavía es tu amigo? —preguntó la mujer con frialdad—. Esos Cranks están mucho más allá del Final. ¿No te das cuenta? Tu amigo ya no es más que un animal. O algo peor.

—Entonces será una despedida breve, ¿no creen? —respondió Thomas. Abrió la puerta y bajó a la calle—. Cúbranme si es necesario. Tengo que hacerlo.

—Antes de que subamos al Berg, te voy a dar una buena paliza. Te lo prometo —gruñó Lawrence—. Date prisa. Si esos Cranks que están junto a la pila de basura enfilan hacia aquí, comenzaremos a disparar. No me importa si tu mamita o tu tío Frank se encuentran entre ellos.

—Buena esa —repuso. Volvió a meter la pistola en sus jeans y caminó lentamente hacia su amigo. Este se encontraba solo, lejos de los demás, que por el momento seguían muy concentrados en sus tareas.

Thomas recorrió la mitad de la distancia que lo separaba de él y se detuvo. Lo peor era la ferocidad de la mirada. La locura acechaba detrás de sus ojos: dos lagunas rebosantes de enfermedad. ¿Cómo había ocurrido con tanta rapidez?

—Hola, Newt. Soy yo, Thomas. Todavía te acuerdas de mí, ¿no es cierto?

De repente, una claridad repentina surgió en los ojos de Newt que casi hizo retroceder a Thomas de la sorpresa.

—Claro que te recuerdo, Tommy. Fuiste a verme al Palacio, a refregarme en las narices que habías ignorado mi nota. No puedo haberme vuelto completamente loco en tan pocos días.

Sus palabras hirieron el corazón de Thomas, aún más que su aspecto lastimoso.

—¿Entonces qué haces aquí? ¿Por qué estás con… ellos?

Newt echó una mirada a los Cranks y luego volvió la vista hacia él.

—Va y viene, viejo. No puedo explicarlo. A veces no puedo controlarme y apenas sé lo que estoy haciendo. Pero en general es como una picazón en el cerebro, que trastorna todo y me vuelve irritable.

—Ahora pareces estar bien.

—Sí, bueno. La única razón por la que estoy con estos chiflados del Palacio es porque no tengo nada mejor que hacer. Se pelean, pero también son un grupo. Uno está solo, se acabaron las oportunidades.

—Newt, ven conmigo ahora mismo. Podemos llevarte a un lugar más seguro...

Newt echó a reír y su cabeza se agitó un par de veces de una forma rara.

—Vete de aquí, Tommy. Lárgate.

—Ven conmigo —rogó Thomas—. Te ataré si eso te hace sentir mejor.

De golpe, el rostro de Newt se puso rígido de ira y sus palabras brotaron con rabia.

—¡Shuck! ¡Cállate la boca, traidor! ¿Acaso no leíste mi nota? ¿No puedes hacer ni una miserable cosa por mí? ¿Tienes que ser el mismo héroe de siempre? ¡Te odio! ¡Siempre te odié!

No habla en serio, se dijo Thomas con firmeza. No eran más que palabras.

—Newt...

—¡Tú eres el culpable de todo! Cuando murieron los primeros Creadores, podrías haberlos detenido. De alguna manera. ¡Pero no! Tuviste que continuar, tratar de salvar al mundo, ser un héroe. Y fuiste al Laberinto y seguiste adelante. ¡Solo te preocupas por ti mismo! ¡Admítelo! ¡Quieres ser el único a quien la gente recuerde y venere! ¡Deberíamos haberte arrojado por el hueco de la Caja!

El rostro de Newt se había vuelto de un rojo intenso y, al gritar, la saliva escapaba de su boca. Con los puños apretados, comenzó a avanzar torpemente hacia él.

—¡Voy a dispararle! —aulló Lawrence desde la camioneta—. ¡Apártate!

—¡No lo hagas! ¡Esto es entre él y yo! ¡No intervengas! —le ordenó Thomas y luego volvió a dirigirse a su amigo—. Detente, Newt. Escúchame. Sé que puedes comprender lo que te digo.

—¡Te odio, Tommy! —bramó a pocos centímetros de Thomas, quien dio un paso hacia atrás: su dolor se había transformado en miedo—. ¡Te odio, te odio, te odio! ¡Después de todo lo que hice por ti, después de toda la garlopa que soporté en el maldito Laberinto, no puedes hacer la única cosa que te pedí en toda mi vida! ¡Ni siquiera puedo tolerar la asquerosa imagen de tu cara miertera!

Thomas retrocedió dos pasos más.

—Newt, tienes que detenerte. Te van a disparar. ¡Quédate quieto y escúchame! Sube a la camioneta, deja que te ate. ¡Dame una oportunidad! —exclamó. No podía matar a su amigo. Le resultaba imposible.

Newt lanzó un alarido y salió volando hacia adelante. Desde la camioneta, brotó un haz de luz, que chisporroteó por el pavimento pero no dio en el blanco. Thomas se quedó paralizado y Newt lo derribó de un tacle, cortándole la respiración. Luchó por llenar de aire sus pulmones, mientras su viejo amigo trepaba encima de él y lo inmovilizaba.

—Debería arrancarte los ojos —dijo Newt rociándolo con saliva—. Darte una lección sobre la estupidez. ¿Quién te mandó venir aquí? ¿Esperabas que te recibiera con un maldito abrazo? ¿Eh? ¿Que pasáramos un rato recordando los buenos momentos vividos en el Área?

Presa del terror, Thomas sacudió la cabeza y, con la mano libre, buscó sigilosamente la pistola.

—Tommy, ¿quieres saber por qué tengo esta renguera? ¿Alguna vez te lo dije? Me parece que no.

—¿Qué sucedió? —preguntó Thomas, tratando de ganar tiempo mientras deslizaba los dedos alrededor del arma.

—Traté de matarme en el Laberinto. Trepé hasta la mitad de uno de esos malditos muros y salté. Alby me encontró y me arrastró de regreso al Área antes de que se cerraran las puertas. Odiaba ese lugar, Tommy. Detesté hasta el último segundo de cada día que pasé allí. ¡Y todo fue por… *tu… culpa*!

De repente, Newt giró y sujetó la mano de Thomas que sostenía la pistola. La atrajo bruscamente hacia él hasta que el extremo del arma chocó contra su propia frente.

—¡Intenta redimirte! ¡Mátame antes de que me convierta en uno de esos monstruosos caníbales! ¡Mátame! ¡Te confié la carta! ¡A ti y a nadie más! ¡Sácame de esta tortura!

Thomas intentó desprenderse de él, pero su amigo era muy fuerte.

—No puedo, Newt, no puedo.

—¡Arrepiéntete de lo que hiciste! —las palabras salían como látigos haciendo temblar todo su cuerpo. Después su voz se convirtió en un suspiro áspero y urgente—. Mátame, maldito cobarde. Demuéstrate a ti mismo que puedes hacer lo correcto. No me hagas sufrir más.

Las palabras de Newt horrorizaron a Thomas.

—Newt, tal vez podamos…

—¡Cállate! ¡Yo confié en ti! ¡Hazlo de una vez!

—No puedo.

—¡Hazlo!

—¡No puedo! —gritó. ¿Cómo podía pedirle que hiciera algo así? ¿Cómo podría matar a uno de sus mejores amigos?

—Mátame o yo te mataré a ti. ¡Hazlo! ¡Mátame!

—Newt…

—¡Hazlo antes de que me convierta en uno de ellos!

—Yo…

—¡MÁTAME! —rugió, y luego sus ojos se iluminaron como si hubiera recibido un último soplo de cordura y su voz se suavizó—. Por favor, Tommy. Por favor.

Al apretar el gatillo, el corazón de Thomas se desbarrancó por un abismo negro.

56

En el momento de disparar, Thomas había cerrado los ojos. Escuchó el impacto de la bala en la piel y en los huesos, sintió cómo el cuerpo de Newt se sacudía y luego se desplomaba en la calle. Se impulsó hacia arriba para ponerse de pie y no abrió los ojos hasta que comenzó a correr. No podía permitirse contemplar lo que le había hecho a su amigo. El horror, la tristeza, la culpa y lo nauseabundo de toda la situación parecían consumirlo. Con los ojos llenos de lágrimas, se dirigió con rapidez hacia la camioneta blanca.

—¡Sube! —le gritó Lawrence.

La puerta todavía estaba abierta. Thomas entró de un salto y la cerró. De inmediato, el vehículo se puso en movimiento.

Para Thomas el resto del viaje transcurrió en una nebulosa. Pasaron delante de varios Cranks y, un par de veces, tuvieron que disparar algunas granadas por la ventanilla. Un rato más tarde, ya habían atravesado el muro exterior de la ciudad, la valla del pequeño aeropuerto y el enorme portón del hangar, que estaba fuertemente custodiado por más miembros del Brazo Derecho.

Sin hablar demasiado, Thomas hizo lo que le habían dicho y fue donde se suponía que debía ir. Abordaron el Berg y él ayudó a sus compañeros a inspeccionar la nave. Pero no dijo una sola palabra. La piloto se encaminó a encender los motores y Lawrence desapareció por algún lado. Thomas encontró un sofá en el área común, se echó boca arriba y se quedó mirando fijamente la rejilla metálica del techo.

Desde que había matado a Newt, no había pensado ni una sola vez en lo que estaba a punto de hacer. Ahora que finalmente se había liberado de CRUEL, estaba regresando por su propia voluntad.

Ya no le importaba nada. Que pasara lo que tuviera que pasar. Sabía que lo que había visto lo atormentaría durante toda su vida. Chuck tratando de respirar mientras agonizaba y ahora Newt gritándole con una locura salvaje y aterradora. Y ese último instante de cordura, en que con la mirada le había suplicado clemencia.

Thomas cerró los ojos pero las imágenes seguían allí. El sueño tardó en llegar.

Lawrence lo despertó.

—Arriba, muchacho, es hora de levantarse. Llegaremos en un rato. Te vamos a arrojar y rápidamente nos largaremos de ese maldito lugar. No lo digo para asustarte.

—No, todo bien —gruñó Thomas y revoleó las piernas fuera del sofá—. ¿Cuánto tendré que caminar?

—Unos pocos kilómetros. No te preocupes, no creo que tengas que enfrentarte con muchos Cranks: esas zonas desérticas se han puesto muy frías. Aunque tal vez te encuentres con algún alce enojado o lobos, que quieran devorarte las piernas. Nada grave.

Thomas echó una mirada al hombre esperando ver una gran sonrisa, pero este estaba en el rincón revisando el equipo.

—Un abrigo y tu mochila te esperan junto a la escotilla —dijo, mientras trasladaba algunas provisiones hasta un estante—. Tienes agua y comida. Queremos estar seguros de que tu caminata será agradable, que disfrutarás de los placeres de la naturaleza y todo eso —comentó. Seguía sin sonreír.

—Gracias —masculló Thomas. Estaba realizando un gran esfuerzo para no volver a caer en el pozo oscuro de tristeza. Todavía no lograba arrancarse a Chuck y a Newt de la mente.

Lawrence dejó lo que estaba haciendo y le habló.

—Te voy a preguntar esto solo una vez.

—¿Qué?

—¿Estás seguro de lo que vas a hacer? Todo lo que sé acerca de esta gente es perverso. Secuestran, torturan, asesinan: hacen cualquier cosa con tal de conseguir lo que desean. Parece una locura dejarte ir allí, solo.

Por alguna razón, Thomas ya no tenía miedo.

—Estaré bien. Lo único que les pido es que no se olviden de regresar.

Lawrence sacudió la cabeza.

—Eres el chico más valiente que he conocido o estás completamente chiflado. De todas maneras, ve a ducharte y ponte ropa limpia. Encontrarás algo en los armarios.

En ese momento, Thomas no sabía qué aspecto tenía, pero se imaginó a sí mismo como un zombi pálido de mirada mortal.

—Bueno —dijo y se alejó para intentar lavar algo del horror.

El Berg se inclinó y Thomas se sostuvo de una barra que había en la pared. A unos treinta metros del suelo, la rampa comenzó a abrirse y una ráfaga de aire helado azotó el interior. En medio de las llamaradas, los propulsores rugieron con todas sus fuerzas. Thomas vio que estaban volando sobre un pequeño claro dentro de un inmenso bosque de pinos nevados. Había tantos árboles que se les haría imposible aterrizar: tendría que saltar.

Cuando la nave descendió un poco más, Thomas se preparó.

—Buena suerte, muchacho —exclamó Lawrence—. Te diría que te cuides pero no eres tonto, de modo que no lo haré.

Thomas le sonrió esperando recibir otra sonrisa a cambio, pero no llegó.

—Muy bien. Apenas entre, colocaré el dispositivo. Estoy seguro de que no habrá ningún problema. ¿No es cierto?

—Si no tenemos problemas, me saldrán lagartijas por la nariz —respondió, con tono amable—. Ahora vete. Una vez que estés abajo, camina en esa dirección —apuntó hacia la izquierda, donde terminaba el bosque.

Thomas se puso el abrigo, deslizó los brazos por las correas de la mochila, caminó despacio por la gran plancha metálica de la escotilla y se agachó en el borde. A pesar de que se encontraba a poco más de un metro del suelo nevado, tenía que ser cuidadoso. Dio un salto y aterrizó en una zona blanda, un banco de nieve fresca. Mientras tanto, se sentía muerto por dentro.

Había matado a Newt.

Le había disparado un tiro en la cabeza a uno de sus mejores amigos.

57

El claro del bosque estaba sembrado de troncos talados tiempo atrás. Alrededor, enormes pinos se extendían hacia el cielo, como un muro de torres majestuosas. Thomas se protegió los ojos del viento feroz, mientras el Berg aceleraba los propulsores y se elevaba en el aire, hasta perderse en el sudoeste.

El aire era seco y frío, y el bosque le resultó puro, como si se encontrara en un mundo flamante: un espacio intacto, no afectado por la enfermedad. Estaba seguro de que muy poca gente podía ver algo así y se sintió afortunado.

Decidido a llegar lo más rápido posible, se ajustó la mochila y marchó en la dirección que le habían indicado. Cuanto menos tiempo tuviera para pensar en lo que le había hecho a Newt, mejor. Aunque estar solo en medio de la naturaleza salvaje no lo ayudaba. Dio los últimos pasos en el claro nevado e ingresó en la oscuridad del bosque. Se dejó inundar por ese aroma tan irresistible y se obligó a no pensar más.

Y lo logró. Se concentró en el camino, en la vista y en los sonidos de los pájaros, de las ardillas y de los insectos, en los olores maravillosos. Sus sentidos no estaban acostumbrados a algo semejante, ya que había estado encerrado la mayor parte de su vida, al menos la que recordaba. Por no mencionar el Laberinto y el Desierto. Le resultaba difícil creer que, en el mismo planeta, pudiera existir un sitio tan diferente a aquellos. Su mente divagaba. Se preguntó cómo sería la vida para todos esos animales, si los seres humanos realmente desaparecieran para siempre.

Había andado más de una hora cuando llegó al final del bosque. Desde allí surgía una extensa zona pedregosa y yerma. Islotes de tierra color café veteaban el terreno, donde la nieve había sido arrasada por el viento. Rocas escarpadas de todos los tamaños salpicaban el suelo, que descendía hacia una pendiente abrupta: un acantilado enorme. Más allá, se extendía el océano con su azul profundo que terminaba en el horizonte, donde se transformaba en el celeste brillante del cielo. Y recostado en el borde del barranco, a unos dos kilómetros, se encontraba el cuartel general de CRUEL.

El complejo era monumental y estaba formado por varias construcciones amplias y sencillas interconectadas entre sí. En los muros, había hendijas angostas diseminadas por el cemento blanco, que servían de ventanas. Una construcción circular se erguía como una torre en medio de las demás. El implacable clima junto con la humedad del mar habían afectado las fachadas de los edificios –las grietas formaban una telaraña en el exterior del complejo–, pero parecían estructuras que se mantendrían en pie eternamente, inquebrantables ante cualquier cosa que el hombre o el clima les arrojaran. Le trajo a la memoria un recuerdo tenue de cierto libro de cuentos: una especie de asilo embrujado. Era el sitio perfecto para albergar a la organización que intentaba precisamente impedir que el mundo se convirtiera en semejante manicomio. Un sendero largo y angosto salía del complejo y se adentraba en el bosque.

Thomas marchó por el terreno diseminado de rocas. Una quietud casi perturbadora se había instalado en el lugar. Además de los golpes de sus pisadas y su propia respiración, lo único que alcanzaba a oír era las olas rompiendo contra el fondo del acantilado, e incluso ese sonido era débil. Sabía que la gente de CRUEL ya lo había divisado: su seguridad era estricta y rigurosa.

Un repiqueteo metálico contra la piedra lo hizo detenerse y mirar a su derecha. Como convocado por sus pensamientos, distinguió un escarabajo posado en una roca: el ojo rojizo lanzaba destellos en su dirección.

Recordó cómo se había sentido la primera vez que había contemplado uno de esos en el Área, justo antes de que se escurriera en el bosquecito. Parecía que había transcurrido toda una vida desde entonces.

Saludó al escarabajo con la mano y siguió caminando. En diez minutos estaría tocando la puerta de CRUEL, pidiendo que lo dejaran entrar en lugar de salir.

Anduvo la última sección de la pendiente y accedió a una acera de hielo que rodeaba las instalaciones. Daba la impresión de que alguna vez había existido la intención de hacer que el sitio luciera un poco más agradable que el páramo que se desplegaba a su alrededor, pero los arbustos, las flores y los árboles habían sucumbido al invierno mucho tiempo atrás. Los parches de tierra gris que alcanzó a divisar en medio de la nieve solo estaban poblados de maleza. A medida que caminaba por el sendero pavimentado, Thomas se preguntó por qué nadie habría salido a recibirlo. Tal vez la Rata se encontraba en el interior, observando, suponiendo que, al fin, Thomas se había puesto del lado de ellos.

Dos escarabajos más atrajeron su atención: deambulaban por la maleza nevada de los canteros, escudriñando a derecha e izquierda con sus rayos. Thomas levantó la mirada hacia las ventanas más cercanas, pero no vio más que oscuridad pues los vidrios eran opacos. A sus espaldas, percibió el rugido de una tormenta que se aproximaba. Las nubes eran negras y densas, pero aún se encontraban a varios kilómetros. Algunos relámpagos serpentearon a través del cielo gris y lo transportaron al Desierto, a aquella espantosa tormenta eléctrica que había salido a recibirlos al llegar a la ciudad. Esperaba que estando tan al norte el tiempo no fuera tan inclemente.

Continuó la marcha a lo largo de la acera y, al acercarse a la entrada principal, disminuyó el paso. Cuando divisó la larga serie de puertas vidriadas, un repentino aluvión de recuerdos, casi doloroso, lo golpeó con fuerza: la fuga del Laberinto, la corrida por los pasillos de CRUEL, la salida por esas puertas a la lluvia torrencial. Hacia su derecha, vio un pequeño estacionamiento, donde había un viejo autobús agazapado junto a una hilera de automóviles. Debía ser el mismo que, tras atropellar a esa pobre mujer infectada por la Llamarada, los había conducido a toda prisa a la residencia, donde jugaron con sus mentes, para luego trasladarlos al Desierto a través de una Trans-Plana.

Y ahora, después de todo lo que había soportado, estaba allí, en el umbral de CRUEL, por propia voluntad. Estiró la mano y golpeó el vidrio frío y oscuro que se encontraba frente a él. No podía ver lo que había del otro lado.

De inmediato, se destrabaron una serie de cerrojos, uno detrás del otro, y una puerta giró hacia afuera. Janson —quien, para Thomas, siempre habría de ser la Rata— extendió la mano.

—Bienvenido, Thomas —exclamó—. Aunque nadie me creía, siempre dije que ibas a regresar. Me alegra que hayas tomado la decisión correcta.

—Comencemos de una vez por todas —repuso Thomas. Iba a representar su papel, pero no pensaba comportarse amablemente.

—Me parece una excelente idea —dijo Janson, mientras retrocedía unos pasos y hacía una ligera reverencia—. Adelante.

A tono con el clima gélido del exterior, un escalofrío le recorrió la espalda. Pasó delante de la Rata e ingresó al cuartel general de CRUEL.

58

Thomas entró en un amplio vestíbulo, que tenía sillas y sofás colocados frente a un escritorio grande y vacío. Era diferente de los que había visto la última vez que había estado allí. A pesar de que los muebles eran brillantes y coloridos, no lograban animar el ambiente lúgubre.

—Pensé que podríamos pasar unos minutos por mi oficina —dijo Janson, y señaló el corredor que se abría hacia la derecha del vestíbulo. Empezaron a caminar en esa dirección—. Lamentamos muchísimo lo ocurrido en Denver. Es una pena perder una ciudad con semejante potencial. Una razón más para hacer esto con toda rapidez.

—¿Y qué es lo que tiene que hacer? —se obligó a preguntar.

—Conversaremos sobre eso en mi oficina. Allí nos espera nuestro equipo líder.

Thomas solo pensaba en el dispositivo que llevaba escondido en la mochila. Tenía que encontrar la manera de colocarlo lo antes posible para que el tiempo comenzara a correr.

—Está bien —dijo—, pero primero tengo que ir al baño —era la idea más simple que se le había ocurrido. Y la única forma segura de estar a solas unos minutos.

—Hay uno allá adelante —respondió la Rata.

Doblaron la esquina y continuaron andando por un pasillo aún más sombrío que conducía al baño de hombres.

—Esperaré afuera —anunció Janson, apuntando a la puerta con la cabeza.

Thomas entró sin decir una palabra. Extrajo el dispositivo de la mochila y miró a su alrededor. Encima del lavatorio había un armario de madera para guardar artículos de tocador que, en la parte superior, tenía un borde lo suficientemente alto como para que el aparatito quedara oculto. Oprimió la palanca del retrete y luego dejó correr el agua del lavabo. Activó el dispositivo como le habían enseñado y se estremeció al escuchar el leve pitido que emitió. Se estiró y lo depositó sobre el armario. Cerró el agua y, mientras sonaba el zumbido del secador de manos, se tranquilizó.

De inmediato, volvió al pasillo.

—¿Todo listo? —preguntó Janson con una amabilidad irritante.

—Todo listo —contestó Thomas.

Durante la marcha, pasaron frente a algunos retratos torcidos que colgaban de las paredes. Eran de la Ministra Paige e iguales a los que había visto en los afiches en Denver.

—¿Alguna vez conoceré a la Ministra? —preguntó. La mujer despertaba su curiosidad.

—Ella está muy ocupada —respondió Janson—. Thomas, no olvides que completar el plano y finalizar la cura es solo el principio. Todavía estamos organizando la logística de cómo lo daremos a conocer a las masas. En este mismo instante, todo el equipo está trabajando con gran empeño.

—¿Por qué están tan seguros de que esto funcionará? ¿Por qué solamente yo?

Janson lo observó unos segundos con su sonrisa de roedor.

—Estoy seguro, Thomas. Creo en esto con todo mi ser. Y te prometo que recibirás el reconocimiento que mereces.

Por alguna razón, Thomas recordó a Newt.

—No quiero ningún reconocimiento.

—Hemos llegado —repuso el hombre sin prestar atención a sus palabras.

La puerta era igual a todas las demás y la Rata lo hizo entrar. Thomas no reconoció a las dos personas que se hallaban sentadas frente a un escritorio. La mujer llevaba saco y pantalones oscuros, tenía pelo largo y rojo y unos lentes de marco fino. El hombre era calvo, de rostro anguloso y delgado, y vestía uniforme verde de cirujano.

—Estos son mis socios —dijo Janson tomando asiento detrás del escritorio. Le hizo un ademán a Thomas para que se ubicara en la tercera silla entre sus dos visitantes, y él lo hizo–. La doctora Wright –acotó señalando a la mujer– es nuestra psicóloga principal y el doctor Christensen, nuestro médico líder. Discúlpenme si las presentaciones son un poco breves, pero tenemos mucho que discutir.

–¿Por qué soy el Candidato Final? –preguntó Thomas, yendo directamente al grano.

Janson puso en orden sus pensamientos mientras jugueteaba con los objetos que había encima del escritorio. Luego se reclinó y juntó las manos sobre las rodillas.

–Excelente pregunta. Al comienzo teníamos un puñado de…, perdón por el término, reclutas destinados a… competir por este privilegio. Recientemente, se redujo a Teresa y a ti. Pero ella tiene una manera de obedecer las órdenes de la que tú careces. Tu tendencia al librepensamiento es lo que finalmente determinó que seas el Candidato Final.

El juego llegó a su fin, pensó Thomas con amargura. Sus intentos de rebelión terminaron siendo exactamente lo que ellos querían. Toda su cólera se orientó hacia el hombre que se encontraba sentado frente a él. Hacia la Rata. Para Thomas, Janson era la encarnación más acabada de CRUEL.

–Terminemos con esto de una vez –dijo. A pesar de que hizo un gran esfuerzo para ocultar su furia, alcanzó a percibirla en su propia voz.

Janson parecía inmutable.

–Un poco de paciencia, por favor. Esto no llevará mucho tiempo. Recuerda que reunir los paradigmas de la zona letal es una operación delicada. Estamos tratando con tu mente y el más ligero contratiempo en lo que estás pensando, interpretando o percibiendo puede hacer que las conclusiones resultantes carezcan de valor.

–Sí –añadió la doctora Wright, colocándose el pelo detrás de la oreja–. Sé que A. D. Janson te mencionó cuán importante es que hayas regresado. Y estamos contentos de que hayas tomado esta decisión –su tono suave y agradable destilaba inteligencia.

El doctor Christensen se aclaró la garganta y luego habló con una voz débil y aguda, que a Thomas le desagradó de inmediato.

—Creo que esta era la única decisión posible. El mundo entero está al borde del colapso y tú puedes ayudar a salvarlo.

—Si usted lo dice —repuso Thomas.

—Exactamente —intervino Janson—. Nosotros lo decimos. Todo está listo. Pero todavía hay una cosita más que tenemos que contarte para que puedas entender exactamente la decisión que has tomado.

—¿Una cosita más? —repitió Thomas—. ¿Acaso no es precisamente la intención de las Variables que yo no sepa todo? ¿Me van a arrojar a una jaula con gorilas o algo así? ¿O tal vez hacerme atravesar un campo minado? ¿Lanzarme al mar y ver si soy capaz de regresar nadando a la orilla?

—Cuéntale el resto —replicó el doctor Christensen.

—¿El resto? —exclamó Thomas.

—Sí, Thomas —dijo Janson con un suspiro—. El resto. Después de todas las Pruebas y de todos los estudios, de todos los paradigmas que se recolectaron y analizaron y de todas las Variables a las que te expusimos a ti y a tus amigos, todo se reduce a esto.

Thomas permaneció callado. Una extraña sensación le impedía respirar con normalidad: los deseos simultáneos de saber y *no* saber.

Janson se inclinó hacia adelante y apoyó los codos en el escritorio. Una mirada grave ensombrecía su rostro.

—Una última cuestión.

—¿Cuál es?

—Thomas, necesitamos tu cerebro.

59

Los latidos del corazón de Thomas se aceleraron hasta convertirse en martillazos incesantes. Sabía que esta vez el hombre no estaba poniéndolo a prueba. Habían llegado lo más lejos posible en el análisis de reacciones y patrones cerebrales. Y en su esfuerzo por desarrollar la cura, habían elegido a la persona apropiada para... desarmarla.

De repente, sintió que el Brazo Derecho no lograría llegar a tiempo.

—¿Mi cerebro? —repitió con dificultad.

—Sí —respondió el doctor Christensen—. El Candidato Final posee la pieza que falta para completar la información del plano. Pero no tenemos forma de averiguar cuál es hasta no haber contrastado el monitoreo de los paradigmas con el de las Variables. La vivisección nos dará la información final y, mientras la realizamos, todo tu organismo estará funcionando normalmente. No es que vayas a sentir ningún dolor... te vamos a dar un sedante muy fuerte hasta que...

No fue necesario que terminara la frase. Sus palabras se fueron apagando hasta quedar en silencio y los tres científicos de CRUEL esperaron la respuesta de Thomas. Pero él no podía hablar. De acuerdo con lo que recordaba de su vida, había enfrentado a la muerte infinidad de veces. Sin embargo, siempre lo había hecho con la desesperada ilusión de sobrevivir, haciendo lo que estuviera a su alcance para durar un día más. Pero eso era diferente. No tenía que tratar de sobrevivir a alguna Prueba hasta que llegaran sus salvadores. No había vuelta atrás. Si ellos no llegaban, sería su fin.

Lo asaltó un pensamiento terrible e imprevisto: *¿acaso Teresa estaba enterada de esto?* Se sorprendió de lo dolorosa que le resultaba esa posibilidad.

—¿Thomas? —preguntó Janson, cortando el hilo de sus pensamientos—. Sé que esto debe causarte un gran impacto. Quiero que entiendas que no se trata de una Prueba. Esto no es una Variable y no te estoy mintiendo. Creemos que podemos completar el plano para la cura si analizamos tu tejido cerebral y la forma en que, combinado con los paradigmas que hemos reunido, su estructura le permite resistir el poder del virus de la Llamarada. Las Pruebas fueron creadas simplemente para no tener que abrirlos a todos. Nuestro único objetivo fue salvar vidas, no perderlas inútilmente.

—Hemos dedicado años a reunir y examinar los patrones —prosiguió la doctora Wright— y demostraste ser el más fuerte de todos en la manera de reaccionar ante las Variables. Hace mucho que sabemos, y era de extrema importancia no revelárselo a los reclutas, que al final tendríamos que elegir al mejor candidato para esta última práctica.

El doctor Christensen continuó describiendo el proceso mientras Thomas escuchaba en completo mutismo.

—Tienes que estar vivo pero no despierto. Te vamos a sedar para insensibilizar el área de la incisión, pero como no hay nervios en el cerebro, será relativamente indoloro. Lamentablemente, no podrás recobrarte de nuestras exploraciones neuronales: el procedimiento es mortal. Pero los resultados serán invalorables.

—¿Y si no funciona? —preguntó Thomas. No podía quitarse de la cabeza la imagen de los momentos finales de Newt. ¿Acaso así podría evitar que más gente muriera de esa horrible manera?

Los ojos de la psicóloga parpadearon con incomodidad.

—Entonces seguiremos… trabajando en eso. Pero tenemos la más absoluta confianza…

Incapaz de contenerse, Thomas la interrumpió.

—Pero no están seguros, ¿no es cierto? Han estado pagándole a la gente para que robe más… *reclutas* inmunes —pronunció la palabra con un rencor despiadado— para volver a empezar.

Al principio, ninguno contestó. Fue Janson el primero en hablar.

—Haremos lo que sea necesario para encontrar una cura, con la menor pérdida posible de vidas humanas. No queda nada más que decir sobre este tema.

—¿Y entonces para qué nos molestamos en hablar? —preguntó Thomas—. ¿Por qué simplemente no me agarran, me atan y me arrancan el cerebro?

El doctor Christensen respondió.

—Porque tú eres nuestro Candidato Final. Formaste parte de ese eslabón que conectó a nuestros fundadores con la junta actual. Estamos tratando de mostrarte el respeto que mereces. Esperamos que tú mismo tomes la decisión.

—Thomas, ¿necesitas unos minutos? —inquirió la doctora Wright—. Sé que esto es difícil y te aseguro que no actuamos a la ligera. Te estamos pidiendo un enorme sacrificio. ¿Quieres donar tu cerebro a la ciencia? ¿Nos permitirás armar las últimas piezas del rompecabezas? ¿Dar un paso más hacia una cura para el bienestar de la raza humana?

Thomas no sabía qué decir. No podía creer el rumbo que habían tomado los acontecimientos. Después de todo, ¿sería verdad que ellos necesitaban una sola muerte más?

El Brazo Derecho estaba por llegar. La imagen de Newt atravesó su mente.

—Necesito estar solo —logró articular por fin—. Por favor —y por primera vez una parte de él realmente quería entregarse y permitirles que lo hicieran. Aunque solo existiera una pequeña posibilidad de que funcionara.

—Estarías haciendo lo correcto —dijo el doctor Christensen—. Y no te preocupes: no sentirás ni una pizca de dolor.

Thomas no quería escuchar una sola palabra más.

—Solo necesito un rato en soledad antes de que todo comience.

—Está bien —dijo Janson poniéndose de pie—. Te acompañaremos a las instalaciones médicas y te alojaremos, durante un rato, en una habitación privada. De todos modos, tenemos que comenzar pronto.

Thomas se inclinó hacia adelante, colocó la cabeza entre las manos y se quedó mirando el piso. De golpe, el plan que había elaborado con el Brazo

Derecho le pareció completamente estúpido. Aunque lograra evadirse de allí —y ahora realmente quería hacerlo—, ¿cómo se las arreglaría para sobrevivir hasta que llegaran sus amigos?

—¿Thomas? —insistió la doctora Wright mientras apoyaba la mano en su espalda—. ¿Te encuentras bien? ¿Tienes más preguntas?

Thomas se incorporó y le apartó la mano.

—No… vayamos adonde dijeron.

De repente, el aire pareció escapar de la oficina de Janson y el pecho de Thomas se puso tenso. Se levantó, abrió la puerta y salió al pasillo. Era demasiado.

60

Mientras seguía a los médicos, su mente no cesaba de trabajar. No sabía qué hacer. No tenía forma de comunicarse con el Brazo Derecho y había perdido la capacidad de hablar telepáticamente con Teresa y Aris. Doblaron unas cuantas veces y el camino sinuoso le hizo pensar en el Laberinto. Casi deseó estar de nuevo ahí: las cosas eran tanto más simples entonces.

—Hay una habitación un poco más adelante, a la izquierda —explicó Janson—. Ya coloqué una pantalla táctil por si quieres dejar algún mensaje a tus amigos. Ya encontraré la forma de enviárselos.

—Yo me encargaré de que te traigan algo de comer —agregó la doctora Wright, a sus espaldas.

La amabilidad de esa gente le resultaba enervante. Recordó antiguas historias de asesinos que habían sido condenados a muerte. A ellos también les habían dado una última comida. Como si la desearan tanto.

—Quiero un buen trozo de carne —precisó e hizo una pausa para mirar a la doctora—. Y caviar. Y langosta. Y panqueques. Y una barra de chocolate.

—Lo lamento. Tendrás que conformarte con unos bocados.

Thomas suspiró.

—Lo suponía.

Se sentó en un sillón mullido y observó la pantalla que se hallaba en la mesita frente a él. No tenía ninguna intención de escribirle un mensaje a nadie, pero no sabía qué otra cosa hacer. La situación había resultado mucho más complicada de lo que hubiera podido imaginar. La idea de que habrían de diseccionarlo vivo nunca había cruzado por su mente.

Había supuesto que ante cualquier cosa que le hicieran, él siempre podría seguirles el juego hasta que el Brazo Derecho acudiera.

Pero, en ese caso, si les seguía el juego, ya no habría forma de volver atrás.

Finalmente, escribió mensajes de despedida para Minho y Brenda, por si terminaba muerto; después, apoyó la cabeza entre los brazos hasta que apareció la comida. Comió despacio y luego volvió a descansar. Tenía la esperanza de que sus amigos llegaran a tiempo. De todos modos, no pensaba abandonar esa habitación hasta que fuera absolutamente necesario.

En medio del lento transcurrir de los minutos, se fue quedando dormido.

Un golpe en la puerta lo despertó de un sobresalto.

—¿Thomas? —se oyó la voz apagada de Janson—. Tenemos que empezar ahora mismo.

Las palabras encendieron una hoguera de pánico en su interior.

—Todavía… no estoy listo —murmuró, sabiendo que su respuesta sonaba ridícula.

Después de una pausa prolongada, Janson continuó hablando.

—Me temo que no tenemos ninguna opción.

—Pero… —balbuceó. Y antes de que se le ocurriera algo, la puerta se abrió y Janson entró en la habitación.

—Thomas, esperar no hará más que empeorar las cosas. Tenemos que irnos.

No sabía qué hacer. Le sorprendió que, hasta ese momento, hubieran sido tan pacientes con él. Comprendió que ya había hecho todo lo que estaba en sus manos y que se le había acabado el tiempo. Respiró profundamente.

—Terminemos con esto de una vez.

La Rata sonrió.

—Sígueme.

Janson lo condujo hasta una sala de preparación, donde había una cama con ruedas, toda clase de monitores y varias enfermeras. El doctor Christensen se hallaba ahí, vestido de pies a cabeza con el uniforme de cirujano y la mascarilla ya colocada sobre su rostro. Thomas solo podía ver sus ojos, pero se notaba que estaba ansioso por comenzar.

—¿Esto es todo? —preguntó Thomas. Una ráfaga de horror le atravesó las tripas y sintió como si le dieran mordiscones en el pecho—. ¿Ya es hora de abrirme?

—Lo siento —respondió el doctor—. Debemos empezar.

Cuando la Rata estaba por hablar, una alarma estruendosa comenzó a sonar en todo el edificio.

El corazón de Thomas se sacudió y el alivio lo embargó: tenía que ser el Brazo Derecho.

La puerta se abrió de golpe y Thomas alcanzó a ver a una mujer con cara de desesperación.

—Acaba de llegar un Berg con un cargamento, pero era una trampa para ingresar en el complejo. Están intentando tomar el edificio principal en este instante —anunció.

La respuesta de Janson casi le paralizó el corazón.

—Parece que tendremos que apresurarnos y comenzar ahora mismo. Doctor Christensen, hay que anestesiarlo ya.

61

El corazón de Thomas se contrajo y su garganta pareció expandirse. La inminencia del peligro lo dejó congelado.

Janson comenzó a dar órdenes a los gritos.

—Doctor, deprisa. ¿Quién sabe qué estará tramando esta gente? No podemos perder un solo segundo. Voy a decirle al personal quirúrgico que se mantenga firme pase lo que pase.

—Espere —dijo Thomas finalmente con voz ronca—. No sé si puedo hacerlo —las palabras sonaron vacías. Sabía que, a esa altura, ya no se detendrían.

El rostro de Janson echaba fuego. En vez de responderle, se volvió hacia el médico.

—Abra a este chico como sea.

Justo cuando Thomas iba a contestar, un pinchazo en el brazo le envió descargas de calor por todo el cuerpo. Sus músculos se relajaron y se desplomó sobre la camilla. Había perdido la sensibilidad del cuello hacia abajo; el terror se desató en su interior. El doctor Christensen se inclinó sobre él y le pasó la jeringa utilizada a una enfermera.

—Lo lamento mucho, Thomas. Tenemos que hacerlo.

El médico y una auxiliar lo acomodaron en la cama boca arriba. Thomas podía mover la cabeza levemente de un lado al otro, pero eso era todo. Se sintió abrumado al comprender cuáles serían las consecuencias: estaba a punto de perder la vida. A menos que el Brazo Derecho lograra encontrarlo inmediatamente, moriría.

Janson volvió a aparecer. Con una señal afirmativa, le dio una palmada en el hombro al doctor.

–Hágalo –ordenó y desapareció. Antes de que la puerta se cerrara, Thomas alcanzó a oír unos gritos en el corredor.

–Tengo que realizar algunos análisis –explicó el doctor Christensen–. Después te llevaremos al quirófano –y se dio vuelta y comenzó a acomodar el instrumental que se hallaba detrás de él.

Le pareció que el hombre estaba a cientos de kilómetros de distancia. Thomas yacía indefenso, su mente daba vueltas mientras el médico le extraía sangre y medía el tamaño del cráneo. El doctor trabajó en silencio casi sin parpadear. No obstante, las gotas de sudor que perlaban su frente revelaban que estaba corriendo una carrera contra quién sabía qué. ¿Acaso tendría que terminar todo en una hora? ¿En varias horas?

Thomas cerró los ojos. Se preguntó si el dispositivo de desactivación de armas habría funcionado y si el Brazo Derecho llegaría a tiempo para salvarlo. Aunque tampoco sabía si realmente quería que lo hicieran. ¿Era posible que CRUEL estuviera a punto de conseguir la cura? Hizo un esfuerzo para respirar en forma regular y trató de mover los miembros. Pero no pudo.

De repente, el médico se enderezó y le sonrió.

–Ya estamos listos. Te trasladaremos al quirófano.

El hombre atravesó la puerta y empujaron la camilla hacia el pasillo.

Incapaz de moverse, Thomas se quedó mirando el destello de las luces del techo, mientras avanzaba por el corredor. Después de unos segundos, tuvo que cerrar los ojos.

Lo habían anestesiado. El mundo se desvanecería y él moriría.

Abrió los ojos bruscamente y volvió a cerrarlos. Su corazón latía con fuerza y tenía las manos transpiradas. Se dio cuenta de que sus puños aferraban con fuerza las sábanas y la camilla. Lentamente, comenzó a recuperar el movimiento. Los ojos volvieron a abrirse. Las luces zumbaban a su lado. Otro recodo, y luego uno más. La desesperación amenazó con arrancarle la vida antes de que pudieran hacerlo los médicos.

–Yo… –comenzó a decir, pero nada más brotó de su boca.

—¿Qué? —preguntó Christensen bajando la mirada.

Thomas hizo un gran esfuerzo para hablar, pero antes de que lo lograra un ruido atronador resonó en el corredor. El doctor se tropezó y, con el peso del cuerpo, empujó la camilla hacia adelante mientras luchaba por no caerse. La cama salió despedida hacia la derecha y se estrelló contra la pared, luego rebotó y giró hasta chocar contra el otro lado. Thomas trató de moverse pero continuaba paralizado, indefenso. Pensó en Chuck y en Newt, y una tristeza desconocida le oprimió el corazón.

Desde donde había venido la explosión, se escuchó un aullido seguido de varios gritos y después todo volvió a quedar en silencio. El doctor se puso de pie, corrió hacia la camilla, la enderezó y la empujó nuevamente. Golpearon contra dos puertas vaivén y entraron en un quirófano blanco, donde los esperaban varias pesonas con vestimenta quirúrgica.

Christensen empezó a dar órdenes en voz alta.

—¡Tenemos que apurarnos! Todos a sus puestos. Lisa, anestesia total. ¡Ahora!

Una mujer bajita respondió:

—No hemos hecho toda la prep…

—¡No importa! Es posible que incendien todo el edificio.

Ubicó la camilla junto a la mesa de operaciones y, antes de que la cama se detuviera por completo, varias manos elevaron a Thomas y lo trasladaron. Desde allí, él trató de observar la actividad frenética de los médicos y las enfermeras, que eran nueve o diez.

Sintió un pinchazo en el brazo y vio que la mujer le colocaba el suero en la vena. Entretanto, solo había conseguido mover ligeramente las manos.

Las luces se ubicaron encima de él. Le conectaron más cosas en distintas partes del cuerpo, los monitores comenzaron a sonar y la sala se llenó de gente que corría de un lado a otro, como en una danza organizada con anticipación.

Y las luces, tan brillantes. A pesar de que estaba inmóvil, sentía que la habitación giraba como un remolino. Lo asaltó el terror creciente por lo que le estaban haciendo, la conciencia de que, en ese preciso momento, había llegado el final.

—Espero que funcione —llegó a decir.

Unos segundos después, las drogas hicieron efecto y el mundo se desvaneció a su alrededor.

62

Durante un tiempo prolongado, no vio más que oscuridad. En el vacío de sus pensamientos había una grieta muy fina, pero lo suficientemente amplia como para estar conciente de la existencia de ese vacío. En algún lugar de su mente, sabía que debía estar dormido, que lo mantenían con vida solo para poder examinar su cerebro. Iban a desarmarlo, rebanada por rebanada.

De modo que aún no estaba muerto.

Mientras flotaba en esa bruma negra, percibió una voz que decía su nombre.

Después de oír *Thomas* varias veces, decidió ir tras ella, encontrarla. Se obligó a moverse hacia la voz.

Hacia su nombre.

63

—Thomas, confío en ti –le dijo una mujer, mientras él luchaba por recobrar la conciencia. No reconoció la voz, que era suave y autoritaria a la vez. Continuó peleando, se escuchó gemir, sintió que se movía en la cama.

Por fin, abrió los ojos. En medio del parpadeo, por el resplandor de las luces que brillaban en lo alto, notó que la persona se alejaba y una puerta se cerraba tras ella.

—Un momento –dijo, pero su voz brotó apenas como un murmullo áspero.

Con toda la fuerza de su voluntad, se apoyó en los codos y se impulsó hacia arriba. Estaba solo en la habitación; los únicos sonidos eran unos gritos lejanos y el rugido de truenos. Su mente comenzó a aclararse y comprendió que, de no ser por un leve aturdimiento, se encontraba bien. Eso significaba que, a menos que los milagros de la ciencia hubieran dado un gran salto, aún conservaba su cerebro.

En la mesa junto a su cama había una carpeta color madera que llamó su atención. En la parte de arriba, estaba escrito *Thomas* en grandes letras rojas. Movió las piernas hacia afuera para quedar sentado en el borde del colchón y tomó la carpeta.

Adentro, había dos hojas de papel. La primera era un plano del cuartel general de CRUEL, con varias rutas trazadas en negro que atravesaban el edificio. La segunda, una carta dirigida a él y firmada por la Ministra Paige. Dejó el plano y comenzó a leer la carta desde el principio.

Querido Thomas:

Creo que las Pruebas han concluido. Tenemos información más que suficiente para crear el plano. Mis socios no están de acuerdo conmigo en esta cuestión, pero logré interrumpir el procedimiento y salvar tu vida. Nuestra tarea actual es trabajar con la información que ya poseemos y desarrollar una cura para la Llamarada. Tu participación, al igual que la de los otros reclutas, ya no es necesaria.

Ahora tienes una gran tarea por delante. Cuando me convertí en Ministra, comprendí la importancia de crear en este edificio una especie de puerta trasera.

La ubiqué en una sala de mantenimiento fuera de uso. Te estoy pidiendo que te vayas y te lleves a tus amigos y al considerable número de Inmunes que reunimos. Como habrás notado, no hay tiempo que perder.

En el plano adjunto hay tres caminos trazados. El primero te enseña cómo abandonar este edificio a través de un túnel. Una vez afuera, hallarás el lugar en el que el Brazo Derecho creó su propia entrada para ingresar a otro edificio. Allí, podrás reunirte con ellos. La segunda ruta te mostrará el camino hasta los Inmunes. Y la tercera te ayudará a encontrar la puerta trasera. Es una Trans-Plana que te llevará a lo que, espero, sea una nueva vida. Reúne a todos y márchense.

Ministra Ava Paige

Thomas se quedó mirando el papel. Su mente era un torbellino. Otro rugido lejano lo trajo bruscamente a la realidad. Él confiaba en Brenda y ella confiaba en la ministra. Había llegado la hora de entrar en acción.

Dobló la carta y el mapa y los guardó en el bolsillo. Con cuidado, se fue poniendo de pie. Sorprendido de la rápida recuperación de su fuerza, corrió hacia la puerta. Se asomó al pasillo: estaba desierto. Mientras salía sigilosamente, aparecieron dos personas detrás de él, que apenas lo miraron. En ese momento, Thomas comprendió que probablemente debía su salvación al caos provocado por el ataque del Brazo Derecho.

Extrajo el plano y lo estudió con atención mientras seguía la línea negra que conducía hacia el túnel. No le llevaría mucho tiempo llegar hasta allí.

Memorizó el camino y comenzó a correr por el pasillo al tiempo que examinaba las otras dos rutas.

Había recorrido unos pocos metros cuando se detuvo, asombrado por lo que estaba leyendo. Acercó el plano para estar seguro: tal vez no lo había interpretado correctamente. Pero no quedaba ninguna duda.

CRUEL había escondido a los Inmunes en el Laberinto.

64

En el mapa figuraban los dos Laberintos: el del Grupo A y el del Grupo B. Ambos debieron haber sido construidos en la profundidad de los cimientos del cuartel general de CRUEL. Thomas no podía decidir a cuál de los dos lo habían enviado, pero de cualquier manera, estaba regresando al Laberinto. Con un pavor tremendo, comenzó a correr hacia el túnel que le había marcado la Ministra Paige.

Recorrió un pasillo tras otro hasta que llegó a una larga serie de peldaños que descendían hacia un sótano. El camino lo llevó a través de habitaciones vacías y, por fin, a una puertita que daba a un túnel. El interior era muy oscuro, pero se tranquilizó al notar que varios focos colgaban del techo. Después de unos sesenta metros, arribó a una escalera, ascendió por ella y se encontró frente a una puerta redonda de metal, cuya manivela le recordó la entrada a la Sala de Mapas en el Área.

Giró la rueda, la empujó con toda su fuerza y brotó una luz tenue. Cuando la puerta se abrió, una fuerte ráfaga de aire helado pasó volando encima de su cabeza. Se impulsó a través de la abertura y salió al exterior. Había una enorme roca en la tierra yerma y nevada que se extendía entre el bosque y el cuartel general.

Cuidadosamente, cerró la puerta que llevaba al túnel y se agazapó detrás de la piedra. No percibió ningún movimiento, pero la noche estaba muy oscura como para ver bien. Levantó la vista al cielo y, al divisar las mismas nubes densas y grises que había visto al llegar al complejo, se dio cuenta de que no tenía idea de cuánto tiempo había pasado desde entonces. ¿Habría estado unas pocas horas adentro del edificio o ya habrían transcurrido un día y una noche completos?

La nota de la Ministra Paige decía que el Brazo Derecho había creado su propia entrada a los edificios, seguramente con las explosiones que él había escuchado antes, y era allí adonde tenía que ir primero. Comprendió la sabiduría de reunirse con el grupo –la unión hace la fuerza– y, además, debía hacerles saber dónde estaban ocultos los Inmunes. A juzgar por el mapa, la mejor opción que tenía era correr hacia el conjunto de edificios más alejados y examinar el territorio.

Rodeando la roca, se dirigió rápidamente a la construcción más cercana. Trató de correr agachado, para pasar desapercibido. Los relámpagos que surcaban el cielo iluminaban el cemento de los edificios y producían destellos sobre la nieve blanca. Los truenos no tardaron en llegar. Azotaron la tierra con sus rugidos e hicieron vibrar el pecho de Thomas.

Llegó a la primera construcción y atravesó una hilera de arbustos ralos que se levantaban frente al muro. Bordeó el costado de la estructura pero no encontró nada. Al llegar al primer recodo, se asomó y distinguió una serie de patios entre los edificios. Sin embargo, seguía sin hallar la forma de ingresar.

Recorrió las dos edificaciones siguientes, pero al aproximarse a la cuarta, escuchó voces y se echó enseguida al suelo. Se escabulló sigilosamente por la tierra congelada hasta unos arbustos muy crecidos y luego echó un vistazo para descubrir el origen del ruido.

Ahí estaba. Detrás de grandes pilas de escombros diseminadas por todo el patio, se destacaba un agujero gigantesco en la pared lateral del edificio. Eso significaba que la explosión se había originado desde el interior. A través de la abertura, se filtraba una luz débil que proyectaba sombras irregulares en el suelo. Sentadas en el borde de una de esas sombras, había dos personas vestidas de civil: el Brazo Derecho.

Thomas había comenzado a incorporarse cuando una mano helada se apoyó con fuerza sobre su boca y lo empujó hacia atrás. Otro brazo envolvió su pecho y lo arrastró por el suelo mientras sus pies escarbaban la nieve. En un intento por liberarse, lanzó patadas al aire pero la persona que lo sujetaba era muy fuerte.

Doblaron en la esquina del edificio y llegaron a otro patio, donde arrojaron a Thomas con el estómago contra el piso. El captor lo hizo girar hasta que quedó boca arriba y volvió a taparle la boca con la mano. Thomas no lo conocía. Otra figura se inclinó encima de él.

Janson.

—Estoy muy decepcionado —dijo la Rata—. Después de todo, parece que algunos miembros de mi organización no pertenecen al mismo equipo.

Thomas solo atinó a luchar contra el que lo mantenía inmovilizado.

Janson lanzó un suspiro.

—Me temo que tendremos que hacer esto por la fuerza.

65

Janson sacó un cuchillo largo y delgado y lo inspeccionó con los ojos entornados.

—Niño, déjame decirte algo. Nunca me consideré un hombre violento pero tú y tus amigos han puesto a prueba mi paciencia. Sin embargo, voy a actuar con moderación. A diferencia de ti, yo no pienso solamente en mí. Estoy trabajando para salvar gente y *voy* a terminar este proyecto.

Thomas hizo un gran esfuerzo para relajarse y quedarse quieto. Forcejear no lo había llevado a nada y tenía que ahorrar energía para cuando se presentara la oportunidad indicada. Estaba claro que la Rata había perdido la razón y, por el aspecto de ese cuchillo, se disponía a llevarlo de vuelta al quirófano a cualquier precio.

—Eso es. Compórtate como un buen chico. No tienes que pelear contra esto. Deberías estar orgulloso. Tú y tu mente salvarán al mundo.

El hombre que lo sujetaba —un tipo bajo y rechoncho de pelo negro— profirió unas palabras.

—Voy a quitar la mano de tu boca, muchacho. Si pronuncias un solo sonido, A. D. Janson te va a dibujar un lindo rasguño con ese cuchillo que tiene. ¿Entendido? Te queremos vivo, pero eso no significa que no puedas recibir un par de heridas de guerra.

Thomas asintió lo más calmadamente posible. El hombre lo soltó y se echó hacia atrás.

—Qué chico listo.

Para Thomas, esa fue la señal para entrar en acción. Revoleó la pierna hacia su derecha y le dio una patada a Janson en la cara. La cabeza del hombre se sacudió hacia atrás y su cuerpo se estrelló contra el suelo. El matón de pelo negro intentó derribar a Thomas, pero este logró escurrirse por debajo y volvió a atacar a Janson. De otra patada, consiguió que abriera la mano y dejara caer el cuchillo, que resbaló por el suelo hasta dar contra el costado del edificio.

Cuando Thomas desvió la atención hacia el arma, el hombre regordete se abalanzó sobre él y ambos terminaron cayendo encima de Janson. Continuaron la lucha mientras la Rata se retorcía debajo. La desesperación se apoderó de Thomas y la adrenalina explotó en su interior. Gritó, empujó y pateó. Se arrastró con las manos y los pies hasta que consiguió liberarse de los dos hombres. Inmediatamente se lanzó hacia el cuchillo. Lo sujetó y giró hacia ellos, esperando un ataque. Los hombres, que apenas habían atinado a ponerse de pie, se quedaron atónitos ante el súbito arranque de energía de su oponente.

Thomas también se levantó.

—Déjenme ir. Lárguense. Les aseguro que si me persiguen voy a perder el control y no dejaré de apuñalarlos hasta que estén los dos bien muertos. Lo juro.

—Somos dos contra uno —dijo Janson—. No me importa que tengas un cuchillo.

—Ustedes han visto lo que soy capaz de hacer —repuso Thomas, tratando de sonar tan peligroso como se sentía—. Me observaron en el Laberinto y en el Desierto —exclamó. Le vinieron ganas de reírse al descubrir la ironía de la situación. ¿Ellos lo habían convertido en un asesino… para salvar gente?

—Si piensas que vamos a… —se mofó el hombre bajito.

En un segundo aferró el cuchillo por la hoja, se estiró hacia atrás y lo lanzó, como lo había hecho Gally. El arma dio varias volteretas en el espacio y se clavó en el cuello del hombre. Con el rostro transformado por el impacto, este llevó las manos hacia arriba y sujetó el cuchillo. En ese instante, la sangre comenzó a brotar a chorros al ritmo de los latidos de su corazón. Abrió la boca, pero antes de que pudiera hablar, se desplomó de rodillas.

—Pequeño… —murmuró Janson con los ojos desorbitados por el horror.

Thomas se quedó inmóvil en el lugar, estaba impresionado por lo que acaba de hacer; pero el momento se quebró cuando Janson volvió a posar los ojos en él. Y salió del patio a toda velocidad. Tenía que regresar al edificio.

—¡Thomas! —vociferó Janson. Podía escuchar las pisadas que lo perseguían—. ¡Vuelve acá! ¡No tienes idea de lo que estás haciendo!

Ni siquiera se detuvo. Corrió con toda su fuerza hacia el agujero en el costado del edificio. Un hombre y una mujer seguían sentados en las cercanías, agachados en el piso. Al verlo, se levantaron de un salto.

—¡Soy Thomas! —les gritó, antes de que abrieran la boca para hacer preguntas—. ¡Estoy con ustedes!

Intercambiaron miradas y luego dirigieron la vista hacia él, que se frenaba de un resbalón frente a ellos. Respirando agitadamente, echó un vistazo hacia atrás y divisó la sombra de Janson acercándose a unos quince metros.

—Te buscaron por todas partes —dijo el guardia—. Se suponía que estarías adentro —agregó y señaló el hueco con el dedo.

—¿Dónde están todos? ¿Dónde se encuentra Vince? —preguntó en medio de los jadeos.

Sabía que Janson estaba cerca y se volvió para enfrentarlo. El rostro de la Rata se había contraído con una furia insólita. Era una expresión que Thomas había visto antes. La misma ira demencial que había notado en Newt: tenía la Llamarada.

—Ese chico… —dijo, en medio de una respiración dificultosa— es propiedad… de CRUEL. Entréguenmelo.

La mujer ni parpadeó.

—Viejo, para mí CRUEL no es más que una montaña de excrementos. Si fuera usted, me largaría de aquí y no volvería a entrar. Algo muy malo les va a pasar a sus amigos que están adentro.

La Rata no contestó, simplemente continuó jadeando y moviendo los ojos como dardos entre Thomas y los demás. Unos segundos después, empezó a retroceder lentamente.

—Ustedes no comprenden. Se creen moralmente superiores, pero esa arrogancia los llevará a la ruina. Espero que lo recuerden mientras se pudren en el infierno.

Después, salió corriendo y desapareció en la penumbra.

—¿Qué hiciste para enojarlo tanto? —preguntó la mujer.

Thomas intentaba recuperar el aliento.

—Es una larga historia. Tengo que ver a Vince o a quien esté a cargo. Debo encontrar a mis amigos.

—Cálmate, muchacho —dijo el hombre—. Por ahora la cosa está tranquila. Las personas se están ubicando en sus puestos, están plantando… ese tipo de tarea.

—¿Plantando? —preguntó Thomas.

—Sí, plantando.

—¿Y eso qué quiere decir?

—Explosivos, tonto. Estamos por derribar todo el edificio. Le mostraremos al viejo y querido CRUEL que hablamos en serio.

66

En ese momento, Thomas vio todo claro. Alrededor de Vince había un fanatismo que recién entonces alcanzó a percibir en toda su dimensión. Y también recordó la forma en que el Brazo Derecho los había tratado a él y a sus amigos al tomarlos prisioneros. Además, ¿por qué tenían esos explosivos en vez de armas convencionales? Nada de eso tenía sentido, a menos que su objetivo no fuera tomar el poder sino destruir. El grupo no estaba exactamente en la misma sintonía que él. Quizás ellos pensaban que sus motivos eran honorables, pero Thomas estaba empezando a descubrir que la organización tenía un objetivo más oscuro.

Debía moverse con cuidado. Lo más importante era salvar a sus amigos, encontrar y liberar a los que habían sido capturados.

La voz de la mujer interrumpió sus reflexiones.

—Me parece que esa cabecita está pensando demasiado.

—Sí… lo siento. ¿Cuándo creen que harán estallar los explosivos?

—Supongo que muy pronto. Hace horas que los están colocando. Quieren que todos exploten al mismo tiempo, pero creo que no estamos tan entrenados como para lograrlo.

—¿Y qué pasa con toda la gente que está adentro? ¿Y los que vinimos a rescatar?

Los dos se miraron y luego se encogieron de hombros.

—Vince espera poder sacar a todo el mundo afuera.

—¿*Espera*? ¿Qué quieres decir?

—Que espera poder hacerlo.

—Es importante que hable con él —lo que Thomas realmente quería era encontrar a Minho y a Brenda. Con el Brazo Derecho o sin él, sabía lo que tenían que hacer: ir al Laberinto, sacar a todos de allí y conducirlos a la Trans-Plana.

—A través de este hueco —indicó la mujer— hay una zona alejada que ellos han tomado casi por completo. Es probable que encuentres a Vince ahí. Igual ten cuidado. CRUEL tiene guardias escondidos por todo el complejo. Y son unos condenados miserables.

—Gracias por la advertencia —dijo Thomas y se alejó deseoso de entrar. El hueco se alzaba amenazante, la polvorienta oscuridad acechaba en el interior. No había más alarmas ni luces rojas que destellaran. Atravesó el agujero e ingresó en el edificio.

Al principio, no veía ni oía nada. Caminó en silencio, atento a lo que podría surgir detrás de cada recodo. Cuanto más se internaba en la construcción, más brillantes se volvían las luces hasta que divisó una puerta abierta al final del pasillo. Corrió hacia ella y, al espiar en el interior, vio una gran habitación con mesas desparramadas en el piso, colocadas de costado como si fueran escudos. Había muchas personas agazapadas detrás de ellas.

La gente tenía la vista clavada en unas enormes puertas dobles, que se encontraban en el lado opuesto de la sala, y nadie notó que él apenas se asomaba por la puerta. Metió la cabeza para ver mejor y reconoció a Vince y a Gally detrás de una de las mesas, pero no identificó a nadie más. En el extremo izquierdo de la habitación, había una pequeña oficina y alcanzó a ver unas nueve o diez personas apiñadas en el interior. Forzó la vista pero no logró distinguir ningún rostro.

—¡Hey! —murmuró lo más fuerte que se animó—. ¡Gally!

El chico miró hacia todos lados y le tomó unos segundos divisarlo. Entrecerró los ojos, como si creyera que su vista lo engañaba.

Thomas lo saludó con la mano y Gally le hizo una seña de que se acercara.

Echó una mirada a su alrededor para constatar que fuera seguro y luego se agachó, corrió hacia la mesa y se desplomó en el piso junto a su antiguo enemigo. Tenía tantas preguntas que no sabía por dónde comenzar.

—¿Qué pasó? —preguntó Gally—. ¿Qué te hicieron?

Vince le echó una mirada hostil pero no dijo nada.

Thomas no sabía qué contestar.

—Me hicieron… algunos análisis. Mira, descubrí adónde tienen a los Inmunes. No pueden derribar el edificio antes de que los saquemos de allí.

—Entonces ve a buscarlos —dijo Vince—. Esto se puede hacer una sola vez y no voy a desperdiciarla.

—¡Tú fuiste el que trajo a algunas de esas personas a este lugar! —exclamó y miró a Gally en busca de apoyo, pero solo recibió un gesto de indiferencia.

Thomas estaba solo.

—¿Dónde están Brenda, Minho y todos los demás? —preguntó.

Gally apuntó con la cabeza hacia el cuarto de al lado.

—Están todos allí adentro, dijeron que no harían nada hasta que tú regresaras.

De pronto, Thomas sintió pena por el chico cubierto de cicatrices que se encontraba a su lado.

—Ven conmigo, Gally. Dejemos que esta gente haga lo que quiera, pero ven a ayudarnos. ¿No desearías que alguien hubiera hecho lo mismo por nosotros cuando estábamos en el Laberinto?

—Ni lo piensen —bramó Vince con violencia—. Thomas, cuando viniste aquí sabías cuáles eran nuestros objetivos. Si nos abandonas ahora, te consideraré un desertor. Serás un blanco más.

Thomas seguía observando a Gally. La tristeza que percibió en sus ojos le partió el corazón. Y también notó en su expresión algo que nunca antes había visto: confianza. Una confianza genuina.

—Ven con nosotros —le insistió.

En el rostro de Gally se dibujó una sonrisa, y respondió de una manera que él nunca hubiera imaginado.

—Bueno.

Thomas no esperó la reacción de Vince. Sujetó el brazo de Gally y se alejaron juntos con rapidez. Después corrieron hacia la oficina y se escabulleron en el interior.

Minho fue el primero en acercarse a Thomas y lo envolvió en un abrazo de oso, ante la mirada incómoda de Gally. Luego llegaron los demás. Brenda, Jorge, Teresa y hasta Aris. Thomas se sintió mareado entre el vértigo de tantos saludos e intercambios de palabras de aliento y bienvenida. Estaba especialmente emocionado de ver a Brenda y el abrazo de ella fue más largo que el de los demás. Pero por más agradable que fuera, sabía que no tenían tiempo para eso y se apartó.

—No puedo explicarles todo ahora. Tenemos que ir a buscar a los Inmunes que CRUEL secuestró y después debemos encontrar una puerta trasera que me enteré que existe, es una Trans-Plana. Hay que hacer todo esto deprisa, antes de que el Brazo Derecho derribe el complejo.

—¿Dónde están los Inmunes? —preguntó Brenda.

—Sí. ¿Y de qué te enteraste? —añadió Minho.

Thomas nunca pensó que pronunciaría las palabras que brotaron a continuación.

—Tenemos que regresar al Laberinto.

67

Thomas les mostró la carta de la Ministra Paige y todos estuvieron de acuerdo, incluso Teresa y Gally, en abandonar al Brazo Derecho y marcharse por su lado, hacia el Laberinto.

Brenda examinó el mapa y dijo que sabía exactamente cómo llegar allí. Luego le entregó un cuchillo a Thomas. Él lo aferró con fuerza en su mano derecha, al tiempo que se preguntaba si su supervivencia dependería de esa simple hoja delgada. Se deslizaron fuera de la oficina y se encaminaron a la puerta doble, mientras Vince y los demás les advertían que estaban locos y que terminarían muertos en pocos segundos. Thomas ignoró cada una de sus palabras.

La puerta seguía apenas abierta y Thomas fue el primero en atravesarla. Esperando un ataque, se agachó pero el corredor estaba vacío. Los otros lo imitaron y él decidió reemplazar la cautela por velocidad y salió corriendo por el largo pasillo. La luz tenue le confería al edificio una atmósfera fantasmal, como si los espíritus de todas las personas a quienes CRUEL había dejado morir estuvieran acechando en los huecos y en los rincones. Sin embargo, Thomas sintió que estaban de su lado.

Con Brenda como guía, doblaron un recodo y bajaron un tramo de escalones. Tomaron un atajo a través de un viejo depósito y anduvieron por otro largo pasillo. Descendieron más peldaños. Hacia la derecha, luego hacia la izquierda. Thomas mantenía un ritmo veloz sin dejar de estar atento ante los peligros. Nunca se detuvo, jamás hizo una pausa para recuperar el aliento, ni dudó de las indicaciones de Brenda. Una vez más, era un Corredor y, a pesar de todo, la sensación le resultó agradable.

Se aproximaron al final de un pasillo y giraron hacia la derecha. Thomas apenas había dado tres pasos cuando alguien brotó de la nada y cayó encima de él, lo sujetó de los hombros y lo derribó.

Él rodó por el piso, y forcejeó para sacarse a la persona de encima. Escuchó gritos y los ruidos de los demás en el fragor de la lucha. Estaba oscuro y no podía distinguir quién era su contrincante, pero golpeó y pateó, arrojó puñaladas y percibió que rasgaba algo. Una mujer aulló. Un puño se estrelló en su mejilla derecha y unas uñas se clavaron en su muslo.

Se detuvo unos segundos, juntó fuerzas y luego empujó con todo su cuerpo. Su atacante golpeó contra la pared y después volvió a saltar sobre él. Dieron unas vueltas por el suelo y chocaron contra otro par de combatientes. Thomas tuvo que utilizar toda su concentración para seguir manipulando el arma, pues la extrema cercanía de su enemigo hacía las cosas muy difíciles. Dio un puñetazo con la mano izquierda, que aterrizó en la mandíbula de su asaltante, y utilizó ese breve respiro para asestar el cuchillo en el estómago. Otro grito, también de mujer. Con un fuerte empujón, logró por fin liberarse de ella.

Se puso de pie y recorrió el sitio para ver a quién podía ayudar. Bajo la luz débil, vio a Minho montado encima de un hombre, que no presentaba ninguna resistencia. Brenda y Jorge se habían unido para vencer a otro guardia, que en ese momento se levantó con dificultad y huyó. Teresa, Harriet y Aris estaban apoyados contra la pared intentando recuperar la respiración. Todos habían sobrevivido. Tenían que huir.

—¡Vamos! —gritó—. ¡Minho, ya déjalo!

Su amigo lanzó un par de golpes más y después se levantó mientras le propinaba a su enemigo una última patada.

—Ya terminé. Podemos irnos.

Y el grupo partió a toda carrera.

Bajaron deprisa otra larga serie de escalones y tropezaron unos con otros al ingresar en la habitación que se encontraba al pie de la escalera. Thomas sufrió un gran impacto al descubrir dónde se hallaba. Era la cámara que albergaba las cápsulas de los Penitentes, la habitación a la que habían llegado después de escapar del Laberinto. Las ventanas de la sala de observación seguían destrozadas y los fragmentos de vidrio estaban desparramados por el piso. Unas cuarenta cápsulas alargadas, donde los Penitentes descansaban y se recargaban, parecían haber sido selladas desde que los Habitantes habían arribado unas semanas antes. Una capa de polvo opacaba lo que Thomas recordaba como una superficie blanca y brillante.

Sabía que, como miembro de CRUEL, había pasado innumerables horas y días en ese recinto trabajando en la creación del Laberinto, y volvió a invadirlo la vergüenza.

Brenda apuntó a la escalera que los conduciría hasta donde tenían que ir. Thomas se estremeció al rememorar el descenso por esa rampa viscosa de los Penitentes durante la evasión: podrían haber bajado por una escalera.

—¿Por qué no hay nadie aquí? —preguntó Minho mientras recorría la cámara—. Si tienen gente encerrada allí, ¿por qué no hay guardias?

Thomas meditó sobre la cuestión.

—¿Quién necesita soldados para vigilarlos si el Laberinto puede ocuparse de eso? Nos llevó mucho tiempo descubrir la forma de salir.

—No sé —comentó Minho—. Hay algo raro en todo esto.

Thomas se encogió de hombros.

—Bueno, si nos quedamos sentados aquí no lograremos nada. A menos que se te ocurra algo mejor, subamos hasta allá y ayudémoslos a salir.

—¿Algo mejor? —repitió Minho—. No se me ocurre nada.

—Entonces tendremos que subir.

Thomas trepó la escalera y accedió a otra habitación muy familiar, donde se encontraba la computadora donde habían ingresado el código para desactivar a los Penitentes. Chuck había estado allí, aterrorizado pero valiente. Y menos de una hora después de eso, estaba muerto. El dolor por la pérdida de su amigo lo asaltó una vez más.

—Hogar, dulce hogar —masculló Minho, señalando un agujero redondo encima de sus cabezas. Era el hueco que conducía al Acantilado. Cuando el Laberinto funcionaba a pleno, se había utilizado la técnica holográfica para ocultarlo, para que pareciera que formaba parte del cielo falso e infinito que se extendía más allá del borde rocoso del precipicio. Ahora, todo estaba desactivado y, a través de la abertura, Thomas pudo distinguir los muros del Laberinto. Habían colocado una escalera de mano justo debajo del hueco.

—No puedo creer que estemos otra vez aquí —dijo Teresa acercándose a Thomas. Había un dejo de angustia en su voz, que reflejaba lo que él también sentía.

Y por alguna razón, con esa simple afirmación, Thomas comprendió que el hecho de que ambos se hallaran ahí significaba que finalmente estaban en igualdad de condiciones. Trataban de salvar vidas para reparar el daño ocasionado al participar en la gestación de todo eso. Anhelaba creerlo con todas sus fuerzas.

—Qué locura, ¿no? —le dijo a Teresa mirándola a los ojos.

Ella sonrió por primera vez desde… no podía recordarlo.

—Sí, una gran locura...

Aún había tanto que Thomas no recordaba —sobre él mismo, sobre ella—; sin embargo Teresa estaba ahí, colaborando, y eso era todo lo que él necesitaba.

—¿No crees que es mejor que subamos ya? —preguntó Brenda.

—Sí —afirmó Thomas sacudiendo la cabeza—. Por supuesto.

Él trepó en último lugar. Después de que los demás atravesaron el hoyo, subió por la escalera de mano y se impulsó hasta la saliente. Luego caminó por arriba de dos tablas de madera que habían sido colocadas a través del hueco que conducía al piso de piedra del Laberinto, al borde del Acantilado. Debajo de él, lo que antes había parecido ser un declive interminable, no era más que un área de trabajo rodeada de paredes negras. Levantó la mirada hacia el Laberinto y tuvo que hacer una pausa para abarcar todo el lugar con la mirada.

Donde alguna vez había brillado el cielo azul, no se veía más que el techo color gris pálido. La holografía que estaba frente a la ladera del Acantilado se encontraba completamente desactivada, y la vista que antes le había producido vértigo se había transformado en una simple pared de yeso negro. Pero ver los gigantescos muros cubiertos de enredadera lo dejó sin habla. Incluso sin la ayuda de la ilusión óptica, esas paredes habían dominado el Área, como antiguos monolitos, verdes, grises y agrietados. Como si fueran a permanecer allí durante miles de años, lápidas colosales que marcaban el lugar donde habían muerto tantos.

Thomas había regresado.

68

Esta vez, Minho iba adelante. Con los hombros erguidos durante la carrera, todo su cuerpo revelaba el orgullo que había sentido durante esos dos años en que había liderado los pasadizos del Laberinto. Thomas marchaba detrás de él, estirando el cuello para ver las paredes de hiedra que se elevaban majestuosamente hacia el techo gris. Estar de vuelta después de todo lo que habían pasado desde la fuga era una sensación realmente extraña.

Mientras corrían hacia el Área, no hablaron demasiado. Thomas se preguntó qué pensarían Brenda y Jorge acerca del Laberinto: sabía que debía parecerles inmenso. Un escarabajo nunca podría transmitir a las salas de observación la idea de semejante tamaño. Y se imaginaba todos los malos recuerdos que estarían retumbando en la mente de Gally.

Doblaron el último recodo y atravesaron el amplio corredor que se hallaba fuera de la Puerta del Este del Área. Cuando Thomas llegó a la sección de la pared donde había atado a Alby a la hiedra, levantó la vista hacia el sitio exacto y alcanzó a distinguir las lianas destrozadas. Después de todo el esfuerzo realizado para salvar al anterior líder de los Habitantes, había tenido que verlo morir unos días después, sin que su mente se recobrara por completo de la Transformación.

Una corriente de furia se extendió por las venas de Thomas como un fuego líquido.

Arribaron a la Puerta del Este y Thomas disminuyó la velocidad para recobrar el aliento. Había cientos de personas pululando por el Área. Se horrorizó al constatar que había bebés y niños pequeños diseminados entre la gente. Llevó unos segundos que se esparcieran los murmullos a través de la multitud de Inmunes pero, en unos instantes, todos los ojos estaban posados en los recién llegados y un silencio total se extendió sobre el Área.

—¿Sabías que eran tantos? —le preguntó Minho a Thomas.

Había personas por todos lados. Sin duda, era una cantidad mucho mayor a la de los Habitantes. Pero lo que dejó a Thomas sin palabras fue volver a ver el Área. El edificio torcido al que llamaban Finca; el patético bosquecito; el establo del Matadero; los jardines, ahora solo maleza reseca. La Sala de Mapas carbonizada con la puerta de metal ennegrecida y aún entreabierta. Desde donde se encontraba, logró distinguir el Cuarto Oscuro: una burbuja de emoción amenazó con explotar en su interior.

—Hey, soñador —dijo Minho, chasqueando los dedos—. Te hice una pregunta.

—¿Eh? Ah... Son tantos que el lugar parece mucho más pequeño que cuando nosotros estábamos acá.

Sus amigos no tardaron en divisarlos. Sartén y Clint, uno de los Docs. Sonia y otras chicas del Grupo B. Todos corrieron hacia ellos y hubo un breve revuelo de abrazos y reencuentros.

Sartén le dio unos golpes a Thomas en el brazo.

—¿No es increíble que hayan vuelto a ponerme en este sitio? Ni siquiera me permitieron cocinar: nos mandaban comida en la Caja tres veces por día. La cocina ya no funciona, no hay electricidad, nada.

Thomas se echó a reír y su enojo comenzó a disiparse.

—Pensar que eras un cocinero desastroso para cincuenta tipos, ¿qué pasaría si hubieras tenido que alimentar a este ejército?

—Siempre tan cómico, Thomas. Eres un tipo muy gracioso, estoy contento de verte —y sus ojos se agrandaron—. ¿Gally? ¿Está aquí? ¿Gally está *vivo*?

—Yo también me alegro de verte —respondió el chico secamente.

Thomas le dio a Sartén una palmada en la espalda.

—Es una larga historia. Ahora es un buen tipo.

Gally esbozó una sonrisa burlona, pero no contestó.

Minho se acercó a ellos.

—Muy bien, el momento feliz ya se terminó. Larcho, ¿cómo rayos vamos a salir de aquí?

—No debería ser muy terrible —dijo Thomas. En realidad, detestaba la idea de llevar a toda esa gente no solo por el Laberinto, sino a través del complejo de CRUEL hasta la Trans-Plana. De todas formas, no quedaba otra alternativa.

—No me vengas con esa garlopa —dijo Minho—. Tus ojos no mienten.

Thomas sonrió.

—Bueno, lo que no se puede negar es que tenemos a muchas personas que pelearán junto a nosotros.

¿Les has echado un vistazo a estos pobres inocentes? —preguntó Minho disgustado—. La mitad de ellos son más jóvenes que nosotros y la otra, no parece haber pegado un puñetazo en su vida.

—A veces, la cantidad es lo que importa —respondió Thomas.

Divisó a Teresa y le dijo que se aproximara. Luego buscó a Brenda.

—¿Cuál es el plan? —preguntó Teresa.

Si Teresa realmente estaba con ellos, ese era el momento en que Thomas la necesitaba… a ella y a todos los recuerdos que había recuperado.

—Muy bien, vamos a dividirlos en grupos —les dijo a todos—. Debe de haber unas cuatrocientas o quinientas personas, de modo que… haremos grupos de cincuenta. Después asignaremos un Habitante o un miembro del Grupo B para que se haga cargo de cada uno. Teresa, ¿sabes cómo llegar a esa sala de mantenimiento?

Él le mostró el plano y, tras examinarlo, ella asintió.

—Después —prosiguió—, yo voy a ayudar a trasladar a la gente mientras tú y Brenda encabezan la marcha. Todos los demás hagan de guías. Excepto Minho, Jorge y Gally. Creo que ustedes deberían cubrir la retaguardia.

—Me parece bien —dijo Minho levantando los hombros con expresión sorprendentemente aburrida.

—Lo que tú digas, hermanito —añadió Jorge.

Gally apenas hizo un gesto con la cabeza.

Dedicaron los veinte minutos siguientes a separar los grupos y colocarlos en largas filas. Pusieron especial atención en reunir a la gente por edad y fuerza. Una vez que comprendieron que los desconocidos habían venido a rescatarlos, los Inmunes no tuvieron ningún problema en seguir las órdenes.

Con los grupos ya formados, Thomas y sus amigos se pusieron en hilera frente a la Puerta del Este. Thomas agitó las manos para que hicieran silencio.

—¡Escuchen! —comenzó—. CRUEL está planeando utilizarlos para fines científicos. Sus cuerpos, sus cerebros. Durante años, han estado estudiando gente, reuniendo información para desarrollar una cura para la Llamarada. Ahora quieren usarlos a ustedes también, pero merecen algo más que una vida de rata de laboratorio. Ustedes y nosotros, todos, somos el futuro. Y el futuro no va a suceder de la manera en que ellos lo desean. Por eso estamos aquí. Para sacarlos de este lugar. Vamos a atravesar una serie de edificios hasta encontrar una Trans-Plana que nos llevará a un sitio seguro. Si nos atacan, tendremos que pelear. No se separen de sus grupos y el más fuerte tiene que hacer lo que sea necesario para proteger a…

Las últimas palabras de Thomas fueron interrumpidas por un violento crujido, como si la piedra se agrietara. Y luego, nada. Solo un eco resonando a través de las gigantescas paredes.

—¿Qué fue *eso*? —gritó Minho, mirando al cielo.

Thomas inspeccionó el Área, los muros del Laberinto que se erguían a sus espaldas, pero nada había cambiado de lugar. Estaba a punto de hablar cuando sonó otro estruendo, y después uno más. Un rugido estrepitoso cruzó el Área y fue aumentando en volumen y alcance. La tierra comenzó a temblar. Parecía que el mundo se iba a caer a pedazos.

Buscando el origen del estrépito, la gente giraba en círculos y Thomas percibió que el pánico se estaba extendiendo. No iba a lograr controlarlos durante mucho tiempo más. El suelo se sacudió con más fuerza; los sonidos se amplificaron —truenos y el rechinar de la roca— y los gritos brotaron de la multitud que se encontraba frente a él.

De repente, Thomas comprendió lo que estaba sucediendo.

–Los explosivos.

–¿Qué? –exclamó Minho.

Thomas miró a su amigo.

–¡El Brazo Derecho!

Un bramido atronador sacudió el Área. Thomas levantó la vista. Hacia la izquierda de la Puerta del Este, se había desprendido una enorme porción del muro y grandes trozos de piedras volaban por el aire. Una sección inmensa quedó sostenida en un ángulo increíble y luego se desplomó hacia el suelo.

No llegó a lanzar un grito de advertencia que ya el pedazo colosal de roca aterrizaba sobre un grupo de personas y las aplastaba. Mudo, observó cómo brotaba la sangre y formaba un charco en el piso de piedra.

69

Los heridos aullaban. El estruendo, combinado con el sonido de la roca resquebrajándose, conformaba un coro siniestro mientras el suelo continuaba temblando. El Laberinto se estaba derrumbando: tenían que escapar de allí.

—¡Corre! —le gritó a Sonia.

Ella no vaciló y de inmediato desapareció entre los pasillos del Laberinto. La gente que se hallaba en su grupo no necesitó que le dieran la orden.

Thomas trastabilló, recuperó el equilibrio y se acercó a Minho.

—¡Ve a la retaguardia! ¡Teresa, Brenda y yo tenemos que ir a la cabeza del pelotón!

Minho asintió y le dio un empujón para que arrancara. Thomas echó un vistazo hacia atrás justo cuando la Finca explotaba como una calabaza partida al medio: la mitad de su frágil estructura se desmoronó hacia el suelo en una nube de polvo y astillas. Su mirada viró hacia la Sala de Mapas: las paredes de hormigón ya se estaban viniendo abajo.

No había tiempo que perder. Recorrió el caos hasta que encontró a Teresa y la tomó de la mano. Juntos atravesaron la abertura y penetraron en el Laberinto. Brenda y Jorge se hallaban allí organizando la partida de los grupos, para impedir que todos salieran como en una estampida y muriera la mitad.

Desde arriba se escuchó otro rugido de rocas que se agrietaban. Cuando Thomas elevó los ojos, un trozo de pared se hacía pedazos contra el suelo, cerca de los cultivos. Por suerte, no había nadie allí. Con un súbito estremecimiento de terror, comprendió que el techo no tardaría en venirse abajo.

—¡Vamos! —le gritó Brenda—. ¡Estoy detrás de ti!

Teresa lo sujetó del brazo, lo impulsó hacia adelante y los tres pasaron frente al borde izquierdo de la Puerta. Entraron en el Laberinto zigzagueando entre la muchedumbre que se dirigía en la misma dirección. Thomas aceleró el paso para alcanzar a Sonia: ignoraba si ella había sido Corredora en el Grupo B o si recordaba el trazado tan bien como él.

La tierra seguía temblando y sacudiéndose con cada una de las explosiones lejanas. A izquierda y derecha, la gente tropezaba, volvía a ponerse de pie y continuaba corriendo. Mientras andaba, Thomas se agachaba, esquivaba gente y en un momento dado saltó por encima de un hombre caído. Las piedras rodaban por los muros. Contempló una roca que golpeó a un Inmune en la cabeza y lo arrojó al suelo. Sus compañeros se acercaron a su cuerpo inerte, intentaron levantarlo, pero había tanta sangre que Thomas supo que ya era tarde.

Alcanzó a Sonia y pasó delante de ella. Sabía que se estaban aproximando. Esperaba que el Laberinto hubiera sido el primer lugar que había explotado y que el resto del complejo estuviera intacto. De repente, la tierra saltó debajo de sus pies y un crujido ensordecedor perforó el aire. Cayó y trató de levantarse. A unos sesenta metros una sección del piso de piedra se había elevado. La mitad de la roca explotó enviando una lluvia de polvo en todas las direcciones.

No se detuvo. Había un espacio angosto entre la saliente del piso y la pared. Lo atravesó con Teresa y Brenda detrás. Sin embargo, supo que ese cuello de botella reduciría el paso de la multitud.

—¡Apúrense! —rugió por encima del hombro. Disminuyó la velocidad para mirar y percibió la desesperación en los ojos de la gente.

Sonia emergió del paso estrecho y se detuvo para ayudar a los demás a atravesarlo, aferrando las manos, jalando y empujando. Fue más rápido de lo que Thomas había imaginado y continuó la marcha hacia el Acantilado.

Anduvo por el Laberinto mientras el mundo se agitaba, las piedras se desmoronaban y caían a su alrededor, la gente gritaba y lloraba. Lo único que podía hacer era conducir a los sobrevivientes hacia adelante. Doblaron hacia la izquierda y luego hacia la derecha. Otra vez hacia la derecha. Arribaron a un largo pasadizo que finalizaba en el Acantilado. Más allá del borde, distinguió el techo grisáceo que terminaba en las paredes negras, el hueco redondo de la salida y una grieta enorme que se perdía hacia arriba a través de lo que había sido alguna vez el falso cielo.

Se volvió hacia Sonia y hacia los demás.

—¡Rápido! ¡Muévanse!

Al acercarse, Thomas pudo contemplar el terror en toda su dimensión. Rostros pálidos, retorcidos por el miedo, gente cayendo al piso y levantándose nuevamente. Vio a un chico, de no más de diez años, arrastrando a una mujer hasta que ella por fin logró ponerse de pie. Un pedrusco del tamaño de un auto pequeño se desmoronó desde lo alto del muro y golpeó a un anciano, quien se desplazó unos metros a los tumbos y cayó en el suelo. Atravesado por el horror, Thomas siguió corriendo mientras gritaba palabras de aliento a quienes lo rodeaban.

Finalmente, llegaron al Acantilado. Las dos tablas seguían allí y Sonia le hizo una señal a Teresa para que cruzara el improvisado puente y se deslizara por la vieja Fosa de los Penitentes. A continuación, Brenda lo atravesó con una hilera de gente detrás.

Thomas esperó en el borde del Acantilado apurando a la multitud. Sabiendo que el lugar estaba a punto de explotar en cualquier momento, contemplar a la gente escapando del Laberinto tan lentamente era una tarea agotadora, casi insoportable. Uno a uno, todos corrían por las tablas y se arrojaban por el agujero. Thomas se preguntó si, para apurar las cosas, Teresa los estaría mandando por el tobogán y no por la escalinata.

—¡Ve tú! —le gritó Sonia a Thomas—. Es importante que sepan qué hacer una vez que estén allí abajo.

A pesar de que se sentía muy mal por tener que marcharse, Thomas asintió. La primera vez que había escapado, también había tenido que abandonar a los Habitantes, pues debía ingresar el código. Pero sabía que ella tenía razón. Le echó una última mirada al tembloroso Laberinto: los trozos del techo se desprendían y la piedra se levantaba desde el suelo. No sabía si todos lograrían sobrevivir y le dolió el corazón al pensar en Minho, Sartén y los demás.

Se abrió paso entre la marea humana y atravesó las tablas de madera que lo conducían al hueco. Después se alejó de la multitud que descendía por el tobogán y corrió hacia la escalera de mano. Bajó por los travesaños tan rápido como pudo y, al llegar abajo, se tranquilizó al comprobar que el daño no había alcanzado todavía esa sección del complejo. Teresa se encontraba allí ayudando a la gente a incorporarse después del aterrizaje e indicándole qué dirección tomar.

—¡Yo me encargo de esto! —le dijo—. ¡Ve al frente del pelotón! —y apuntó hacia las puertas dobles.

Ella estaba por responderle cuando vio algo detrás de él que le hizo abrir los ojos del miedo.

Algunas de las polvorientas cápsulas de los Penitentes comenzaban a abrirse, como si fueran las tapas de los ataúdes.

70

–¡**E**scúchame! –gritó Teresa. Lo tomó de los hombros y lo obligó a mirarla a los ojos–. En la parte trasera de los Penitentes –explicó señalando la cápsula más cercana–, adentro de la piel viscosa, hay un interruptor con forma de manija. Tienes que meter la mano en la piel y jalar hacia afuera. Si logras hacerlo, las criaturas morirán.

Thomas hizo una señal afirmativa.

–Bueno. ¡Tú continúa haciendo pasar a la gente!

Mientras Thomas salía disparando hacia la cápsula más cercana, las demás continuaban abriéndose. Cuando llegó, la tapa ya se encontraba por la mitad y él escudriñó el interior. El cuerpo enorme de la babosa temblaba y se retorcía, al tiempo que aspiraba humedad y combustible por unos tubos conectados a sus flancos.

Thomas se acercó a la tapa del contenedor. Luego se extendió por encima y se inclinó hacia el Penitente que estaba adentro. Estiró la mano a través de la piel húmeda para encontrar lo que Teresa había descripto. Resoplando por el esfuerzo, empujó hasta que chocó contra una manija dura y jaló de ella con toda su fuerza. El interruptor se desprendió por completo y el Penitente se convirtió en una masa floja de gelatina que se extendió en el fondo de la cápsula.

Arrojó la manija y corrió a la cápsula siguiente, cuya tapa ya estaba por tocar el suelo. Le llevó unos pocos segundos introducirse en el costado, hundir la mano en la piel grasosa y darle un tirón al interruptor.

Mientras se dirigía a la próxima, Thomas echó una rápida mirada a Teresa. Ella continuaba ayudando a la gente a levantarse del piso después de haberse deslizado por el tobogán y la enviaba hacia las puertas. Bajaban con gran rapidez aterrizando unos sobre otros. Sonia se encontraba allí, luego Sartén y Gally. En ese momento, Minho llegó volando. Thomas se acercó a la cápsula, cuya tapa ya estaba completamente abierta, y contempló uno por uno los tubos que conectaban al Penitente al contenedor. Trepó, sepultó la mano en la piel del monstruo y arrancó la manija.

Se arrojó al piso y se encaminó hacia el cuarto receptáculo, pero el Penitente ya había comenzado a moverse. El frente se deslizaba por encima del borde de la cápsula abierta, mientras los apéndices se proyectaban fuera de la piel para facilitarle la maniobra. Thomas logró llegar justo a tiempo. Saltó y se abalanzó sobre la pared del costado. Empujó la mano en el interior de la babosa y aferró la manija. Un par de tijeras filosas se extendieron hacia su cabeza pero él se agachó a tiempo y quitó la pieza del cuerpo de la criatura. Murió al instante y su masa se retrajo dentro del ataúd.

Thomas se dio cuenta de que era demasiado tarde para detener al último de los Penitentes. Cuando se detuvo para evaluar la situación, comprobó que su cuerpo ya chapoteaba por el suelo. Con un pequeño dispositivo de observación que salía del frente, comenzó a recorrer el área. Luego, como tantas veces lo había visto, la criatura se transformó en una pelota y unas púas brotaron de su piel. La maquinaria que se hallaba dentro de su panza emitió un zumbido metálico y la bestia rodó hacia adelante. El hormigón voló por el aire mientras las púas del Penitente rasgaban el piso. Impotente, Thomas observó cómo se estrellaba contra un pequeño grupo de personas que habían surgido del tobogán. Con las hojas extendidas, acuchilló a varios Inmunes antes de que pudieran reaccionar.

Thomas miró a su alrededor en busca de algo que le sirviera de arma. Un trozo de tubería del largo de su brazo se había desprendido del techo. Corrió hacia él y lo levantó. Cuando se dirigía hacia la criatura, vio que Minho ya había arremetido contra ella y le pegaba patadas con una fuerza aterradora.

Thomas les gritó a los demás que se alejaran, y embistió al monstruo. Este lo acometió, como si hubiera escuchado la orden, alzándose sobre su bulbosa parte trasera. Thomas se detuvo de golpe al ver dos apéndices que surgían de sus flancos: un nuevo brazo de metal zumbaba con una sierra mecánica; el otro tenía una garra siniestra, que terminaba en cuatro cuchillas.

—¡Minho, déjame distraerlo! —rugió—. ¡Saca a todos de aquí y que Brenda los conduzca a la sala de mantenimiento!

Mientras hablaba, observó a un hombre que gateando intentaba apartarse del camino del Penitente. Antes de que lograra cubrir unos metros, una vara se proyectó fuera de la criatura y le rasgó el pecho. Escupiendo sangre, la víctima se desplomó en el piso.

Thomas se abalanzó sobre la bestia dispuesto a abrirse paso entre los apéndices y llegar hasta el interruptor. Estaba muy cerca cuando, desde su derecha, Teresa surgió como un rayo y se arrojó sobre el Penitente. De inmediato, este se enroscó en una bola, sus brazos metálicos se retrajeron y la apretaron contra la piel.

—¡Teresa! —aulló Thomas, deteniéndose en seco sin saber qué hacer.

Ella se retorció para mirarlo.

—¡Vete! ¡Llévatelos de aquí! —exclamó mientras comenzaba a patear y rasguñar. Sus manos desaparecieron en la piel grasosa, pero parecía no haber recibido heridas de importancia.

Empuñando el caño con fuerza, Thomas se acercó despacio en busca de un espacio para atacar sin lastimar a Teresa.

Los ojos de ella volvieron a clavarse en los suyos.

—Lárgate de…

Pero sus palabras se perdieron en el aire. El Penitente había succionado su cara dentro de la piel viscosa y la atraía con fuerza asfixiándola.

Paralizado, Thomas se quedó mirando. Había muerto mucha gente. Demasiada. Y él no iba a permanecer allí y dejar que ella se sacrificase para salvarlo a él y a los demás. No podía permitirlo.

Gritó y corrió a toda velocidad. Pegó un salto en el aire y se estrelló contra el Penitente. La sierra mecánica apuntó hacia su pecho, pero él la eludió moviéndose hacia la izquierda mientras agitaba el arma. Golpeó con dureza a la criatura hasta que la sierra se desprendió y salió volando por el aire. Thomas la oyó repiqueteando por la habitación. Utilizó su equilibrio para volver a revolear el caño y descargarlo sobre el cuerpo bulboso, al costado de la cabeza de Teresa. Con gran esfuerzo, extrajo el arma y la asestó una y otra vez.

Un apéndice con una garra lo sujetó, lo elevó por el aire y lo arrojó lejos. Chocó contra el cemento duro, rodó y se puso nuevamente de pie. Teresa había logrado ponerse de rodillas sobre el cuerpo de la bestia e intentaba pegarle a los brazos metálicos. Thomas volvió a cargar sobre la criatura saltando y aferrándose a su piel gelatinosa. Utilizó el caño para aporrear cualquier cosa que se le acercara. El Penitente se sacudió de costado, giró y lanzó a Teresa un par de metros por el aire.

Cuando la garra inició un nuevo ataque, Thomas consiguió sujetarse del brazo metálico y arrojarla lejos de una patada. Luego afirmó los pies en el cuerpo de la criatura, se descolgó por el costado y se estiró. Sumergió el brazo en la piel fofa y tanteó la zona. Algo le cortó la espalda y el dolor se extendió por su cuerpo. Continuó escarbando en busca de la manija. Cuanto más profundo se hundía, más espesa se volvía la piel, como si fuera lodo.

Finalmente, sus dedos rozaron el plástico duro, estiró la mano unos centímetros más, sujetó la manija, jaló con toda su a su energía y, de una voltereta, se arrojó lejos del Penitente. Levantó la vista y vio a Teresa devolviendo los golpes de las cuchillas que se acercaban peligrosamente a su rostro. Luego, un silencio repentino se instaló en la habitación, mientras el núcleo del monstruo chisporroteaba y se extinguía. La pila alargada de grasa y engranajes se desplomó sin vida.

Thomas descansó la cabeza en el suelo y tomó profundas bocanadas de aire. Al instante, Teresa se acercó y lo hizo rodar hasta quedar con la espalda contra el suelo. Él vio dolor en su rostro. Tenía la piel roja, transpirada y llena de rasguños. Aun así, ella le sonrió.

—Gracias, Tom —le dijo.

—De nada —el descanso después de la batalla era increíble.

Ella lo ayudó a ponerse de pie.

—Larguémonos de aquí.

Thomas notó que ya nadie bajaba por el tobogán. Minho acababa de guiar a las últimas personas a través de las puertas; observó a Thomas y a Teresa. Con las manos en las rodillas, se agachó para recuperar el aliento.

—Ya están todos —anunció y se enderezó con un resoplido—. Bueno, los que sobrevivieron. Supongo que ahora entendemos por qué nos dejaron entrar tan fácilmente: los Penitentes mierteros se encargarían de rebanarnos para que no lográramos salir. Chicos, tienen que ir al frente para ayudar a Brenda.

—¿Entonces ella está bien? —preguntó Thomas, mientras una inmensa paz se apoderaba de él.

—Sí. Ya está adelante.

Thomas se levantó con gran esfuerzo pero no bien dio un par de pasos volvió a detenerse. Un rugido intenso se escuchó desde algún lado, desde todos lados. La habitación tembló unos segundos y luego se acalló.

—Es mejor que nos demos prisa —exclamó y salió disparando detrás de los demás.

71

Al menos doscientas personas habían logrado escapar del Laberinto y, por alguna razón, habían dejado de avanzar. En el pasillo abarrotado, Thomas tuvo que eludir mucha gente para llegar hasta el frente.

Zigzagueó entre hombres, mujeres y niños hasta que por fin divisó a Brenda. Ella se abrió camino hasta él, lo envolvió en un abrazo y le dio un beso en la mejilla. Thomas deseó con todas sus fuerzas que la lucha acabara ahí mismo, que estuvieran seguros sin tener que dar un paso más.

—Minho me dijo que me fuera —se disculpó ella—. Me obligó y me prometió que él te ayudaría si fuera necesario. Me dijo que era muy importante que todo el mundo saliera y que ustedes podrían encargarse del Penitente. Debería haberme quedado. Lo siento.

—Yo se lo pedí —respondió Thomas—. Hiciste lo correcto. Lo que había que hacer. Pronto estaremos fuera de aquí.

Ella le dio un leve empujón.

—Entonces apurémonos para que eso ocurra lo antes posible.

—Está bien —repuso él y le apretó la mano. Luego se unieron a Teresa y los tres se dirigieron otra vez hacia el frente de la multitud.

El pasillo estaba más oscuro que antes. Las pocas luces que funcionaban eran muy débiles e intermitentes. Agolpada y en silencio, la gente esperaba con ansiedad. Thomas vio a Sartén, quien le forzó una ligera sonrisa de aliento que, como siempre, pareció más bien una mueca burlona. En la distancia, el rugido ocasional atronó el aire y el edificio se sacudió. Las explosiones todavía sonaban muy lejos, pero Thomas sabía que eso no duraría demasiado.

Cuando Brenda y él llegaron al principio de la fila, descubrieron que el grupo se había detenido ante una escalera, sin saber si subir o bajar.

—Hay que subir —dijo Brenda.

Sin vacilar, Thomas le hizo a la gente una seña de que avanzara y comenzó a trepar, con Brenda a su lado.

Se negaba a sucumbir a la fatiga. Cuatro escalones, cinco, seis. Hizo una pausa en el rellano, respiró hondo, miró hacia abajo y comprobó que el resto venía detrás. Brenda los condujo por una puerta, otro largo corredor, hacia la izquierda, luego hacia la derecha y unos peldaños más. Otro pasillo y después bajaron una escalera. Un pie delante del otro. Thomas deseó que fuera verdad aquello que la ministra le había dicho acerca de la Trans-Plana.

Adelante, se oyó otra explosión que sacudió todo el edificio y lo arrojó al piso. El polvo saturó el ambiente y pequeños trozos del techo aterrizaron en su espalda. El aire se llenó de crujidos y estallidos. Finalmente, después de varios segundos de temblor, el silencio y la quietud se restablecieron.

Extendió el brazo para ver si Brenda no estaba herida.

—¿Están todos bien? —gritó por el pasillo.

—¡Sí! —contestó alguien.

—¡No se detengan! ¡Ya casi llegamos! —ayudó a Brenda a levantarse y siguieron andando. Thomas rogaba que el edificio se mantuviera en pie un rato más.

Por fin arribaron al área que la ministra había marcado en el plano con un círculo: la sala de mantenimiento. Habían detonado varias bombas más. Pero ya nada podía detenerlos y se hallaban muy cerca de la meta.

Antes de la sala de mantenimiento había una inmensa zona de depósito. La pared derecha estaba cubierta de estanterías de metal llenas de cajas. Thomas cruzó hacia ese lado de la habitación y comenzó a hacer señas a la gente para que ingresara. Quería reunir a todos allí antes de atravesar la

Trans-Plana. En la parte trasera del recinto había una puerta: tenía que ser la que los conduciría al sitio que estaban buscando.

—Hazlos pasar y que estén preparados —le dijo a Brenda, y después corrió hasta la puerta. Si la ministra Paige había mentido sobre la Trans-Plana o si alguien de CRUEL o del Brazo Derecho había descubierto lo que estaban haciendo, estarían perdidos.

La puerta daba a una habitación más pequeña, con mesas cubiertas de herramientas y piezas de máquinas. En el extremo opuesto colgaba un gran trozo de tela. Thomas se lanzó sobre él y lo desprendió. Detrás había una pared gris enmarcada por un rectángulo de color plateado resplandeciente y una caja de control.

Era la Trans-Plana.

La ministra había dicho la verdad.

Thomas se echó a reír. CRUEL, la *líder* de CRUEL, lo había ayudado.

A menos que… Se dio cuenta de que necesitaba averiguar una cosa más. Antes de enviar a todos a través de ella, tenía que comprobar adónde conducía. Respiró profundamente. Era la prueba final.

Atravesó la superficie helada de la Trans-Plana y del otro lado se encontró frente a la puerta totalmente abierta de una sencilla cabaña de madera. Más allá de ella se veía… verde. Cantidades fabulosas de verde. Césped, árboles, flores, arbustos. Para él, eso era más que suficiente.

Lleno de júbilo, regresó por los demás. Lo habían logrado, estaban prácticamente a salvo. Salió corriendo hacia la zona de depósito.

—¡Vamos! —gritó—. ¡Traigan a todos aquí… funciona! ¡Deprisa!

Una explosión hizo vibrar las paredes y las estanterías metálicas. El polvo y los escombros se desplomaron desde el techo.

—¡Deprisa! —repitió.

Teresa ya estaba guiando a la gente en dirección a Thomas, quien se había quedado en la pequeña sala esperando a la primera persona que cruzara el umbral. Lo hizo una mujer y él la llevó hasta la pared gris de la Trans-Plana.

—¿Sabes qué es esto, no? —le preguntó.

Ella asintió, tratando de ocultar su impaciencia por escapar de allí.

—Ya he vivido bastante, hijo.

—¿Te puedo pedir que te quedes aquí y ayudes a pasar a los demás?

Al principio, la mujer palideció, pero después sacudió la cabeza afirmativamente.

—No te preocupes —la tranquilizó Thomas—. Quédate aquí el tiempo que puedas.

Apenas ella estuvo de acuerdo, él corrió hacia la puerta.

La pequeña habitación estaba atestada de gente y Thomas dio un paso atrás.

—Es por allí. ¡Hagan espacio del otro lado!

Se escurrió a través de la maraña de personas y regresó al depósito. Todos estaban entrando en fila a la sala de mantenimiento. Y al final de la muchedumbre, se hallaban Minho, Brenda, Jorge, Teresa, Aris, Sartén y algunos miembros del Grupo B. Gally también se encontraba allí. Thomas se abrió paso entre la gente.

—Es mejor que se apuren —dijo Minho—. Las explosiones están cada vez más cerca.

—Todo el complejo se va a derrumbar —agregó Gally.

Thomas observó el techo como si esperara que eso ocurriera en ese mismo instante.

—Ya lo sé. Les dije que se dieran prisa. Todos estaremos fuera de aquí en…

—Bueno, bueno. Pero miren ustedes lo que tenemos aquí —vociferó una voz, desde la parte de atrás de la habitación.

Se escucharon algunas exclamaciones mientras Thomas intentaba averiguar quién había hablado. La Rata acababa de atravesar la puerta y no estaba solo. Lo rodeaban los guardias de seguridad de CRUEL. Thomas contó siete en total, lo cual significaba que ellos todavía estaban en ventaja.

Janson se detuvo y ahuecó las manos alrededor de la boca para gritar por encima del estruendo de una nueva explosión.

—¡Extraño lugar para esconderse cuando todo está a punto de explotar! —fragmentos de metal se despegaban del techo y caían al suelo con gran estruendo.

—¡Ya sabe lo que hay aquí! —exclamó Thomas—. ¡Es demasiado tarde, ya estamos saliendo!

Janson extrajo un cuchillo largo, similar al anterior, y lo agitó en el aire. Y como si esperaran esa señal, los otros guardias también enseñaron armas similares.

—Pero podemos rescatar a varios —dijo Janson—. Y parece que tenemos justo acá a los más fuertes e inteligentes. ¡Y nada menos que a nuestro Candidato Final! Al que más necesitamos, pero que se niega a cooperar.

Los integrantes del grupo de Thomas buscaron en el suelo algún objeto que pudieran utilizar como arma: caños, tornillos largos, el borde dentado de una rejilla de metal. Thomas divisó un trozo de cable grueso que terminaba en una púa de alambres rígidos, con el aspecto de una lanza letal. Lo sujetó justo en el momento en que otra explosión sacudía la habitación y derribaba varias estanterías metálicas.

—¡Nunca había visto una banda de matones tan amenazadora! —gritó la Rata. Su rostro tenía una expresión demencial y su boca se había retorcido en una sonrisa despectiva—. ¡Estoy aterrorizado!

—¡Cierra esa boca miertera y terminemos esto de una vez! —vociferó Minho.

Janson concentró su mirada gélida y enloquecida en los adolescentes que se hallaban frente a él.

—Con mucho gusto —contestó.

Thomas ansiaba arremeter contra ellos por todo el miedo, el dolor y el sufrimiento que habían marcado su vida durante tanto tiempo.

—¡Ahora! —bramó.

Los dos grupos chocaron uno contra otro. Los gritos de guerra fueron ahogados por otra detonación de explosivos que sacudió el edificio.

72

Thomas logró mantener el equilibrio. La mayoría de las estanterías se desplomaron y numerosos objetos volaron por el recinto. Esquivó un trozo de madera puntiagudo y luego saltó por encima de una pieza de maquinaria que pasó rodando a su lado.

Gally tropezó y se cayó. Thomas lo ayudó a levantarse y continuaron el combate. Brenda resbaló pero consiguió mantenerse en pie.

Embistieron contra los otros como si se tratara de la primera línea de soldados en un antiguo combate a pie. Thomas se enfrentó a la mismísima Rata, que era por lo menos diez centímetros más alto que él. Desde arriba, este le asestó un golpe en el hombro, pero Thomas se elevó con su cable rígido y le dio en la axila. Janson profirió un grito y dejó caer su arma, mientras un río de sangre manaba de la herida. Presionó la zona con la otra mano y retrocedió con una intensa mirada de odio.

A ambos lados de Thomas la gente luchaba. En su cabeza, retumbaban los sonidos del metal contra el metal, los aullidos, los gritos y los resoplidos. Algunos peleaban de a dos; Minho terminó combatiendo contra una mujer, que parecía el doble de fuerte que cualquiera de los hombres. Brenda estaba en el suelo intentando arrebatarle el machete de la mano a un hombre delgado. Con un rápido vistazo, Thomas contempló lo que estaba ocurriendo, pero luego volvió a concentrarse en su propio enemigo.

—No me importa morir —dijo Janson con una mueca—. Siempre que sea después de haber conseguido llevarte otra vez allá arriba.

El suelo volvió a temblar. Thomas trastabilló, soltó su arma improvisada y se estrelló contra el pecho de Janson. Ambos se desplomaron en el suelo y Thomas utilizó una mano para sacarse al hombre de encima, mientras revoleaba la otra con todas sus fuerzas. El puño cerrado se estampó en la mejilla izquierda de Janson: su cabeza se agitó bruscamente hacia el costado y la sangre salió a chorros de su boca. Thomas llevó el brazo hacia atrás para asestar otro golpe pero el hombre arqueó el cuerpo con violencia y lo lanzó lejos. Thomas cayó de espaldas contra el suelo.

Antes de que lograra moverse, Janson saltó sobre él, rodeó su torso con las piernas e inmovilizó sus brazos con las rodillas. Thomas forcejeaba para liberarse, mientras soportaba una lluvia de puñetazos sobre su cara. El dolor lo inundó. Sin embargo, la adrenalina se arremolinó dentro de su cuerpo. No pensaba morir allí. Empujó los pies contra el suelo e impulsó el estómago hacia el techo.

Se levantó apenas unos centímetros, los suficientes para liberar sus brazos. Así pudo bloquear el siguiente golpe y lanzar dos puñetazos a la cara de Janson, que perdió el equilibrio. Thomas lo empujó, después enroscó las piernas y descargó las plantas de los pies en el costado de su enemigo una y otra vez. Con cada patada, el cuerpo del hombre se alejaba. Pero Janson dio un giro imprevisto, le sujetó los pies y lo arrojó a un costado. A continuación, trepó otra vez encima de él.

Thomas se volvió loco. Pateó, golpeó, se retorció y manoteó para separarse de su enemigo. Rodaron por el suelo. Cada uno lograba mantener la ventaja por una milésima de segundo antes de volver a caer. Balas de dolor acribillaban el cuerpo de Thomas mientras volaban los puños y las patadas; Janson rasguñaba y mordía. Siguieron rodando sin dejar de pegarse hasta casi perder el sentido.

Finalmente, Thomas encontró un buen ángulo y asestó su codo en la nariz de Janson, que quedó aturdido. Una corriente de energía recorrió sus venas: trepó sobre su enemigo, colocó los dedos alrededor de su cuello y comenzó a presionar. Janson lanzaba patadas, sacudía los brazos, pero Thomas se aferró con furia salvaje y fue cerrando las manos con fuerza, mientras se inclinaba hacia adelante con todo su peso para aplastarlo. Sintió crujidos y chasquidos bruscos. Los ojos de Janson se abrieron desmesuradamente y la lengua se proyectó fuera de la boca.

Alguien le golpeó la cabeza con la palma de la mano; sabía que le estaban hablando pero no escuchaba lo que le decían. El rostro de Minho surgió delante del suyo. Le gritaba algo. La sed de venganza se había apoderado de Thomas. Se secó los ojos con la manga y volvió a observar con atención la cara de Janson: inmóvil, pálida y apaleada. El hombre ya se había ido hace largo rato. Thomas desvió la vista hacia Minho.

—¡Está muerto! —gritaba su amigo—. ¡Está muerto!

Thomas hizo un esfuerzo para soltarlo, se apartó despacio y Minho lo ayudó a ponerse de pie.

—¡Dejamos a todos fuera de juego! —Minho rugió en su oído—. ¡Tenemos que irnos!

Dos explosiones simultáneas sacudieron ambos lados del depósito y las paredes se desmoronaron sobre sí mismas lanzando fragmentos de ladrillo y cemento hacia todas partes. Algunos escombros cayeron encima de las cabezas de Thomas y de Minho. El polvo nubló el aire y unas figuras borrosas los rodearon, tambaleándose, cayendo y volviendo a levantarse. Thomas ya estaba de pie y se dirigió hacia la sala de mantenimiento.

Los trozos de techo caían y explotaban contra el suelo. Los sonidos eran horrorosos y ensordecedores. El suelo tembló violentamente; las bombas no cesaban de detonar, una tras otra, en todas partes a la vez. Thomas tropezó y Minho lo sostuvo para que no cayera. Unos segundos después, fue Minho quien se desplomó y Thomas lo arrastró hasta que ambos estuvieron corriendo nuevamente. De pronto, Brenda apareció frente a Thomas con los ojos llenos de terror. También creyó haber divisado a Teresa cerca de él; todos luchaban para no perder el equilibrio en su carrera hacia adelante.

Un estruendo rasgó el aire de manera estridente obligando a Thomas a mirar hacia atrás. Cuando levantó los ojos, divisó un sector inmenso del techo que se había desprendido. Hipnotizado, observó cómo se le caía encima. Apenas perceptible entre la polvareda, la imagen de Teresa surgió en el límite de su campo visual. Su cuerpo golpeó contra el suyo arrastrándolo hacia la sala de mantenimiento. Con la mente en blanco, Thomas trastabilló y cayó hacia atrás justo en el momento en que el enorme pedazo de edificio aterrizaba encima de ella e inmovilizaba su cuerpo. Solo el brazo y la cabeza sobresalían debajo del voluminoso fragmento.

—¡Teresa! —gritó Thomas con un sonido sobrenatural que logró elevarse por encima de todos lo demás. Se arrastró hacia ella. La sangre surcaba su rostro y el brazo parecía destrozado.

Volvió a gritar su nombre y recordó a Chuck desplomándose en el suelo, cubierto de sangre, y los ojos desorbitados de Newt. Tres de sus amigos más cercanos. Y CRUEL se los había arrebatado a todos.

—Lo siento tanto —le susurró, aunque sabía que ella no podía escucharlo—. Lo siento tanto.

La boca de Teresa se movió en un esfuerzo por hablar y él se reclinó sobre ella para descifrar lo que trataba de decir.

—Yo… también —murmuró—. Lo único que siempre… me importó…

Y después sintió que lo levantaban y lo arrancaban de su lado. No tenía la energía ni la voluntad para oponerse. Ella se había ido. Le dolía todo el cuerpo y una punzada le atravesó el corazón. Entre Brenda y Minho lo pusieron de pie. Los tres se tambalearon hacia adelante y continuaron avanzando. El fuego había empezado a arder en el lugar: las nubes de humo se agitaban en medio del polvo denso. Thomas tosió, pero solo escuchó un rugido atronador en los oídos.

Otro estruendo sacudió el aire. Sin detener la carrera, giró la cabeza y vio la pared trasera del depósito volando en pedazos y las llamas filtrándose a través de los espacios abiertos. Cuando los soportes desaparecieron, los restos del techo comenzaron a desmoronarse. De una vez por todas, el edificio completo se estaba viniendo abajo.

Llegaron a la puerta que daba a la sala de mantenimiento y entraron justo en el momento en que Gally desaparecía a través de la Trans-Plana.

Todos los demás ya se habían ido. Thomas y sus amigos caminaron dando tumbos entre las mesas. Unos segundos más y estarían muertos. A sus espaldas, el estrépito de cosas que chocaban y se desmoronaban, los crujidos y las resquebrajaduras, los chirridos del metal y el rumor apagado de las llamas, todos esos ruidos llegaron a niveles intolerables. Thomas sabía que todo se estaba viniendo abajo y se negó a mirar. Sentía como si sucediera muy cerca de él y le respirara en su propio cuello. Empujó a Brenda a través de la Trans-Plana. El mundo se derrumbaba alrededor de Minho y de Thomas.

Juntos, atravesaron la pared gris y helada.

73

Thomas apenas podía respirar. Tosía y escupía saliva. Su corazón latía a un ritmo acelerado y se negaba a calmarse. Aterrizó en el piso de madera de la cabaña y luego gateó hacia adelante; quería alejarse de la Trans-Plana en caso de que algún resto peligroso llegara volando a través de ella. Por el rabillo del ojo, distinguió a Brenda. Ella oprimió unos botones en un panel de control y la superficie gris se evaporó instantáneamente. En su lugar, aparecieron las tablas de cedro de la pared de la cabaña que se encontraba detrás. *¿Cómo supo que tenía que hacer eso?*, se preguntó Thomas.

—Tú y Minho, váyanse afuera —dijo con una urgencia en la voz que Thomas no alcanzó a entender. ¿Acaso no estaban a salvo?—. Tengo que hacer algo más.

Minho se había puesto de pie y se acercó a Thomas para ayudarlo a levantarse.

—Mi cerebro miertero no puede pensar un segundo más. Que haga lo que quiera. Vámonos.

—Buena esa —repuso Thomas. Mientras intentaban recuperar la respiración, los dos se miraron un rato como reviviendo en esos breves segundos aquello que les había sucedido: la muerte, el dolor. Pero también había una sensación de alivio de que tal vez, solo tal vez, todo hubiera concluido.

Sin embargo lo que Thomas más sentía era el dolor ante la pérdida. Ver a Teresa sacrificarse por él había sido casi imposible de soportar. Al recordar en lo que se había convertido su mejor amigo, tuvo que reprimir las lágrimas. En ese momento, se juró a sí mismo no contarle jamás a Minho lo que le había hecho a Newt.

—Sí, claro que es buena, garlopo —respondió finalmente Minho. Pero su famosa sonrisa burlona había desaparecido, reemplazada por una mirada que le decía a Thomas que comprendía. Y que ambos cargarían con la tristeza de haber perdido tantas vidas. A continuación, se alejó.

Después de unos minutos, Thomas salió tras él.

Al poner un pie fuera de la casa, tuvo que detenerse a mirar. Habían llegado a un sitio que, según le habían dicho, ya no existía. Verde, exuberante y lleno de vida. Se ubicó en la cima de una colina, que se hallaba sobre un campo de césped crecido y flores salvajes. Las personas que habían rescatado, unas doscientas, deambulaban por la zona. Algunas corrían y saltaban. A su derecha, la colina descendía hacia un valle de árboles gigantescos que parecían extenderse por kilómetros y terminaban en un fondo de montañas que se elevaban hacia el cielo azul y despejado. A su izquierda, la pradera se iba transmutando lentamente en matorrales y luego en arena. Y más allá, el océano: las olas enormes y oscuras con borde blanco que chocaban contra la playa.

El paraíso. Estaban en el paraíso. Lo único que ansiaba era que, algún día, su corazón llegara a disfrutar la alegría que emanaba de ese lugar.

Oyó que se cerraba la puerta de la cabaña, después el rumor del fuego a sus espaldas. Al volverse, vio a Brenda. Suavemente, ella lo alejó unos pasos de la estructura, que ya estaba envuelta en llamas.

—¿Por las dudas? —preguntó él.

—Exactamente —repuso ella y le sonrió con tanta sinceridad, que él se tranquilizó y se sintió mínimamente reconfortado—. Lamento… lo de Teresa.

—Gracias —fue la única palabra que encontró.

Ella no dijo nada más y Thomas pensó que no era necesario. Caminaron juntos hasta el grupo que había peleado la última batalla contra Janson y los guardias. Estaban cubiertos de la cabeza a los pies de moretones y arañazos. Los ojos de Thomas se encontraron con los de Sartén. Enseguida, todos desviaron la vista hacia la cabaña y se quedaron mirando cómo ardía hasta quedar reducida a cenizas.

Unas pocas horas después, Thomas se sentó en lo alto de un acantilado que daba al mar con los pies colgando sobre el borde. El sol ya casi se había hundido detrás del horizonte, que parecía brillar como el fuego. Nunca había contemplado algo tan maravilloso.

Minho se hallaba en el bosque, donde habían decidido vivir, organizando a los distintos grupos: a los que buscarían comida, un comité de construcción y otro de seguridad. Thomas estaba contento pues no deseaba volver a cargar ninguna responsabilidad más sobre sus hombros. Se sentía cansado, de cuerpo y alma. Esperaba que allí estuvieran aislados y seguros, mientras el resto del mundo buscaba la manera de enfrentar a la Llamarada, con cura o sin ella. Sabía que el proceso sería largo, duro y difícil, y estaba completamente seguro de que no quería formar parte de él.

Todo eso había terminado.

—Hola.

Thomas miró hacia el costado y vio a Brenda.

—Hola de nuevo. ¿Quieres sentarte?

—Sí, claro. Gracias —contestó ella y se dejó caer junto a él—. Me recuerda los atardeceres en CRUEL, aunque nunca fueron tan brillantes.

—Puedes decir eso mismo acerca de muchas cosas —señaló Thomas temblando de emoción al ver los rostros de Chuck, Newt y Teresa con los ojos de la mente.

Permanecieron unos minutos en silencio mientras observaban la luz del día que se desvanecía. El color del cielo y del agua pasó de anaranjado a rosa, luego a violeta y finalmente a azul oscuro.

—¿Qué está pasando por esa cabecita? —preguntó Brenda.

—Absolutamente nada. Por un tiempo, no voy a pensar más —afirmó y hablaba en serio. Por primera vez en toda su vida, estaba libre y a salvo, y ese logro le había costado mucho.

A continuación, extendió su mano y tomó la de Brenda.

En respuesta, ella le dio un apretón.

—Somos más de doscientos y todos Inmunes. Será un buen comienzo.

Brenda se mostraba segura, y Thomas la miró con cierto recelo, como si ella supiera algo que él desconocía.

—¿Y qué quieres decir con eso?

Ella se inclinó, lo besó en la mejilla y luego en los labios.

—Nada. Absolutamente nada.

Mientras el último destello de sol desaparecía en el horizonte, Thomas apartó todo de su mente y la atrajo hacia él.

EPÍLOGO

CRUEL, Memorándum final, Fecha 232.4.10, Hora 12.45 p.m.

Para: Mis Colegas

De: Ministra Ava Paige

RE: Un nuevo comienzo

Como podrán ver, fallamos.

Pero también hemos triunfado.

Nuestra visión original no llegó a concretarse; el plano nunca se terminó. No logramos descubrir una vacuna ni un tratamiento para la Llamarada. Pero preveía este resultado y busqué una solución alternativa para salvar, al menos, una parte de nuestra raza. Con la colaboración de mis compañeros, dos Inmunes sabiamente ubicados, pude planear e implementar una solución que tendrá el mejor resultado que hubiéramos podido esperar.

Sé que la mayoría de los integrantes de CRUEL pensaba que debíamos endurecer nuestra postura, redoblar el esfuerzo, ser más inflexibles con nuestros reclutas, seguir buscando una respuesta y comenzar nuevas series de Pruebas. Pero no le prestamos atención a lo que teníamos delante de nuestros ojos: los Inmunes son el único recurso que le queda a este mundo.

Y si todo ha salido de acuerdo con lo planeado, hemos enviado a los reclutas más brillantes, fuertes y resistentes a un lugar seguro, donde podrán empezar una nueva civilización, mientras la anterior se extingue.

Espero que, con el paso de los años, nuestra organización haya pagado parte del daño que aquellos que nos precedieron en el gobierno le hicieron a la Humanidad. Aunque soy completamente conciente de que se trató de un acto de desesperación después de las llamaradas solares, haber liberado el virus de la Llamarada como un método para controlar a la población fue un crimen repugnante e irreversible. Las desastrosas consecuencias fueron impredecibles. Desde que se cometió esa acción, CRUEL ha trabajado para enmendar ese terrible error y hallar una cura. Y, a pesar de que nuestro esfuerzo no tuvo éxito, al menos podemos decir que hemos plantado la semilla del futuro de la Humanidad.

No sé cómo juzgará la Historia las acciones de CRUEL, pero dejo constancia aquí de que la organización siempre tuvo un solo objetivo: preservar la raza humana. Y en este último acto, eso es precisamente lo que hemos hecho.

Como intentamos inculcarles una y otra vez a cada uno de los reclutas, CRUEL es bueno.

CRUEL es bueno...

Las mejores sagas están en V&R

¡Tu opinión es importante!
Escríbenos un e-mail a **miopinion@vreditoras.com**
con el título de este libro en el "Asunto".

Conócenos mejor en:
www.vreditoras.com

 facebook.com/sagamazerunner